詠史七津二千首

陈国初 ◎ 著

羊城晚报
出版社
·广州·

图书在版编目（CIP）数据

咏史七律二千首 / 陈国初著. -- 广州：羊城晚报
出版社，2023.9（2025.5 重印）

ISBN 978-7-5543-1230-8

Ⅰ.①咏… Ⅱ.①陈… Ⅲ.①诗集－中国－当代
Ⅳ.①I227

中国国家版本馆 CIP 数据核字(2023)第 186300 号

咏史七律二千首

YONG SHI QI Lü ER QIAN SHOU

责任编辑	梁醒吾
责任技编	张广生
装帧设计	罗翠珍
出版发行	羊城晚报出版社（广州市天河区黄埔大道中 309 号羊城创意产业园 3-13B 邮编：510665）
	发行部电话：（020）87133053
出 版 人	陶 勇
经 销	广东新华发行集团股份有限公司
印 刷	深圳市天邦印刷包装有限公司
规 格	787 毫米×1092 毫米 1/16 印张 50.75 字数 500 千
版 次	2023 年 9 月第 1 版 2025 年 5 月第 2 次印刷
书 号	ISBN 978-7-5543-1230-8
定 价	97.60 元

作者近照（生肖：丙申猴　血型：B　星座：射手）

（2023 年 6 月　摄影：陈逸松）

作者简介

　　广东省翁源人，1956 年 11 月出生。1972 年高中毕业于本县周陂中学，1976 年 7 月毕业于韶州师范学校。1978 年考入华南师范大学中文系，因病休学一年后插入 79 级，1983 年毕业。先后在翁源中学、翁源县广播电视大学、中共翁源县委党校、惠州市惠城区委党校、惠州市电子公司、惠州市日用电器工业总公司、惠城区菜篮子工程办公室任职直至 2016 年退休。

全家乐（1995 年春节留影）

妻子甘齐辉，1960 年，生肖鼠

儿子陈逸松，1985 年，生肖牛

尔来点滴亦关诗

◎ 陈国初

我高中毕业于1972年。恢复高考前,这一年毕业的同学其实运气较好,学习的时间较多。"文革"开始时,我读四、五年级。"文革"前的几年是认真读书的。三年级时,老师姓甘。那年鉴定他用韵文写的(不知其他同学的是否?),我当时倒没有什么感觉。可老爸陈有光反应很大,说这老师有水平,在不少场合背出那鉴定:

> 人生个子小,学习心灵巧。
>
> 唯有上课时,性情太急躁。

因父亲说多了让我记住了,几十年都没忘。不知是否由此让我喜欢上了这种有韵的文字。

高中时候我对穷困的感觉是明显的。而在高二时,班里某次让我帮手出黑板报,我仿当时所读过的陈毅的诗,写了几句勉强通顺且有点押韵的小诗歌,竟似很成功,得到许多人围观。而我的拼音、英语十分差。我们虽是农村中学,但那时竟也有英语课!高二的英语苏文南老师是潮州人,正牌的华师英文系本科生。那年月,农村中学很少有本科生老师的。后来才知,"文革"后许多大学生被分到偏远落后地区,当时我县的教育局甘局长,是我公社(镇,下同)人,一下把十几个大学生分配到自己家乡的中学,所以我们很幸运,有一大群朝气蓬勃的老师!他们是正规考入大学的。——说回英语老师:他的胡须又浓又黑,眼窝很深,鼻子高尖,身材也硕伟,感觉像是中东阿拉伯人。他常在校园里花样骑自行车,车技高超,姿势优雅,能快捷上下十几级的台阶,羡煞男生迷死女生。

但我的英语就是学不好。某次测验写英语作文,要求写一页。我只写了半页,虽没有什么错误,但苏老师只给了59分!把我气坏了,马上写了一顺口溜(详细内容不记得了,中有"还差一分都不拿"之句)给他表示不满。他接到后看了看,竟没批评我,望我一眼就走了。事后听说他拿给其他教师看。校长也知道了。虽没任何处置也吓我半死。从此英语课分外认真,毕业考试94分。而后来,那个著名的女红小兵黄帅事件出来后,我的顺口溜变成了典型事例,以证明黄帅是正确的。好在我其时已毕业离开了,不然,不知后果如何。

高中毕业后在农村捱了二年(其中半年当民办老师),即到了与我等命运攸关的1974年!那几年有所谓的推荐上大学,同时也有中专。因黄帅一闹,其时的推荐就更不看成绩了。农村的,我乡的主要由各大队(村)的贫协主席推荐,之后由公社决定。考试那天,在公社门口碰到我大队的贫协主席,刚好那天我不知发什么神经,买了半口袋糖果,见到贫协主席,即热情给他一把。当时也不知他身份,也不知他可推荐人,以为是偶然遇到的,当然既是本村人也是认识的,那时心情好显得大方吧。饥荒年代,那把糖果可是个好东西。当然他回去后跟我父亲说了报功了,这我才知道他也是我祖母那边的亲戚。结果没上到大学,推荐到韶州师范学校。也笑不活了(可能还好过上大学,因若上了大学,恢复高考时就不能再报考大学了)!用当时的话说就是一举跳出了农门,有国家粮吃了。

继高中之后，韶州师范的青春岁月是我人生最美好的回忆，没有之一！比现在考上了重点大学还激动人心。我的同学都这样认为。当时的韶师被搬迁到十多公里远的郊区，与韶关市区还有一武江相隔。武江水深流急而清湛，没有桥，由一只晃晃悠悠的能坐二三十人的木船摆渡。也是很浪漫的！其时我几个到达河边，早有好几个高年级的漂亮女同学在等待迎接，帮教我们坐船。满满的一船的幸福感！当天晚上，能说会道、英俊潇洒、正值壮年的校长陈一兵在校园的草坪上与我们几个盘腿而坐，边聊天边驱赶花蚊。他说认识我，说招生时去了我的公社，又夸我成绩好，他见过我的毕业考成绩单，数学100分，物理、化学、英语都90多分，语文也很高。但我嘴上没说却心中明白，这里有水分。数学其实在中等水平，但因数学老师赖旅华着急提前回老家委托他人监考，考试复习大纲之类则且有所暗示所以考好了；物理钟子文老师与化学高思明老师考试前的复习，生怕我们不及格几乎都说出要考的内容来了。当然了，说语文较好则是真的。我喜欢。且语文萧尚中老师高高瘦瘦，脸也长长的像李咏，很有水平的，县内有名的。上他的课我一直不马虎。因有那掺水的成绩单，学校开头相当信任我，给了个学习委员当。但很快就被胖子数学吕老师看穿了：这小子数学差！狗屁100分！所以第二学期就被撸掉了学习委员，留了点面子改作宣传委员。当然这个我不怎么计较，反而有点轻松。

　　韶师时代，另一美好的回忆，就是学校富有人情味，每人每月发一斤猪肉票，还在每栋宿舍楼建有一排小厨房，这样周末时同学们就可以结伙买肉自己烹调加菜。猪肉每斤八毛。太爽了。而我另外开心的一件事，就是学校有个小图书室，我发现管理员就是班里的叫李胜伟的一个才华横溢的女同学，韶关市人。由于她的热情关照，我可以直接进入图书室翻阅，并大量借阅。书虽不多约一万本。若不是"文革"期间，我在老家县城曾偷进过县里类似图书馆的地方，这就是我见过的最多的书了。除了理工、政治类等，好看可读的也算有不少，很知足很过瘾。李同学见我在黑板报上发表了些分行排的句子，鼓励性地笑说我是诗人，我虽感狼狈不好意思但也没反对，似是默认，当然也不以为是真的。而那时的人根本没有什么远见，能读中专有正式工作已了不起了，诗人不诗人的没有任何意义。但当我看到有些小说家的创作经历传记之类之后，又觉得若真让我选择，或宁可做诗人不肯做作家。我看到中国的作家要下乡进工厂锻炼什么的很多年，我自己就是农村人，感到很可怕。又看到外国陀思妥耶夫斯基之流，精神亢奋，写作时更像个疯子没日没夜，我怕吃不消。而这也是发春天梦，事实上啥也不是。

说回韶师，老师之中最使我难忘的是教语文的罗渊明老师。他是北师大毕业的，是韶关市第一批（仅仅三人）评为特级教师的其中之一。他知识渊博，功底深厚，讲课清晰，条理分明，说话缓慢而准当，往往给人留下深刻印象。我以能当他的学生为荣。大家都很喜欢他的课。他是印尼华侨，那时他有一部可折叠的小型自行车，在七十年代算是很高级、很吸引眼球的了。某日我忽然向他借车出韶关市区一逛，想不到他竟同意了，只说几点钟前要回来。我喜不自胜满口答应，在校园中就已很出风头了，整下午在韶关市大街小巷内兜来兜去不肯回。

当然了，到了社会上，才能较好说明问题。总体看大部分同学都比较顺利，现在退休了养老金还是比较满意的。而有些同学凭才能努力和运气过得很不错。比如林平杰同学做到韶关市副市长、何炳光同学为新丰县县长等等。李梦荣同学则是本县副县长，在读书时是死党之一。我华师毕业后他们夫妇俩积极热心地帮我找老婆，介绍过一个护士，虽不成功也令我十分感动。那时他在一个镇当镇长再当书记。可悲的他五十不到因病而逝。他临终前我去其家看望，大家却愉快地礼貌性地东拉西扯，都不说病情，但心知肚明。相拥辞别时眼中都含有泪花。后来我写了一诗：

怀念李梦荣同学

武江戏水浪花清，一路欢欣似弟兄。

满腹文才操政业，十年书记获声名。

为人正派多交友，处事圆通不任情。

闻道匆匆身逝去，令吾伤感百悲生。

　　恢复高考第一年没去考。因为师范中专毕业后没马上去教书，而是被调用（到路线教育运动办公室，是全县几百名下乡工作队员的总管机构，与县委办政府办同场地办公）。我内心希望能留在县政府工作，当获悉恢复高考后，还认为这样或比考上了大学更好。直到后来被县教局黑黑瘦瘦的黄荣坤股长请去参加他的婚礼，才知他考上华师了！此老哥是那种能力强人品好威信高的人，他妹是我同学。他如不走必是局长以上人选。我华师毕业后，教育局可能见我成绩单较差，所以把我分到基层中学。他得知后立即去找到县重点中学的许德诗校长，说：陈国初是个人才，怎么能放到下面去？许校长竟听信他，马上亲自领我去翁源中学报到，正规手续都没办。结果退休时，在翁中的一年履历因没有调令等确切证据，因此工龄就少了一年。而可悲的是黄老哥分到韶关学院后，退休后不久竟病逝了，没给我报答的机会！悲哉！——话说回来，在他的婚礼上我很震惊！既然他都去考那我也要去考。立即回老家与老爸商量，因为我刚毕业二年，又得知1978年后考入的要五年工龄才可带薪，要家中支持才行。老爸听说后很振奋，说若考上了砸锅卖铁也要供我！当时全村三千多人口还没正规地出过大学生。此时离高考还剩三个多月了。必须赶紧的！领导也支持，特别是同事、组织部抽调来的甘寿富先生（后任县粮食局局长）尤为积极。他官场经验丰富，与书记、县长、主任等相处甚好。他得知我要参加高考后，说刚好要下乡一个多月，主动地把他的房子借给我复习住用。万分感谢！但很惭愧至今仍未专程致谢。我对考试有信心，实际上也很顺利，一发入魂。就是后悔没跟韶师吕捷康老师好好学习，结果数学才考得8分。若拿个正常分比如有四五十分，似可考上北师大（当时规定我师范生身份不得跨行了）。尽管如此，考上华南师大作为农家子弟也是类似品尝人生高峰的滋味了。师范生虽也还不怎么吃香，但1978年考上的本科还是比较稀罕的。

入华师第一个震撼事，就是到图书馆看到那么多书。百多万本好几层楼都是书，对我而言也打击很大了。我一直不敢说。后来看到香港散文家董桥说他在伦敦逛世界上最大的书店福艾尔斯书店，看到汪洋书海简直要怀疑人生，说写作的勇气瞬间全消。这才明白，此种感受并非只我自己。当然了，另一个遗憾就是因病休学一年。说起来都是泪水。所以不说了吧。

休学回校插入七九级后认识了一个别班的叫郭添臣的同学，比他大六七岁吧，也喜欢读鲁迅、论语及有点像互相竞读西方哲学如黑格尔、亚里士多德、康德等，交情极厚。两人自命不凡，商业互吹，认为是本系本年级第一流的哲学家。他记忆力厉害，能流利地大段背出那些枯燥的哲学语言。死不死，哲学科虽是考查科，但两人皆未按时交作业，被老师严惩，作不及格处理要补考，道歉好话说了一箩筐，那女老师就是不答应。加上文学概论自以为是乱考真不及格，再来一科补考就拿不到学士证了。所以我的大学毕业成绩表与去韶州师范时的相比见不得人。

而悲催的是，九十年代郭同学从广州市警校辞职经商，四十来岁时竟一病不起。虽是好友,惭愧竟未赴省城去参加其葬礼。同学告诉说来了很多警察参加追悼会,那都是他的学生。他为人热情爽朗豪气干云是个值得交往的人!

我也写了一首诗:

怀念郭添臣同学

读书奇杂白皮肤,情谊深长洁似珠。

警校独来肥老板,歌台广聘俏娇姝。

景区开店颇难赚,沿海投资获富腴。

半夜将眠闻噩耗,凄然不觉泪沾襦。

添臣同学其家虽树大根深历来殷实,但他逝世后遗孀亦陷入困境,幸有在省某大机构的张同学数度奔波出手相助,想方设法调她进深圳,重为在编教师,寡妇孤女衣食无忧矣!幸甚!

说说如何选择写七律与咏史诗的?

选七律是因为在这么多种旧体诗词中,一是受了毛主席的很深的影响,他的几首七律初中开始就中意了,读上去很雄壮有力很有味道。二是自己某种状况或思维比较呆滞,死板,较灵活的词似不适于我。而七律不长不短,形式好记,也有一定难度有挑战性。看今人与古诗人闲情类书,偶见其感慨,有人半自吹说"今天写了个律",这律指的就是七律;很自得的样子。我想,若精工写律天天写律,不是更自豪吗?而相对新诗,旧体诗也有它的韵味,就是语言音律感好,抑扬顿挫,也不用像有些人说的定要拉长腔调用古腔朗读(有表演感的),即今默读或开口朗诵也还是感觉良好的。虽较呆板所谓戴着脚镣跳舞但仍令我喜欢。

选历史古人来写,当然也是有考虑的。若干年前,在网上见到女诗人闻女士,也是专写七律的,写得又快又好。但主写时事,常涉不该涉的,故而经常被禁言,最后失了联。于是我就认真思索要写什么内容最好。而逢年过节写一写,觉得没意思。而其实,要写什么,古诗人们也是要花心思的。约略看,唐代诗人郑遨就经常写关于酒的诗,说是写了1200言,30首?唐代李绅则写了所谓新楼七律20首;吕洞宾写他的修仙七律也过百首,而元代中峰禅师唱和诗人冯海粟的梅花七律,只一个平水真韵写了100首。这老和尚也真够寂寞,也真有才,一个韵翻来覆去的写一物也还能写出、写好。元代大文豪元好问也以七绝评论了历代有名的诗人30人,后来清代的文学家王士禛亦写了"戏仿元遗山论诗绝句32首",等等。可见,要写什么,古诗人也是煞费苦心的。杜甫时期,七律体式已成熟了,老杜的七律组诗最出名的是秋兴八首。非常好,许多人入迷。明末清初的大才子高官钱谦益即用老杜的秋兴韵,共步韵了十几轮之多。我也唱和了一轮,模仿年轻人口吻写出。杜甫他没看过电视连续剧所以组诗写得太少了。以他的所好与才力,应写出更多才好。所以,我当时就想要选个能长期写的题材。最终欣然选定了咏史写古名人,认为可以写好几年了且可较好地有所规避。感觉有如陶渊明进入桃花源!比如盘古,一身故事、无数神话,可谓光芒四射,为之写十首几十首都可以。但李白没细写,杜甫也轻描淡写,杜牧则乱写:借他嘲笑妓女。至于二三流的历史人物,其实也有许多精彩可入诗之处。总之不愁无内容可写就是了。

　　咏史诗唐代盛行,经查,写得较多的是胡曾(现存165首)、周昙(现存194首),孙元晏也有75首。众称胡曾的水平比较高。五代徐均写了1350多人,流传下来的还有290多首。而以上诸人都写的是七绝。用四句诗写一个人,太难了。必常有意犹未尽之感。比如周昙,就用"再吟"甚至"又吟"。经统计他再吟的共27人,其中的姜太公、晏婴、王莽和符坚四人则各写了三首。当然未必全是内容没表达完，或只是他自己的感情还须再表达一下。而这也不算什么，我觉不可思议的是，为何晚唐及宋元明清诗人咏史，主要还是用七绝？这些人的时代，七律已成熟了。当然不能说这些诗人的功力不足，但除此则不知如何理解，或者他们认为写咏史诗就是要用七绝才好？习惯性的？当然，古人写咏史也有他们的难处，比如查资料必是艰苦的，不像现在常常是鼠标一点就可以了。若无电脑软件，我这两千首估计要多花七八年时间。所以若有老先生也写二千古人，不会用电脑的话肯定要花很多时间。而由于七绝受篇幅所限，所以更要精炼至极，有如匕首肉搏要一击成功。相比之下用七律则从容多了。

而我现在写了2017人，据自己查相关网站，历史上七律谁写得最多？是乾隆陆游两人争冠亚军，皆3000首以上，清代赵翼排第三，有1980多首。而我若要超过第一名，则还要再写1000多首。

不过说来，写咏史诗也有乐趣的。因所选多是正能量人物，他们的时代虽有诸多落后东西，但许多人的品质一流，操行高尚，常令人敬佩，对我等即使已是老年人也有多少激励作用。翻开厚重的史书，品读一个个生动奇特的历史故事，我们仿佛与古人有了一场穿越时间的相遇。所以并非全是枯燥无味的写作，更多的是饱含感情，只恨笔力有限，不能反映出其精神面貌。而历史上可歌可泣的人与事太多太多！比如北周公主：

千金公主

万里献身和突厥，惊闻王灭父成仁。

血流九族悲孤女，泪下千行哭众亲。

隋帝送屏谋示好，夷妃挥笔写沉沦。

家仇国恨诗如诉，马踏黄沙起战尘！

蔡文姬

强悍匈奴掳美仙，忽闻回赎亦熬煎。

别儿伤恸愁千结，归汉情思过十年。

为救丈夫哀一拜，忆书古籍写连篇。

长诗字字含悲愤，捧读谁能不怆然。

蔡文姬的故事应当众所周知。老爸蔡邕相当于当今的中央委员吧，受百官尊敬，但在苦难的战乱年代，一向养尊处优的美貌才女竟却被抢掠到蛮荒的匈奴去了。后因曹操念与已故的蔡邕交情深厚，不惜花重金赎她回国。这就是著名的典故"文姬归汉"。被掳乃一大不幸；其次是归汉时，其夫左贤王不舍、两未成年儿子不肯放手，又可悲之至；其三，回来后曹操派了个男人给她，男人董某又不安分犯了死罪，蔡文姬急忙去营救。其时曹大爷正在灯火通明的大厅与一帮朝官饮酒，只见她披头散发，在堂前雪地光着脚，叩头请罪，说话条理清晰，情感酸楚哀痛，满堂宾客为之动容，终使曹公亲自拿衣鞋给她穿上并下令放了她丈夫。故事令人感动，但我却写得并不出彩，仅有普通水平（写得不如秦淮八艳好）。

令人惊讶的是南朝诗评家钟嵘眼里的女文学家只有班婕妤和徐淑及鲍照的妹妹鲍令晖与一个叫韩兰英的共四人，竟然没有蔡文姬，也没有卓文君、谢道韫等著名女诗人。而韩兰英于今只见一首四句五言共20字（当年也不多产），蔡琰仅悲愤诗（一）就有108句540字。有人猜测是他不注重叙事性的而重视闺怨的。但此仍不能说服我。故而借机在此支持下蔡才女。并认为是钟嵘的一个缺失。因为，卓文君不说，班才女尚可，那徐才女怎能与蔡琰相比且还列为中品（曹操为下品也不对，至少中品）。总之这个钟嵘所评的诗人座次本人不太满意。许多人也有意见。

而由上可知，咏史诗亦可把才识感情等发挥得淋漓尽致。所以对于喜欢古诗词的人来说，在选择写什么方面这或许是一个参考。当然，要写好的确不容易。就算是现在，我每新接触到一个写作对象，也常有狗咬乌龟无处下牙之感。恰如刘德华所说，他一个老演员现在上场表演，开始总还有点怯场感。可信。而我阅读过资料后，往往要沉浸式地思考不少时间，找到门路、灵感方能基本写出。之后再设法提高水平。

另也顺便说说，勿轻信人们所说的乾隆的诗很烂，也不太烂。另也不能以流传与否作为评判好坏的标准。见有人指责乾隆说，写那么多没有流传的，差评！我不同意。那些得以流传的开始也不是奔着写名句名诗去的，原是正常发挥，突被热捧走红而已。李白、杜甫、苏东坡也不是篇篇名作不是？我觉得还是要像一般语文老师讲课所要求的那样，作文要内容充分，写诗也如此。而像"春风又绿江南岸""红杏枝头春意闹""沧海月明珠有泪，蓝田日暖玉生烟"之类的佳句，就像买彩票中大奖一样可遇而不可求。我同意宋代大诗人刘克庄说的："由来作者皆攻苦，莫信人言七步成。"所谓当场交卷的急就章口占，多不是佳作。难怪有人怀疑王勃的《滕王阁序》是原先写好了或有所构思的。而诗人写出的作品往往表面上看去文词平淡无奇，事实上是经过了千锤百炼才写成这个样子的。正如杜甫说"语不惊人死不休"，简直想破头了。当然，才能也是要讲的，像贾岛说自己"二句三年得，一吟双泪流"，文士们看了他三年才吟出的"独行潭底影，数息树边身"这两句后觉得也不算很好，很像棋枰上说的"长考出臭棋"。可怜的他却说若你们读了说这两句不好，我就进山隐居去了不写诗了。而据《诗词索引》网收录乾隆的七律有 3100 多首，但并非全部，比如他写圆明园的说有 60 首，而我在网上只看到20首左右。总数一般都说有4万多首,但我看到的网站才1万多首。所以表面上看陆游的七律以3300多首居第一,但可能乾隆实际写了最多。因为陆游家是开印刷厂的或比皇帝还方便也没有什么人骂,他写的诗应当全部刊印出来了。《诗词索引》中这三个人的七律我全部逐首读过,觉得水平相当。又有说乾隆的有人代写,我认为不太可信。谁敢代写?他是至高无上的帝王,如此高傲又喜欢炫耀文才诗才,一般决不会让人代写的,何况以其渊博学识,天天写并不是什么难事。我也敢自称是七律熟练工,有需要时每天写一首以上也毫不困难。

而再说一下关于写诗的数量,如说到谁写得多,最常不以为然的喷法,就如我家乡人说的:你泥蛇一箩,不如青竹蛇一条。比喻很有力。话虽如此,现在的人都学会对各种喷子回怼了:泥蛇一箩,若用来煲汤吃肉,可摆上几十盆;何况,你一条的也未必是青竹蛇,也可能是狗麻蛇(四脚蛇)!我一箩筐的也可以都是或大多是或有不少青竹蛇!又比如说张若虚的《春江花月夜》,人们赞它是"江月孤篇压大唐",我写到张诗人时也采纳了如此看法。但其实这是文人的一种夸张的手法。江月之诗虽好,怎么能压住李白、杜甫、王昌龄、白居易、王维、李商隐、杜牧等?我二千首咏史七律说多不多,说少不少,也是写了很长时间花了许多心血的。既要讲质不唯量,也不可以为量多即是劣。而史上写几百首七律者众多,但千首以上者并不多,约略不过二三十个,唐代一个没有,宋明清才有。1949年后,老一辈文豪级的聂绀弩应是写得最多,见有460多首。

而咏史诗也有各式各样的。这里不逐一说了,有兴趣的可查百度。我的主打产品是述评式,即概括所描写对象的一生,多以歌颂赞美为主,极少全批评抹煞的(有汉的梁冀、隋的宇文化及、唐的安禄山及叛明的尚可喜等几个基本无好言评价,其他

再坏都有肯定之处）。开始也学了下西昆派，来个文文雅雅的。比如西昆派大佬刘亿写的

汉武

蓬莱银阙浪漫漫，弱水回风欲到难。

光照竹宫劳夜拜，露溥金掌费朝餐。

力通青海求龙种，死讳文成食马肝。

待诏先生齿编贝，那教索米向长安。

主要对汉武帝寻仙问药的事轻轻地作了讽刺。远不能从诗中看出汉武帝是个什么样的人物。此诗风后来感到学不来或不想学。

我写的：

汉武

英才远略器轩昂，百业繁荣国势强。

连破匈奴开地境，独尊孔孟振儒章。

凿空西域民商悦，偏信巫盅太子亡。

好大喜功能自责，千秋犹赞是雄王。

我中间四联句分别写了四件事，事事都是惊天大事：破匈奴、独尊儒术、开拓西域、整死太子。相对来说，他寻仙问药不算什么了对吧。我认为我此类咏史诗，一般中间两联要写得比较实在，最少最少要有二句。当然，文豪类的名人，确无大事件则可从其最著名的诗作诗句或历代评价中寻资料补足。尾联则是总结性的、提高性的，当然也要用心，此即所谓作文的"豹尾"，诗文都一样的。

写顶级人物比如帝王、名将相、文豪大哲，相对而言是比较容易的，因其经历内容丰富，注意选择就不会写不出。但也有难点，就是或被其他人写过了，要突破或相当困难。如王昭君

据说历代有几千人写她。所以对凡是较出名的大人物，我都花了很多心思，经常改写。比如孔明我就写了多轮，至今也不太满意。不过由于以七律写古人的还是比较少，所以我在多数的情况下，有闯入肥沃新荒地之感，或有占据先机之感。而历史人物都各有精彩，故事也没有相同的。虽然，有些人影响大，在一首诗中无法尽表，所以看上去可能评价不同。比如曹操，就是个性格复杂的人。除主写他那首之外，在写别人时也有提及与反映。比如说他主要功绩外，还对其杀害孔融的年幼子女时残忍的一面也有写到。

　　说起来较难的有两类，一是理论家学者，很难用诗句表达他们那些深奥的哲理。多数情况就不能把自己的诗当作翻译文件了。要另说其他以描写其人以丰富形象。所以偶尔写得另类些有趣些也应当是可以的。但不可习以为常，否则成"揭露、暴露诗"了。我写的老子：

老子

骑跨青牛早起身，望西而去踏轻尘。

迎头关令求经术，拽手佣工讨欠薪。

说好写书留一宿，声明还帐要三春。

祖师道学千般妙，却似江湖赖债人。

　　老子这个事怎么说呢？因为他拒付工资且拖欠很多很久，有烂文人为他辩解，说是佣工徐甲在老子家那么久，从中学到了老子的什么高级大学问，所以徐甲才反而是应当欠老子的。这真是欠骂。徐甲穷苦人不得已要做佣工为了养家糊口，不是来求学的。你欠人工资一拖若干年于心何忍。另也没先协议好从旁的无意的听课要扣工钱嘛。讲了谁会来做？哪有这样蛮不讲理的。——另外，写诗也不同于历史专业著作，有点捕风捉影是可以的不要太离谱就行。比如杜甫把潘岳改名为潘安,好像大家还接受了。老杜诗云"恐是潘安县,堪留卫玠车",看来是因为"岳"字是仄声,改为潘安才合平仄。但这也太大胆了吧,那时他还是个藉藉无名的诗人不是百多年后所谓的诗圣,他就敢这样改,却没见有人反对。

二是资料较少的,但名气还不小的,也难写,要设法补料。比如王昭君、西施,都是一等名人,但仔细看去没有什么事迹。

例如唐代美女诗人鱼玄机写的:

西施

吴越相谋计策多,浣纱神女已相和。

一双笑靥才回面,十万精兵尽倒戈。

范蠡功成身隐遁,伍胥谏死国消磨。

只今诸暨长江畔,空有青山号苎萝。

上述诗只有"一双笑靥才回面,十万精兵尽倒戈"才是正写实时的西施。但读完后仍觉得,西施在越国进攻吴国前后做了什么,有何功劳贡献?真使其军队叛变了吗(倒戈)?还是有点模糊。

再看杜甫写的王昭君:

咏怀古迹·其三

群山万壑赴荆门,生长明妃尚有村。

一去紫台连朔漠,独留青冢向黄昏。

画图省识春风面,环佩空归夜月魂。

千载琵琶作胡语,分明怨恨曲中论。

此诗是凭吊式的,对人物的遗迹之类进行描写想象之后抒发感情。而诗中也没写到王昭君有何重大的具体的事迹。

所以我也写不出西施的突出事迹:

西施

苎萝溪上浣纱回,忽有邀求莫可推。

惑那夫差无假也,恋之范叔岂真哉。

人知君主营兵久,谁见红颜发力摧?

但觉传闻颇杂乱,惟祈仙女已逃灾。

我写的王昭君:

王昭君

送嫁香车别灞桥,行来塞外雪飘飘。

疯狂酒宴犹齐醉,幽怨琵琶只自调。

神色温和惊艳美,乡思翻滚起高潮。

若能相貌重描画,或选强颜一折腰。

　　此诗中我采信了所谓毛延寿为待选妃女画像之事。而现在网上早已说这是假的。我认为信信它无伤大雅。应当肯定必有某种机构、官员处理这个事,执此权者有无像现在的导演挑选女主角? 或有之,但不敢太明目张胆吧,皇上知道要砍脑袋的。昭君性情刚烈点则有可能。主事者或就看中她这点较容易接受、少些哭泣。有人则吹捧说她主动要求去的,也难说。而和亲外域,谁都知很恐怖。现在交通便利,远嫁、远娶仍然不是上选。蔡文姬的时代比昭君迟了一点但也差不多,她大致说到,首先是伙食问题,她说:"人似兽兮食臭腥",又说:"饥对肉酪兮不能餐"。那年代那地方这是没办法的。其次是人伦,首轮所嫁多是老家伙(才有权),老的死了就肥水不流别人田,毕竟是珍稀资源、中原公主嘛。像文成公主,松赞老头央求唐王多次而不得甚至不惜开战才娶到的。——所以再轮嫁其子侄,最后子侄死了后体貌若还看得,则可能赏赐给官臣。再次是个人卫生,其族其人以肉奶为主食,一年到头又不怎么洗澡,加起来身上的膻味汗味,必臭屎一般,因此对和亲的美女确要深表同情。等等。但看来昭君最思念的是回家乡,最难受的是被转嫁。当得知要把她转给另一个男人时,情不得已给汉帝写了求救信,当时的皇帝算好人也回信了,却只是劝她要服从当地风俗。所以我认为,若重新再选,她会很快低下头,服从汉廷某种潜规则做什么都愿意如果真有此规则且真能逃避的话。

另外略说一下,爱好写古体诗词。要不要读点诗话词话?有条件的或要读一读。而这方面有许多名家。只是这些大师也是受到诸子百家们的影响,即多是碎片式的阐述,没有较完整的逻辑性强的论文。较早且较大部头的是刘勰的《文心雕龙》。但此书一则说的是所有文章体裁不仅是文学诗歌,二则是他用骈文体写的,显得深奥隐晦难懂。钟嵘的《诗品》虽是专注于诗歌,但如前面所述,也不是很准确,须用心判读。司空图的《二十四诗品》虽有可取之处,比如说"不著一字,尽得风流"等说法甚获后人称道,却也很笼统,不好套用。清代袁枚因此就再续写《二十四诗品》。唐人张为的《诗人主客图》有似《诗品》却也毛病多多。欧阳修是大才,其《六一诗话》很精妙,评诗辩句时颇多佳论,既助人却也可能误人。比如他说到贾岛描写穷困状令人惊叹:"鬓边虽有丝,不堪织寒衣",穷透了,见到有丝类物就联想到用来织寒衣;又说孟郊的"借车载家具,家具少于车。"穷况可观。又《谢人惠炭》云:"暖得曲身成直身",极形象,令我想起狗猫遇冷时缩成一团,温暖时才直躺。但欧阳修又说,诗人贪求好句,而理有不通,亦语病也。如"袖中谏草朝天去,头上宫花侍宴归",诚为佳句矣,但进谏必以章疏,无直用草稿之理。又说,唐人有云:"姑苏台下寒山寺,半夜钟声到客船。"说者亦云,句则佳矣,其如三更不是打钟时!他这个"理要通"的思维,或也给诗坛带来恶劣的影响!旧体诗歌一千多年来顶尖佳句不过百来句,与这种要写得明明白白(理要通)或有关,换言之就是失却含蓄复杂、朦胧通感、只可意会不可言传之韵味。个人认为有时把诗写得似通不通也是一种境界未必是坏事。而严羽的《沧浪诗话》很有名,以至后来的大师级人物李东阳等也深表赞赏。但严羽自己最得意的是把写诗比作学禅,正确的如同大乘禅,不正确的如同小乘禅。而除此之外其主体也就跟欧阳修、杨万里、王夫之等一样评章论句,探幽溯源,不如性灵说、格调说、神韵说等有所主张,尽管也是朦朦胧胧的。总体看,文士们的诗话诗评偏于简陋。或从孔子的"诗三百,一言以蔽之,思无邪"开始,批评者总喜欢用极简单的语词,或未考虑到要展开讨论,往往只有观点,没有论据论证。例如严羽说"戎昱在盛唐为最下",又说"陈陶之诗在晚唐人中最无可观,薛逢最浅俗。"严大师是欺负人家已去世了吧,若这些人当时还在世,担心严羽会被人打一餐。当然也不止他一个人这样无理据随口下评,许多诗评家类似观点或好或坏都没有进一步的分析举例说明,只简单下判断。所以读了诗话之后仍难以明确对于提高写诗水平有何益处。但由此知大师们如何作出评论则还是很有意思的。当然了,关于诗评诗话,本人也就是顺便提一提,无意深入探索,更不想做批评家。感觉还是写诗更有意思。

至于说写诗的其他体会,现网上到处都有介绍所以不多说了。我只想提醒新学者要注意防止流水对(也叫合掌对,等等),孤阳也是不许可的(查百度)。另外,我自己不主张学什么拗救、粘对之类,确不行可以另写、另挑其他字,为何一定要用什么字?说明识字不够多。再者,若非唱和他人诗作,确不行也可以换一个韵脚比较丰富的;或转换另一种起式(平起式或仄起式各有两种),改换后平仄顺序已变更,原来的用词难题或可自动消除了。不要怕推倒重来,没有什么了不起的。看看清代时的文士谈迁,刚写出几百卷书被人偷走了,照样从头来过再写!你一两首诗重写算什么,比之是不是有小巫见大巫之感?还有就是我对重复的字要求很严格,一首诗,七律也就56字,你还要重复(故意的当然可以),也太懒了。

此外,对于本诗集的用韵,全是平水韵。用什么韵与诗的水平高低无关。比如大文豪聂绀弩主要用的就是新韵而非平水韵,甚至毛主席也如此,但却并不影响发挥。而韵脚再丰富也不一定能写出好诗。用险韵也能写出佳作。比如平水韵"江韵"仅有17个:"江缸窗邦降双泷庞撞豇扛杠腔栙桩幢跫"。但用好很有成就感。我用了约十次吧。而人名、地名、书名、典故等,没有用括号等标出。觉得没有必要。由于专写古人,典故自然很多。作为普通的读者,多是一眼看过,看不懂也无所谓的,更不必追求全面理解,大体了解有所了解就可以,看不懂的就跳过去,能看懂多少就多少。不过我的文字也不艰深晦涩,我认为置身讲时间就是金钱的时代,更要学习白居易,有意尽量选通俗易懂浅显的;一般不自己造词,绝大多数词汇都是百度上可查到的。我觉得能翻看两眼就很好人了。而行家是没问题的。历史方面的专家,会注意我的史识。这是咏史诗水平高下的最重要方面。史识方面,比不上网的同时代的人可能要强点,有数百首在史识方面应属有自己的见解或有所变化。写作时,对有些复杂的有争议、争议大的,我甚至进入网吧,比如曹操吧、孔明吧、袁崇焕吧、吴三桂吧多次参阅网民们的各方面的争辩,有一定参考意义。

如前所述,虽恢复高考时得以入读华师大,但因病休学一年,身体很差,毕业后分配回老家粤北山区小县;后来承蒙谬爱,被沿海的惠州市惠城区委副书记、组织部部长兼党校校长黄超雄赏识调入,不胜感激!特别是来之前说好是做教员的,但报到后次日忽接通知,竟还是党校副校长,颇为意外!当然工作能力和环境条件也还是有限，也未接触到什么名人学者之流。不幸的是1997年，黄书记竟因过量饮酒中风而英年早逝，令人十分悲痛！更因之前未送什么礼之后也未报答过他，所以深深的引以为憾。

当年调动的事，在家乡也有点轰动，因为那时都说八十年代看深圳，九十年代看惠州，其时要调入相当困难。我却一帆风顺调进且还保留了原职，虽是小职务却也不简单了。而我调来不久离开了党校最后到了菜篮子工程办公室。让我分管行政后勤卫生之类，闲死了。而1996年冬忽兴起网络游戏，开初的《红色警戒》，就已令人万分惊讶震撼迷恋！我也与后辈争电脑打游戏，经常通宵达旦沉醉其中。后来主打策略性的如《三国演义》之类，最爱的是《英雄无敌》。敢说打此游戏我是高手中的高手！除了在家中打，还跑去网吧，一个老大叔混迹于小青年中且常玩到深更半夜，自己也感觉很奇葩了。2002年主动要求退居二线后，经几年助管家中生意无方，就更经常打游戏作消遣，达十年之久。却也没有什么好惭愧遗憾的，反而感到很爽很有意思。虽说谈笑无鸿儒，官场难发展，但生活很自由愉快，精神世界富足。而另外，由于个性偏内向，社恐症越来越严重，现在都不太乐意与外人说话交谈了。年奔七十，仍没学会如何开口求不熟的高人。写出二千首诗，请人写评论之类也是极其艰难的事：谁肯读你那么多的貌似古诗！即使稿费丰厚也难寻高士（水平低的我又不想，真的稿费太高我也出不起且无必要）。还有就是去求助的必要性也欠缺。与当年的李时珍不同。其时李时珍为了出他的《本草纲目》，因煌然大著技术落后而印刷费浩大无法支付，故而到处请托求人，最后得到尚书、文坛领袖王世贞的支持，慨然帮他隆重写出序文，又获眼光远大的金陵书商胡承龙应许，甘愿出巨资不怕亏本给予承印，才成就这一文医两界盛事。但今天纸质印刷几乎要被淘汰了，而个人资产也已大为增长，印刷成本又大幅减少，所以老年的退休的人士出书蔚然成风，比比皆是。当然，现在个人出书虽说容易多了，但要走进市场也很难。非杰作，出版社要你自产自销，你以为可以上网？政策规定你要有实体书店才能颁发《出版物经营许可证》，有此证才可以进入网络平台卖书！所以我在惠城区麦地路开了间《韵美诗文书店》。

而行文至此，再次感谢父亲和母亲林桂香及二弟陈果初及妹妹们在比较艰难的时代辛勤劳作供我完成大学学业，并要对帮助出书的领衔的刘日知同学及林晓婷、范小乐、林永豪等同学，以及提出宝贵意见的王怀志、张志明等同学一并表示衷心的感谢！

回看此文，乱七八糟的。因为也不算回忆录，所以在翁源与惠州的工作方面也几乎没有涉及，但也很啰唆了。

权作是序。

目 录

Directory

| 远古 | 84 人 |

春秋战国 225人

目录

3

秦汉 216人

三国 180人

两晋南北朝 210人

目录

17

隋唐 311人

目录

23

宋夏辽金 217人

元朝 33 人

明朝 140人

清朝 132 人

目录

33

咏史七律二千首

巾帼女杰 152人

道佛医艺 117人

咏史七律二千首

附录 107首

·广东市县风情咏

·次韵古诗

▲ 古代名人合计:2017 首

▲ 附录:107 首

▲ 总计:2124 首

评论:饱蘸韵律笔　庄谐皆成诗
　　——《咏史七律二千首》浅议

远古

盘古

开天辟地伟超神,混沌中分宇宙新。
金目扬辉成日月,银须飘烁化星辰。
一腔津血充河海,亿里躯骸育树榛。
阴坠阳升生兆物,千秋万代颂声频。

黄帝

联盟赤帝抗蚩尤,驱逐蛮凶捍九州。
好问溯源增智识,无为治国作追求。
设官制乐兴农稼,炼铁修城造战舟。
华夏文明元始祖,内经医学震寰球。

神农

制陶造饭首如牛,应对洪荒勇领头。
削木为弓追猛兽,植棉织布抗寒流。
一茶爽口清瘟毒,五谷充肠缓饿愁。
遍走山川尝百草,耕桑万里促丰收。

伏羲

昌文鼻祖若天神，虎眼蛇身长鲤鳞。
创字组词传义理，媒婚立礼重人伦。
编绳织网兴渔业，卜卦求巫保族亲。
鼓瑟吟歌添喜气，设衔命姓护黎民。

燧人氏

茹毛饮血胃牙伤，火祖精勤解困忙。
钻木终能生赤焰，疗饥兼可享酥香。
抬其肥鹿堪烧肉，拾那鲜菇合煮汤。
熟食驱寒防野兽，人间从此更繁昌。

仓颉

四目龙颜古杰雄，书符造字运高聪。
由来纪事千绳结，此后传情一画通。
天上神欢倾粟雨，山间鬼哭卷灰风。
虫鱼花鸟新形象，寓意交流建巨功。

远古

3

有巢氏

攀爬灵捷若毛猴，棚屋连枝似挂球。
昼下林间寻橡栗，夜栖树上避狼貅。
安居始有文明启，严守方能种族留。
洪水滔天淹洞穴，纷纷庆幸住巢楼。

蚩尤

铜躯铁额角如牛，不占中原不罢休。
涿鹿逞威天地动，冀州大战鬼神愁。
棘林沼泽难容足，烈火浓烟突盖头。
终被轩辕焚六旅，残兵四散匿荒丘。

刑天

共仇黄帝甚嚣嚣，失却头颅尚发飙。
借乳为眸开亮电，张脐似口吼高霄。
手持干戚强冲阵，血染山梁不折腰。
亦见骚人怀猛士，陶潜有咏赞英骁。

少昊

神奇天帝图腾异,领引群英乃凤凰。
燕子开春鹰护法,鹁鸪育美鸷扛枪。
斑鸠善辩扬文墨,布谷公平筑厦房。
百鸟齐心同治国,当年兴盛立东方。

颛顼

闻道倾心迷玛瑙,圆头胖脑伟姿仪。
曾还东北搜奇石,又拓南方钓偶鳍。
力战共工飞虎似,强拦水怪景龙驰。
人仙难辨传神话,佩玉叮当若美眉。

帝喾

辅助颛顼承帝位,青春年富喻朝阳。
迁都避涝修城郭,制历依时种谷粮。
女嫁犬虫畲族旺,将招后羿甲兵强。
热衷音乐兴歌舞,有凤来仪振四方。

契

三头六臂不凡身，奇特投生亦火神。
观察天星追轨迹，校编日历测时辰。
辅尧治水洪灾减，助舜兴文教化新。
后代殷王诚奉祀，宋朝最敬古贤人。

奚仲

忧思运力累军民，来造轻车构意新。
向以人推难趁路，改之马挽足惊尘。
辇舆滚滚奔遥地，辌轴呀呀傲近邻。
休道颠摇身覆险，最初能坐是王臣。

羲和

六螭御日出东方，飞越长空万里光。
夸父狂追经渭洛，屈原仰望在潇湘。
不因人类曾停歇，岂畏妖魔作掩藏。
黑暗只能存一夜，明天早起又朝阳。

许由

夏巢冬穴睦周邻,渔牧躬耕乐置身。
初拒尧皇传国柄,再辞府吏授官臣。
扬言浊语堪污耳,称去苍山以养神。
真隐本应藏绝境,是谁泄露示于人。

巢父

饮犊防污笑许由,真心遁隐甚深幽。
亦曾推拒承权位,未属偏颇缺智谋。
近似杨朱能寡默,不同孔子要追求。
明知尧圣人高尚,逃避为何若有仇。

唐尧

垒筑唐城避水涝,公勤执政甚辛劳。
谏槌谤木收民意,茅屋鹑衣秉圣操。
酿酒兴文开智慧,围棋训武运谋韬。
尤能禅位传虞舜,君主鸿儒赞誉高。

虞舜

双瞳陶匠誉交传，承接唐尧续秉权。
放逐四凶惩罪恶，尊从诸老用才贤。
历山化险心慈孝，蒲阪图强志毅坚。
莫问有无遭政变，苍梧往事已如烟。

丹朱

唐尧之子曰丹朱，不肖名声播四隅。
智力实堪携部落，棋功足以傲京都。
封于房邑遥迢地，葬在河南泛滥区。
筑墓如山殊壮伟，当年应是一雄夫。

鲧

虽属四凶遭厌恶，曾教筑坝以防洪。
从前方法能收效，其后施工未奏功。
流放羽山生大禹，逃离天国化黄熊。
英明儿子承遗志，治水丰勋百代崇。

大禹

又逢水患浪滔滔，承父排洪气概豪。
三过家门毋跨进，一通伊阙费操劳。
疏河归海灾殃减，铸鼎分州智慧高。
诛戮防风威信立，当涂大会秀龙袍。

姒启

诉诸武力谋王位，利己新规裹胁行。
蓄意徇私成世袭，决心排异起仇争。
初征甘泽元无胜，再伐西河幸得赢。
却见湮沦难限止，游田好饮愈污名。

伯益

助禹抗洪安九鼎，谋求百族向亲和。
旱畦凿井生泉水，洼地开田种稻禾。
村郭家居圈野兽，江湖游历记神魔。
荒凉远古留文迹，山海经中故事多。

皋繇

手牵獬豸具威神，一角掀翻犯罪人。
舜帝聘来司典狱，禹王派去抚邦邻。
立刑公道民怀敬，树德高崇政有仁。
正气浩然长影响，法家鼻祖圣贤臣。

太康

成功夺国竟如何，骄恣荒淫背德多。
数月盘游扬快意，长期懈怠失祥和。
罔知劲敌潜城郭，犹率精骑狩兽窝。
忽报王宫归不得，唯闻五弟咏悲歌。

成汤

顺天憎暴暗坚持，志欲寻机改夏祠。
笼络诸侯施谋计，串通宠嬖备骁骑。
三军寂静闻汤誓，万马奔腾逐桀师。
夺鼎用兵称革命，后人屡学不知疲。

伊尹

百艺随身智力高，成汤诚恳聘英豪。
精明间谍知民意，灵巧庖厨动战刀。
悠久夏朝遭覆灭，轻狂太甲受甄陶。
出生虽贱如姜尚，亦展天才似凤翱。

太甲

任性荒唐似劣童，忽遭放逐置桐宫。
刚严伊尹难违背，伟大汤王要敬崇。
受训青年能悔过，自新君主竟成功。
殷墟遗卜连连赞，孟子高评获认同。

寒浞

声名狼藉少年时，一自投军似猛狮。
数载论功升主将，百般撒赖夺王姬。
克歼残夏无怜恤，保卫新寒缺措施。
忽遇杜康来搦战，交兵崩溃悔之迟。

后稷

出世被抛情有异,奇才满腹所行殊。
乐于沃地培桃李,能在横塘养鲤鲈。
尧帝招邀教稼术,乡农来学植禾株。
洪荒岁月人饥饿,温饱苍生颂伟夫。

巫咸

祝树树枯神力猛,殷朝殿上任官僚。
政军决策须为卜,部落游魂要作招。
历有传闻夸法术,从无巫事显凶妖。
尚书记载贤良士,常熟遗留古石雕。

太戊

七十五年长在位,百僚分治有依据。
外无强敌侵边境,内促绅商旺市间。
村郭田多肥六畜,庙坪桌阔摆千猪。
诸侯钦服频朝贡,史赞中兴自不虚。

祖乙

洪灾频发百忧生，总欲搬家代抗争。
一到山西安殿室，两迁河北筑都城。
国情稳定边无患，民役繁多地欠耕。
或具贤明能巧治，晏婴孟子共提名。

盘庚

九代乱权灾难重，祖先五次换都京。
又行动议谋新址，两度迁移弃旧城。
广起舆情生怨恨，几番训诫发威声。
终归以势施强压，否则殷墟筑不成。

少康

五百兵丁秘密藏，谋求复夏策周详。
偏师女艾潜神谍，主将儿男率虎骧。
以弱胜强昌破国，安良除暴奏雄章。
中兴之杰留青史，激励曹髦斗晋王。

傅说

版筑劳工藏杰士,武丁一见结深缘。
得升首辅开新局,督促群官用正权。
华夏威名扬境外,殷朝事业上峰巅。
哲言亮迹长垂范,麦穗神奇纪圣贤。

夏桀

屡出昏言比太阳,凶残好色甚荒唐。
酒池摆渡将军溺,绸布开撕妹喜狂。
劝谏官员皆逐去,行谋奸细久潜藏。
兵情民意遭侦探,忽被围攻致覆亡。

关龙逢

两朝元老圣贤官,欲挽颓澜已甚难。
酒肉池林君放醉,瑶台月夜众狂欢。
妖娃裸舞伤风化,妹喜迷魂乱政坛。
忿进谏言无用矣,反遭炮烙灭忠肝。

相土

河湖密布水流清,农牧繁荣益众生。

饲养猪羊修栅舍,栽培稻麦煮莼羹。

蛮牛驯服帮耕种,野马羁鞿代步行。

驹壮犹能追猛兽,草原开始有骑兵。

王亥

贸易居先傲四邻,城乡游走谓商人。

拉车用马为常习,挽驾由牛又出新。

累日生财能旺族,一朝因利被伤身。

拊心儿子将仇报,祭礼庄严五祀陈。

上甲微

等待良机复父仇,邀来河伯共筹谋。

联军急进横江水,怨敌狂逃弃扈楼。

泄恨屠城为首例,怀亲祭祀乃开头。

生儿报乙承英气,后有成汤夺九州。

远
古

15

武丁

三载毋言调子低,筑城联族破难题。
旺夫皇后能征战,辅政官员善考稽。
曾怨黄泉催术士,要临地府索亡妻。
只因妇好匆匆逝,白昼君王亦泣啼。

商纣王

智强力壮志冲霄,开拓东南性愈骄。
拒斥贤良呈谏议,痴迷妲己享妖娆。
倒戈兵卒如狂浪,反叛周王似猛枭,
火劫鹿台高百丈,纵身一跃玉衣焦。

比干

辅佐殷廷老少师,托孤任重费劳思。
连番严谏言须尽,一片贞忠死不移。
牧野城郊军对垒,摘星楼上帝磨锥。
挖心故事如真矣,历代贤良共敬之。

箕子

劝谏温暾语气轻，见微知著亦庭争。
装疯为不彰君恶，逃走无非守己名。
深忌出言评故国，但闻咏黍悯荒城。
毅然开发朝鲜北，后代繁多且折声。

微子

谏不成功即转身，牵羊肉袒拜周人。
江山崩溃难归罪，品格污卑属贰臣。
貌似内奸无所证，或真贤者有其仁。
后来建国名为宋，七百余年始灭泯。

伯夷叔齐

知名贤士俩皇亲，维护殷朝共苦辛。
诚意让权轻宝座，挺身扣马阻兵尘。
武王动念诛遗老，尚父开声救望臣。
甘愿采薇无悔矣，不餐周粟守忠仁。

周太王

举族迁移转辗行，周原沃地扎新营。
远离戎马堪防扰，近傍殷庭易歃盟。
强国方针重确定，翦商计策暗形成。
皆云恶纣人残暴，可是当时尚未生。

季历

聪明机敏具贤名，选立承权有异情。
政治婚姻迎任女，阴谋军务避文丁。
进攻戎狄图开拓，鼓励农桑获富盈。
纵使赴京遭戮杀，筹财备战近完成。

周文王

积德敦仁善乘时，君臣协力固根基。
开疆守境医民瘼，访士招贤厚国资。
各地诸侯皆叛纣，九州天下六为姬。
遭囚七载书周易，一代明王立伟碑。

周武王

累年策画计该详,善握机宜不逞强。
牧野陈兵劳尚父,朝歌决战覆殷王。
井田定制谋丰足,国土分封作备防。
振武夺权谁谴责,史称鼎革学成汤。

周成王

召叔周公是圣贤,政枢所擢尽能员。
造都如意千军振,盟会成功九鼎坚。
善德益民除丑状,热情治国起雄篇。
繁荣天下昌和世,刑具连闲四十年。

周康王

未遭外族施侵害,此际人民甚善良。
封国齐心同效力,贤臣足智共扬长。
官员廉洁公平显,盗贼无踪道德昌。
远古炎黄曾美好,成康之治久辉煌。

周公

臂助周廷足智公,托孤建国获钦崇。
雄师有备防戎狄,嫡子优先主禁宫。
政体试行颇顺畅,文明传布显兴隆。
当时造福千秋仿,仅次轩辕立圣功。

姜太公

担缸卖酒宰牛工,诱发雄心欲建功。
默守河边奇钓客,助争天下擅谋翁。
六韬运用趋完善,百战行筹不尽同。
覆水难收真计较,讲求臣子要怀忠。

泰伯

长子本应承大位,因知内幕未当真。
只缘势迫难酬志,岂是怀宽愿让人。
不意江南能立足,关情吴越可招民。
弟兄逃出曾挥泪,建国成功扰四邻。

仲雍

愿辞故地随兄长，闯荡江南入异乡。
瘟瘴当年常暴虐，蛮荒许久始繁昌。
亲承泰伯予传国，孙附周王再守疆。
率领句吴趋旺盛，赢来崇敬亦流芳。

康叔

殷墟战后祸凶多，受命严监费琢磨。
最惧淫邪贪酒色，还忧苛刻引干戈。
宣扬周帝如神圣，丑化商王似鬼魔。
处置精心颇顺利，官民安定甚平和。

唐叔虞

剪叶赠封原戏说，真予唐国镇边州。
胡尘未静多侵寇，属地初平隐乱酋。
疆以戎规堪管治，吏行夏政可宽忧。
秉公尚法求和睦，三晋先人有智谋。

管蔡

战覆殷商亦有功,未居津要怨心同。
承监管蔡封新国,竟以流言刮乱风。
藐视朝廷欺幼主,串联兄弟逼周公。
举兵作叛虽崩败,宁可身亡不折躬。

伯禽

惩挞成王作替身,从深体味学贤仁。
代劳赴国情形乱,循礼安邦局面新。
亦可武装除叛敌,最能文化启黎民。
周公休怪通呈缓,鲁地兴儒出圣人。

姬奭

雍容端肃立朝堂,辅弼周公抚八方。
曾率雄师驰战地,又监工匠筑城墙。
封于燕召亲民众,守在京都把政纲。
遗爱甘棠人敬颂,寿高或赖麦芽糖。

周昭王

仪容恭美智平常,屡显兵威伐远方。
先破东夷擒咒虎,再征南楚竖危樯。
或逢鲛鳄波中出,竟致君王水上亡。
沉重创伤难却复,周朝从此失雄强。

周穆王

喜爱巡游坐快车,美姬陪伴阅天涯。
瑶池王母呈牛乳,东部徐夷露虎牙。
八骏飞驰能赴急,诸刑规范可纠差。
虽曾扩拓新疆土,朝政荒疏亦大瑕。

徐偃王

军力空虚还造次,逞能妄举僭称王。
辉煌楼阁超皇殿,辽阔山河迫帝乡。
招惹朝廷遭进剿,出逃寺庙隐行藏。
休云道德堪兴国,手上无兵旦夕亡。

造父

远古司机岂谩夸，为王执御展才华。
时奔战地传军檄，或赴毡房享奶茶。
八骏能超云上隼，一鞭即及海之涯。
但逢警报如雷疾，犯寇惊闻两脚麻。

秦非子

渭水河边大牧场，新官上任乐洋洋。
善于养马能医兽，懂得钉蹄擅套缰。
战士喜欢驹体壮，行家称赞口牙良。
兵车从此增强势，可抗胡夷卫四方。

尹吉甫

编采诗经大笔杆，亦能振武守平安。
北征猃狁修坚垒，东渡南淮抢险滩。
谁说纵妻冤孝子，史称爱国抱忠肝。
太师鼎器遗多件，兮甲铜盘最美观。

周恭王

剪除密国事离奇,是否争风未得知。
收入降低亏老本,开支增大促新思。
荒山允垦丰财富,田地能沽拓税基。
变革推行颇见效,钱包鼓涨展愁眉。

周懿王

性情懦弱难安枕,人祸天灾出预期。
戎狄兵锋须反击,朝廷威信要强持。
因忧日蚀深加害,着急迁都大耗资。
号令不时行退让,镐京王气益低糜。

周孝王

叔父之身据大位,虽违宗法却明强。
犬戎愿意休兵革,非子成功建马场。
组就精骑巡国界,擢升杰士辅朝纲。
中兴伟业欣开局,政稳民安少祸殃。

周宣王

信心十足修文武，方始繁昌即伐攻。
蛮楚低卑交宝器，悍戎溃遁弃檀弓。
脱簪姜后虽扬善，拒谏君王总恃功。
短暂中兴成往事，祸根潜伏劫无穷。

周夷王

权柄重归相庆贺，纵然衰退亦昂头。
罪由不足诛齐主，礼节周全宴蜀侯。
战地赢来千骏马，猎场捕获一犀牛。
平庸举措遭轻视，逆反传闻遍九州。

周厉王

欲控舆情钳众口，反遭物议怨冲天。
聚财贵族齐挑拨，欠债君王独可怜。
不断分封何有地，时常作战要花钱。
谋增税项强军国，纷起争端失政权。

周幽王

亡国原由不一般，宠亲褒姒亦相关。
本欺太子能听命，未料申侯敢作奸。
河水断流枯渭洛，犬戎进犯踏骊山。
推知内外阴勾结，覆灭西周转瞬间。

周平王

本是权争利害人，逼临废立不由身。
起心弑父犹蛇蝎，决意迁都靠郑秦。
天子地盘如小国，诸侯兵马扰旁邻。
东周帝业方开始，碌碌君王倍费神。

周桓王

危机四伏独忧思，奋起雄心欲骋驰。
扶植晋邦新首脑，仇憎郑伯老狐狸。
肩膀中箭奔逃快，仓库遭焚补给迟。
重立威严成梦想，无谋天子受凌欺。

共伯和

厉王被逐情真实,共伯临朝事有奇。
主政为谁存异议,挺身代帝则无疑。
和平过渡安危局,顺利还权续正规。
幸得诸贤能尽职,齐心合力守周祠。

召虎

惊闻暴动急离宫,宅内遭围路不通。
舍弃亲儿颇酷狠,换藏太子至精忠。
淮河荡寇歼群匪,江汉铭诗颂大功。
遗有簋盆疑受贿,若无似是永朦胧。

郑桓公

虢郐寄孥存后代,用心策划获成功。
盖因周室生凶兆,唯恐宗门陷困穷。
已遣亲人离险地,尽忠天子守危宫。
随君赴难当无憾,郑国儿孙识祖公。

春秋战国

秦襄公

驱戎得力善攻防，拥护平王到洛阳。
封作诸侯升列国，占据丰镐筑围墙。
周朝殿上闻鸦噪，嬴氏门庭见凤翔。
板荡春秋谁勇猛，每传西部动刀枪。

晋武公

三代连争七十年，终于夺取境中权。
长期用武人心乱，不断阴谋庚气旋。
贿赂周廷升上国，强据晋殿改新天。
纵然暴虐相仇杀，动荡春秋亦作贤。

晋文侯

一失政权遭逐出，夺回大位仗刀弓。
难容伯服承周鼎，肯助平王主禁宫。
百载经营兴曲沃，六轮搏斗比英雄。
当年分地留矛盾，后代纷争战血红。

齐桓公

装死成功智逾常，因妃改嫁亦生狂。
易牙术可蒙明主，管仲贤能定大纲。
九合诸侯销祸乱，一匡天下守安康。
首开霸业尊周室，勋绩辉煌伟誉扬。

晋文公

匆忙去国忿挥鞭，万里流亡赖众贤。
暂别娇娥何急切，扩编劲旅不拖延。
西防秦马趋东路，南堵荆师出北边。
威镇中原周鼎固，百年霸业史无前。

管仲

贪心怕死亦无妨，见识超前定政纲。
改制建交增甲胄，兴文扩税囤钱粮。
撑持周帝诸侯服，捍卫中原霸业昌。
消费主张毋保守，青楼合法类营商。

鲍叔牙

高山流水遇琴师,不及童年即谂知。
未有叔牙长厚爱,哪来仲父展雄姿。
中原定霸成功日,丞相怀恩感动时。
岁月悠悠千百载,良朋典范自无疑。

易牙

求宠庖厨敢杀亲,烹儿递献作尝新。
只因宵小思谀主,岂是君王想吃人。
纵有谏言疑歹意,未能显效阻奸臣。
筑墙困上成骚乱,饿死桓公祸国民。

宁戚

歌声悲壮显襟胸,贤达倾听易动容。
管仲荐才曾写信,桓公授职以司农。
铁犁翻地田园沃,盐浦生财国库丰。
最善饲牛传秘术,城乡到处见蹄踪。

陈完

小国宫廷仇杀起,逃来齐地尚辛酸。
愿辞显吏无奢望,接管佣工不畏难。
独自沉潜居寂静,子孙振拔涌波澜。
夺权对错休评说,诞育人丁甚可观。

狐偃

终身奔走陪重耳,护国忠君白发翁。
亡命途中筹杰策,销魂帐里促明公。
城濮破楚增威望,洛水勤王显壮雄。
兴晋鼎周成霸业,操劳老舅占元功。

先轸

智战城濮先破楚,崤关设伏再歼秦。
雄师奋勇曾擒帅,仁主心慈竟放人。
怒目怨言难止口,赤膀冲阵不防身。
性情率直真何苦,原本君王未怪嗔。

赵衰

文公发小同奔命,四下流亡守挚诚。
设计催醒耽酒主,竭忠求得护行兵。
荐贤强晋功劳大,献策扶周义理清。
名利不争常礼让,后人谋国甚英明。

介子推

追随流浪久艰辛,割股煲汤或是真。
荒野虽无麻醉药,世间不乏狠心人。
弃官归去谋抛主,携母逃亡却害亲。
事件翻成寒食节,文骚倾向赞良臣。

狐射姑

弃家历劫从重耳,转辗多年久效忠。
子乐未能回晋室,夷皋业已占王宫。
缘何帅印遭横夺,认定奸臣有暗通。
遂杀仇人阳处父,潜逃国外似孤鸿。

曹刿

齐师侵境势如雷，献策书生作论推。
小惠祭诚诸士赞，公平讼直万民陪。
静闻战鼓知兵气，细辨车痕展将才。
获胜赐婚能肉食，晚年谋反却堪哀。

秦穆公

崛起秦王智勇全，欲行东进奋扬鞭。
晋关折帅难通路，西域驱兵可拓边。
谋士广招堪竞秀，良人生殉未加怜。
周廷封赏诸侯惧，后代争雄总领先。

秦康公

秦晋联婚水乳融，时移势变未全同。
前扶重耳虽成事，再助姬雍却落空。
享乐君王何有度，迫逃将领本无忠。
果然姻戚生奸诈，反目如仇杀气冲。

秦哀公

包胥求告泪盈盈,外祖终于发救兵。
五百铠车援楚国,万千将士扑吴营。
易逢以诈诓人事,难见怀仁仗义行。
最是无衣诗壮烈,君王领唱起雷鸣。

秦景公

挺进中原非梦想,唯忧三晋尚强雄。
亦曾休战谈盟约,复弃和平改袭攻。
联合楚师赢局地,僭违周礼建阴宫。
蕴藏实力能收鼎,只待时机发狠功。

百里奚

蹇叔连番救此儒,一朝自主被生俘。
贩来楚国为佣仆,卖给秦廷作大夫。
避与中原行战伐,谋于西部展宏图。
君王名辅公开价,五块羊皮换得奴。

蹇叔

长住乡村卓智卿,知人献计预言精。
曾教朋友防危祸,又料崤关有伏兵。
称霸中原先正义,拓疆西部仗文明。
哭师虽被君王斥,信任迟来亦动情。

孟明视

投奔老父入营门,顷擢将军屡壮言。
大意丧师心已碎,仓皇逃命宠犹存。
连输受挫祈神佑,一战成功报主恩。
往日崤山完败帅,终于威武震中原。

宫之奇

奉职故乡怀韧志,区区小国久坚持。
虢虞互助人皆晓,唇齿相依主亦知。
假道阴谋先揭示,囚侯灾劫果如期。
忠良难谏贪愚辈,只得携家速远离。

楚庄王

尚武英明拥虎骑，挥戈北伐未犹疑。
陈兵洛野惊天子，饮马黄河败晋师。
问鼎中原行不得，铸钱小币更相宜。
樊姬美丽兼贤惠，激励君王立伟碑。

楚文王

南征北讨攻秦晋，水陆钩联破邓陈。
慧眼终明和氏璧，狠心抢夺息夫人。
保安门闭因输阵，师父鞭抽责役民。
知耻图雄尤发力，周边侯国尽称臣。

楚武王

弑君夺位东南霸，大动干戈迫四方。
随主献珠求偃甲，邓侯嫁女望安康。
周廷拒绝加名号，楚地强行立国王。
征战一生无止息，遗留基业甚辉煌。

楚共王

楚晋争雄战火飞,少年君主振余威。
诸侯摇摆能招祸,属国濒危要解围。
宋地结盟心喜去,鄢陵失霸目伤归。
临终自责颇诚恳,仁厚贤明共映辉。

令尹子玉

凭功授帅喜登台,大战诸侯猛若雷。
围宋击秦齐鲁震,灭夔斗晋蔡陈摧。
未防假虎能惊马,急令中军不弃盔。
兵败归来难获谅,逼其自缢甚悲哀。

申公巫臣

堂堂宰辅本英儒,忽遇妖姬起企图。
许肯弃家宁折寿,甘心叛国愿为奴。
因情背主非贤士,挟恨寻仇乃贼夫。
献计敌廷常奏效,楚才晋用事超殊。

陈灵公

闻道夏姬真绝艳，四人相约闹兰床。
你挥花袜夸腰软，我展丝巾嗅发香。
纵酒放歌来别墅，打情骂俏在公堂。
满城笑话谁监管，遭遇其儿一箭亡。

孙叔敖

清正廉明楚国师，名贤芳迹尚留遗。
青山转角存蛇冢，浩水连天见芍陂。
宓地挥兵消寇患，御前定币解民疲。
庄王称霸谁襄助，智叔恭勤作制持。

养由基

体雄力大震环邻，百步穿杨乃箭神。
子越惊弦忙缩首，魏锜中镞即亡身。
骄兵拍马追穷寇，残敌弯弓伏要津。
射艺或能如后羿，战场生死不由人。

卞和

荆山得玉笑颜开，献宝于君入殿来。
或预千金能奖发，焉知双足被刖裁。
只今皆信真持璧，当下齐疑是骗财。
转悟人间时有似，怀才不遇类其哀。

郑庄公

临盆难产本无惭，互质周朝却不堪。
相见黄泉装孝顺，抢收谷麦露贪婪。
射伤天子求和解，羁络诸侯要约谈。
虎视四方虽霸气，史书未肯赞雄男。

子驷

两雄夹逼墙头草，弑主谋和畏恶邻。
为使都城离战患，便教边境送金银。
周旋敌寇难安国，妄起私心又害人。
殿上汹汹谁执剑，破门不是外邦臣。

子产

力克时艰欲睦邻,古之遗爱大贤臣。
公开刑鼎堪明法,改制田规可益民。
秉节外交赢礼遇,精通学问正人伦。
深思熟虑留乡校,身逝仁存政未泯。

宋襄公

太子真诚愿让权,军援齐国敢挥鞭。
易牙败走凶殃去,襄王成功大义传。
但看宋宫磨霸剑,忽闻泓水覆兵船。
扬威美梦虽消散,犹有高人赞圣贤。

晋襄公

设伏围歼气势横,崤关一再扼秦兵。
渡江楚将愁登陆,越漠胡骑急弃营。
交结诸侯销敌意,匡扶周室得荣名。
骋驰天下扬威力,超赶文公续霸声。

华元

四朝耆老望安平，不畏辛劳辗转行。
挽救宋廷长冒险，跑媒晋楚促和盟。
送琴未必深交好，斩使当真起战争。
豪气冲天诚请罪，解开死结喜休兵。

向戌

盟文失效欲新编，召集调停赖杰贤。
楚国申明藏铠甲，晋侯邀请宴琼筵。
沙场将士祈休战，边界居民喜种田。
历尽艰辛孚众望，中原弭武许多年。

栾枝

答言挑战意相宜，奔赴城濮共率师。
枝拽飞尘蒙傲将，马装猛虎吓冲骑。
遏秦论策知分寸，入郑为盟有礼仪。
辅国老成宽视野，忠于晋室若雄狮。

栾书

用尽机谋登宝座,辉煌背后暗流长。
厉公插手分权力,卿将存心抵政纲。
逼逐怨仇能顺遂,遭逢明主竟难防。
渐行渐远情疏慢,温煮青蛙向覆亡。

郤缺

老父羁囚官路渺,夫妻相敬更如宾。
识才臼季称贤士,争霸文公得佐臣。
剑斩狄酋收壮马,兵惊蔡国获赔银。
三朝耆宿匡雄晋,元帅曾经是草民。

先且居

亦似父亲人勇猛,君臣融洽有沟通。
城濮激战成名将,崤峡围歼立大功。
伐卫擒官为警告,征秦取地示强雄。
赵衰携手同安国,虎视中原气贯虹。

荀林父

关爱同僚具热肠,两棠战败最忧伤。
出师形势原严峻,布阵攻防又慌张。
羞愧在怀担罪责,感恩勠力欲功偿。
究难取胜终身憾,军旅生涯暗不光。

赵盾

豪门骄子国荣椽,一步登天掌政权。
立主固能知复杂,弑君难以脱牵连。
朝纲既整无纷扰,霸业犹争有纠缠。
变幻风云堪引导,德才兼备古良贤。

赵穿

纨绔风流骄驸马,宫廷内外敢横行。
桃园弑主情能恕,河曲耽军责不轻。
喜接成公增履历,力援赵盾益前程。
寿终正寝犹资荫,剽悍人生总是赢。

阳处父

显吏当朝拥正忠，外交军事甚精通。
计诳楚帅收回报，马诱秦俘未奏功。
改换射姑非挟怨，支持赵盾只因公。
华而不实诬言也，犹遇仇人怒挽弓。

士会

公差因故滞秦疆，忽被封官引恐惶。
究未真心仇祖国，果然情愿返家乡。
如逢败势能撑阵，但遇饥年善赈荒。
盗贼闻风逃窜矣，教民劝化有流芳。

范文子

秉性谦恭老练臣，和平意愿贯终身。
诚邀荆楚修盟约，肯与嬴秦结睦邻。
推动外交凭实力，达成友善费精神。
未能长久休兵事，却已由之少死人。

胥臣

向与文公共履危，荐贤建策总相宜。
劝君纳女怀深意，辅主攻书待善时。
马着虎皮生气势，人凭灵慧顺天资。
因材施教新言论，影响儒门属大知。

韩厥

起手惊人诛犯将，从严执法显无私。
宫廷争斗如闲鹤，战地冲锋似壮狮。
鄙视逢迎成党派，常思报答护孤儿。
绵连五代经风雨，肩并公卿守晋祠。

晋灵公

母亲大闹志方伸，放任骄奢未蹈仁。
恶犬穿衣追吏众，弹弓挟石射行人。
或因逆意屠厨役，累起阴谋刺鼎臣。
猛士当权犹较劲，兼无德望速亡身。

晋景公

两棠惨败惊全国,要稳民心挽巨澜。
冷静饬兵嘉向善,温情待将罚从宽。
荡平赤狄除凶患,征服强齐息事端。
纵使创伤难立治,边防恢复已如磐。

晋悼公

智慧超常振晋宫,少年称霸竟成功。
穷侯胆怯谋归顺,大国心忧避对攻。
战事连绵存后劲,财源广辟不虚空。
铠车过万君臣洽,牢控中原气势雄。

晋厉公

实力外交仍不易,竟遭玩弄寸心寒。
临猗受辱知邪国,麻隧挥师缚寇官。
既射楚王先大胜,继亡子反再狂欢。
却因内斗饶人早,惨遇行凶血染冠。

魏绛

偏挑执法岂为公，只斩车官理不通。
作战颇多常克敌，功劳最大是和戎。
向来唯见端枪剑，由此频行举酒盅。
贸易繁荣边患少，连绵远漠沐春风。

范宣子

精心策划与齐盟，宽阔胸怀让正卿。
剪灭栾盈骚乱士，聆听子产疾呼声。
撰修刑法求康世，重视州兵练壮丁。
辅佐晋公行大治，共推霸业得贤名。

中行偃

弑君从犯责惩轻，才识犹堪任正卿。
西伐嬴秦为泄愤，东征齐国要倾城。
忽然撤退谁颁令，无奈回朝众莫名。
紧急关头须决策，突而僵卧哑无声。

羊舌肸

德高望众重真诚，子产齐名比晏婴。
公族衰微难补救，平民受苦有同情。
日常尊礼斯文士，偶尔抽刀发恶兵。
煊赫政坛人敬佩，深怀忧虑老书生。

晋平公

接班莅国军容盛，续慑诸侯运霸功。
和约喜签盟楚主，劲师屡发困齐公。
太平世界多安乐，消遣时光起秽风。
说是萧条由此始，六卿实力暗强雄。

赵武

赵氏孤儿尝苦涩，卓然智慧振春秋。
尊崇美德昌三晋，推动和平益九州。
天子褒扬增信誉，诸侯折服少仇雠。
终生为国倾全力，难抑公卿伏隐忧。

荀䓨

九载羁囚获自由,临行忠智说恩仇。
分军轮驾疲荆楚,择地修城控郑侯。
襄助悼公成霸业,振兴家族领潮流。
专心了却君王事,感慨多端叹白头。

荀首

善射能文勇壮夫,冲锋陷阵不含糊。
闻将本座儿男捉,亦把荆王殿下俘。
公子归来居上位,老身擢拔入中枢。
既成望族增威信,齐鲁推尊礼遇殊。

郤克

背驼出使莅王宫,侍者姿形竟类同。
殿上笑声如野妇,心中怒气似雷公。
报仇晋帅须行罚,后悔齐侯愿鞠躬。
应晓身残人不废,能成霸业智多翁。

先縠

赵家盟友先珍裔,能任中军亦隽英。
郏地妄行遭败绩,清丘盟约得差评。
正卿揽责甘承罪,副将愁惩尚带惊。
引狄动机难解释,满门被杀起哀鸣。

晋献公

借道虞侯亡虢国,开疆拓地久兴戎。
尽屠公族称防乱,增建军兵欲逞雄。
宠爱骊姬生祸害,驱离太子弃贞忠。
幸存重耳奔逃急,终得时机夺晋宫。

三郤

权势冲天三叔侄,才能杰出建功巍。
精心布局谋强盛,霸道行为惹是非。
元帅晋公忧政弊,军民胥吏恨私肥。
一声令下屠全族,百载豪门血雨飞。

赵鞅

历尽风波见旭阳,弄潮大晋岂平常。
宗亲本族挥兵刃,天子朝堂迸血光。
内有奸臣如卧虎,外来悍敌似饥狼。
修文振武强争霸,卫国兴家伟烈郎。

韩起

长兄避让获承权,执掌朝廷数十年。
倦助国君兴事业,乐帮家族积金钱。
虽推赵氏成佳话,却在公门结暗缘。
雄晋三开难免责,犹能分得百城田。

赵毋恤

意外受权承赵氏,顽强忍辱苦熬煎。
并吞代国无情义,死守龙城保血缘。
联合魏韩通款曲,共歼智伯分良田。
三家裂晋春秋乱,应责当年见识偏。

荀瑶

枉称智伯岂精明，内外交兵起搆争。
信口开河增对立，损人利己遇危情。
晋阳一战亡强族，侯国三分溃霸营。
壮丽春秋成往事，中原大乱各求生。

鲁穆公

武弱财穷临战国，多年受压易濒危。
子思文圣原堪用，吴起军神本可为。
晋霸既亡常遇祸，齐王长逼屡兴师。
尚能传续称坚韧，南楚兵来始灭祠。

庆父

礼仪之国奸邪吏，任性横行鲁难长。
纵欲私通偷大嫂，涉嫌指使弑君王。
既逃莒地尤惊恐，犹望朝廷免死亡。
为恶多端谁救助，途中自尽作收场。

季孙肥

殷勤相鲁甚艰辛，邦小财空遇恶邻。
齐旅入侵须对阵，吴侯勒索又伤神。
遂招杰士同迎敌，且重农耕共履仁。
最是诚心怀敬意，接回孔子养羸身。

季札

君权三让德名驰，亦是尊规亦自私。
音乐妙评超博士，政坛指点似先知。
晋秦运势符猜度，陈国危情获护持。
挂剑坟头扬信义，何如作主举龙旗。

蘧伯玉

孔子周游十四年，蘧家九载住名贤。
单方示好难长处，双向相尊结久缘。
反省不停尤慎独，荐才广泛忌遗偏。
满身正气能安国，弱小朝廷获保全。

史鱼

国小尤须尊俊杰，临终因故口难开。
生前屡荐宽民士，死后犹推济世材。
偏室置尸当默谏，留言遗命警凋颓。
君王愧悟明心迹，致使才贤接踵来。

孙武

撰有兵书百十篇，伍员七度荐高贤。
能由美女胭脂队，训出英雄猛虎连。
剑指楚都雷滚地，舟横越水势冲天。
功成身退行踪绝，谋战精通属武仙。

孟贲

气力超人鬼见愁，狰狞巨兽震乡州。
传于水上揪龙尾，敢去山中踢虎头。
实可眼神惊渡客，真能徒手杀疯牛。
秦王举鼎伤身命，却赖雄男引事由。

吴王僚

继承符例正翔翱，有见堂兄觑衮袍。
伐楚不曾行鲁莽，治吴亦属肯操劳。
未防鲈腹鱼肠剑，空置厅廊虎魄刀。
百密一疏输性命，阖闾谋杀似狂獒。

吴王阖闾

贰志常怀欲夺权，暗藏杀手伏琼筵。
求才如愿招孙武，勠力同心用伍员。
远睦诸侯谈友谊，近攻越楚举钢鞭。
江淮传檄成新霸，水陆横行战火燃。

姬夫差

放虎归山本不妨，尚多机会守朝堂。
缘何斗晋频争霸，岂又攻齐滥逞强。
拒纳忠言生隐患，只留弱旅失严防。
野心膨胀无根树，狂妄昏庸自灭亡。

勾践

长颈狼行如鸟喙,几番挑衅致凋亡。
灭吴意念犹牢记,复越雄心永不忘。
箪酒劳师能鼓动,卧薪尝胆善佯装。
多年奋力终偿愿,成就春秋末霸王。

伍子胥

一夜白头衔大恨,投奔宿敌未踌躇。
吴王得助如添翼,楚殿遭殃变废墟。
怒气鞭尸开地墓,朗声挖眼挂城闾。
私仇国事相缠结,总使闲言有所据。

申包胥

理解良朋泄愤情,声称复国两分明。
惊闻楚地来强敌,哭动秦庭出救兵。
逐去寇氛收领土,接迎陛下返都城。
诚心谢绝千金奖,急退深山自隐行。

文种

赤衷可感随勾践，复越亡吴一智翁。
七计连环行诡道，几番激战占残宫。
兔烹犬死人情薄，鸟尽弓藏信望空。
蠡叔虽曾催促急，狐疑不决害愚忠。

范蠡

风度翩翩擅变身，巨商仙士异常人。
深谋善虑歼吴帅，坚忍灵通辅越臣。
控价思维能益国，营销策略亦丰民。
传闻已救西施去，笑傲江湖拥女神。

专诸

惧内蛮牛学掌厨，被人收买作凶徒。
事前诱导成功甚，善后安排顾虑无。
技术应超新杀手，神情恰似老江湖。
彗星袭月鱼肠剑，污血横流震句吴。

豫让

怀贞义士意难平,要报恩公愿舍生。
人主已亡犹伏击,仇家恕后续凶行。
封喉用炭防情泄,挺剑挑衣当事成。
欲以烈忠扬壮举,遂如笑话枉牺牲。

要离

獐头鼠目苦低卑,肯作帮凶出狠棋。
因要伪情残手臂,为添惑力杀妻儿。
阴邪刺客装纯结,豪放魁酋实钝迟。
害死全家犹被赞,神经有病必无疑。

聂政

曾经犯罪喜潜行,暗地流传暴恶名。
道义罔知贪薄面,黄金有价卖余生。
未闻苦主言恩怨,只信东家说屈情。
仗剑入堂成杀势,白虹贯日疾无声。

鉏麑

荷恩穷汉得纹银，奉令行凶杀相臣。
却见好官难下手，又忧施主畏抽身。
专工刺客毋饶命，至杰高贤可改人。
撞树狂呼如报警，良心发现转成仁。

齐顷公

讥嘲残疾起风云，兵败荒山遇虎贲。
回转换衣装驾手，绕行夺路甩将军。
岂能羁母牢笼系，宁可交锋玉石焚。
底线分明重睦好，埋头治国作贤君。

齐灵公

起用晏婴犹苦恼，唯其治政欠周详。
欺凌弱国能振奋，面对强邻总紧张。
太子逃亡因女嬖，妃嫔迎合着男装。
街中少妇无从见，假冒须眉满路忙。

齐后庄公

曾历风霜知困苦,英姿勃勃信心强。
伺机掠地收丰利,顺势兴兵挫逆狂。
发恶陈尸诛父妾,成痴诱妇恋棠姜。
偷情败露遭追杀,霸道君王亦恐慌。

齐僖公

自豪小霸敢雄声,儿女三人亦出名。
姊嫁卫公姻父子,妹婚鲁主恋家兄。
曾联郑国驱戎寇,又劝诸侯结友盟。
莫道探亲违礼节,奇葩岳丈最温情。

齐襄公

久别重逢喜笑迎,乱伦消息又盈城。
百年怨恨仇能报,十载情思诉不清。
肥硕野猪蹄力健,凶残草贼箭功精。
中原霸业春雷动,正欲称雄忽丧生。

逢丑父

败走华山逢险路，辇轮不转急群臣。
岂能坐待成俘虏，立即乔装作替身。
逃命齐侯如脱兔，踞车丑父似鹌鹑。
追来敌寇难分辨，李代桃僵甚逼真。

田常

百年恩怨深缠结，生死关头手腕强。
收买人心犹继续，剿除异己更猖狂。
外交准备边开展，内部分工早协商。
只待时机移国柄，齐姜天下入兜囊。

崔杼

上国权臣吊唁回，新婚孀妇喜相偎。
绯闻妻子堪羞也，畔弑齐公岂善哉。
史吏直书刚似铁，家人内讧灭如灰。
棠姜既缢伤悲甚，沉痛难熬亦自裁。

春秋战国

63

司马穰苴

立斩监官出异闻,高昂士气镇边氛。
晋师获讯忙归国,燕将通知急撤军。
不战屈人凭壮势,著书论武具雄文。
齐疆威显重安定,为有兵神卓绝群。

鬼谷子

贫民学校孔丘开,王诩能教杰出材。
徐福寻仙船似箭,苏秦佩印势如雷。
知天彻地通三界,辟谷餐风赚万财。
脱骨换胎何派系,疑为外域秘神来。

孔子

人品高端学问深,周游列国缺知音。
门生敬爱尊贤德,权贵心嫌假热忱。
思想巍巍称至圣,诲言凿凿胜真金。
君臣父子分层级,三教同辉振古今。

孟子

断织三迁遵诫禁，练成浩气荡邪阴。
主张性善呈新见，传告君轻发正音。
庸帝聆听疑臆想，良贤恭信广胸襟。
以民为本多仁义，代有尊崇致敬心。

荀子

哲思深邃一鸿儒，博识名声达九隅。
稷下兰陵谋职业，李斯韩子是门徒。
直言性恶教民众，尊敬宣尼踢鬼巫。
汇总百家称后圣，雄文劝学可医愚。

墨子

褐黑衣衫不一般，墨帮势力震坊间。
思维明显抛尼父，辩论尤能胜鲁班。
最是非攻轻众帅，犹倡节用赈孤鳏。
身怀大爱谋民事，终日奔波未得闲。

杨朱

泪洒歧途细雨斜,扬名未恃笔生花。
心中矜贵唯人命,眼里虚荣是粪渣。
儒墨相违仇似敌,老庄虽近视如邪。
一毛不拔奇思想,独特超前被掩遮。

列子

静住田园悟道渊,沉潜安适一明贤。
断然辞却违心赠,欣喜编成寓意篇。
辩日机锋能困士,御风功力已如仙。
乡邻忽见红光耀,传是凌云上碧天。

鲁班

发明工具显天才,韧木根瘤一锯开。
曲尺轻松量界线,云梯高突压楼台。
用心挥斧其思巧,以辩攻城所答呆。
岂是眼光真落后,谈锋不利面如灰。

少正卯

齐鲁扬名一骏驹,能言善授亦鸿儒。
先生堂上门徒闹,孔圣庭中学子无。
传说闻人遭妒忌,难明尼父会糊涂。
迷茫事件存争议,未必当真有戮屠。

柳下惠

忽传艳遇笑嘻嘻,总引闲人一探奇。
美女坐怀能不乱,母猪上树便毋疑。
雄男好色元无错,和圣兴贤早有知。
逝后秦师尤敬重,取樵严禁近坟陂。

颜回

百亩良田食不愁,虽居陋巷意闲悠。
读书鼓瑟超端木,养志轻官讶孔丘。
旷野发言明理道,厨房偷饭有情由。
先生怜悯他贫苦,误导千秋尚未休。

子贡

口若悬河智勇全，经商行政向峰巅。
积攒财富供三代，扰动诸侯费十年。
问道思贤人练达，尊师如父意恭虔。
守坟六载无疲倦，端木遗风久有传。

子路

伉直忠诚政事通，诺无经宿几人同。
攻书明智怀仁勇，从吏称贤会武功。
自费修河遭斥责，公心折狱受尊崇。
砍成肉酱谁悲恸，夫子长吁泪眼红。

冉雍

口拙未妨精教育，向来豁达乐求知。
老师赞赏能州宰，荀子高评似仲尼。
从辅季家曾数月，佣帮孔氏却长期。
先生衰迈龙钟矣，赖此贤徒侍不离。

曾参

颜回逝后最资深,至孝尊师抱赤忱。
轻物重人承圣志,践言烹彘护童心。
一知官席毋迟换,三省吾身必细斟。
讲学聚徒精化育,儒门长敬品如金。

子夏

孔门高足含辛楚,奔走尘途盛誉生。
深入读书毋固执,悠闲处事有豪情。
尊师勤敏能加意,丧子悲伤致失明。
授业西河修论语,终身力播圣贤声。

闵子骞

被虐不曾仇继母,孝心明理谅亲人。
一埋劣酒羞交费,十载寒窗欲得薪。
岂可辞官追古圣,须知缺菜待佳宾。
为师孔子常难受,总遇门生未脱贫。

冉耕

德才杰出至贤仁,不幸灾生病染身。
决意转头潜秘室,毋庸露面扰芳邻。
虽曾谢却关怀友,未预犹来慰问人。
双臂穿窗谁握手,恩师孔子泪沾巾。

冉有

十哲排名居第七,迎回孔子大功臣。
从戎勇猛驱齐旅,征税强横役鲁民。
办事显才能尽力,修行求学畏劳神。
老师时要将之逐,爱恨交加吵闹频。

宰我

酣睡白天还顶嘴,质疑守丧似愚疣。
出言大胆难师道,思索精微考士流。
历代学生知朽木,当时尼父骂蛮牛。
却能十哲荣名列,子贡居然在后头。

子游

武城执宰独悠闲,弦管箫笙奏此间。
尼父牛刀称说笑,澹台曲径拒谋奸。
老师理想追先圣,弟子恭行扫野蛮。
莫道南方无俊杰,英名配祀至贤班。

阳虎

崛起政坛无背景,家臣得势作公卿。
操持鲁国多纷乱,诱惑齐侯欲肆行。
畏惧赵鞅能敛迹,欺凌孔子敢狰狞。
圣人争奈歪才杰,一自仇憎更出名。

游吉

断章取义引诗经,文质彬彬避血腥。
群贼乘机掀逆浪,王师无奈出雷霆。
环游列国和风起,执掌朝纲大祸停。
尼父赞扬如子产,终生勉力守安宁。

晋成公

周室迎归承景祚，依规立例事躬亲。
复筹公族增新职，妥置闲员悦老臣。
争霸施威烦敌友，逞雄动武护邦邻。
纵然功业非宏伟，过渡平安利国民。

周威烈王

周室延绵数百年，三家分晋入冬天。
纵然缺乏纠偏力，也要坚持卫道权。
轻赐诸侯崩秩序，宽容逆贼害良贤。
春秋岁月临终结，战国争雄祸劫连。

魏文侯

易攻难守多忧患，改革招贤势始强。
西伐嬴秦增国土，南征蛮楚启桅樯。
农耕兴旺邦交广，法律公平贸贩昌。
三晋结盟为领袖，扬威华夏乃英王。

魏武侯

继承父业续辉光,黩武穷兵仗势强。
虽敬李悝如国宝,却忘吴起似城墙。
赵侯利益遭疏忽,三晋联盟受重创。
策略模糊尤任性,危机四伏向衰亡。

魏惠王

乏力趋前走下坡,运筹落后结仇多。
立场飘忽难拼劲,盟约随机易失和。
不智迁都行险路,图谋称霸困旋涡。
大梁雄阔虽牢固,却益嬴秦变恶魔。

臾骈

寒士凭才擢佐卿,从征河曲得成名。
两军对垒筹谋快,一路穿行战况明。
严令伏兵存壮势,详观来使识虚情。
连番推断皆精准,未与交锋已稳赢。

吴起

杀妻求将狠名扬,助鲁赢齐战力强。
善守河西匡魏国,智攻阴晋破秦疆。
革新荆楚重开迈,克捷黄城再炳光。
广受欢迎明主抢,千秋传颂大兵王。

李悝

变革春雷驰魏地,强兵富国领头人。
农商平等财源广,赏罚严明法理新。
擢拔寒门轻贵族,减除礼制抑淫民。
四方志士如云集,力压群雄捷报频。

西门豹

共观河伯行婚礼,救出姑娘要换人。
先掷巫婆沉涌浪,再驱长老入深津。
军民欢喜贤良吏,陛下怀疑静默臣。
待到来年加验证,兵强家给水渠新。

申不害

自荐成功为宰相，高明治术见昭扬。
内修政教增财富，外运筹谋重武装。
以绩衡官行擢贬，从严问责罚贪强。
终身守国无侵略，特务机关始出场。

乐羊

谤书满箧未曾知，欲立功勋勇似狮。
虽见亲人遭倒吊，犹催猛士不延迟。
忍心当面吞儿肉，怒火冲霄发令旗。
苦战终将顽敌灭，却疑冷酷被抛离。

魏成子

因何擢拔看平时，才德高低一望知。
得禄九成予战士，荐贤三位是名师。
翟璜显绩能从辅，李克微言定主持。
抉择原由含理义，流传朝野说相宜。

盗跖

肆戾横蛮窜府州，儒师官吏久憎忧。
声名狼藉羞兄长，言论新奇压孔丘。
盗贼说来真有道，圣贤审去假无求。
未囚牢狱还高寿，能佑青楼扫百愁。

田子方

身事魏侯传道义，慧言出口警王公。
倡扬运智监官吏，嘲笑称能比乐工。
忠告贫民无失富，阐明权贵可归穷。
谆谆善诱扶贤主，争霸终于占上风。

段干木

土豪马贩善酬宾，子夏教之更绝伦。
虽未居官于大魏，却能凭义过强秦。
不同巢许全潜隐，终为文侯一剖陈。
财富丰盈犹自主，发家辅国乃高人。

孔伋

夫子男孙渊博士，怀忧家国敌艰难。
中庸之道符贤圣，思辨精神合客观。
孟氏门徒能预兆，天人学说始开端。
写书从教虽无职，三孔园区日益宽。

邹衍

畅论阴阳夜不眠，纷来稷下会玄仙。
王侯借术谋功业，方士愚民葬祖先。
地理精通知降雨，卦巫熟悉懂摇钱。
焚书坑畔曾盘点，未毁名贤五德篇。

公叔痤

老谋深算滑头臣，辅佐能劳亦是真。
迟荐商鞅耽本国，撵开吴起益周邻。
拒收大奖精神好，分享丰功品德醇。
连失天才虽有责，更因君主不知人。

公孙龙

白马之言未必差，恍如逻辑发萌芽。
可研世界尖端事，不是朝廷策略家。
虽遇孔穿张利嘴，但逢邹衍失犀牙。
特殊普遍相含混，益智奇思溢五车。

公孙衍

四顾苍茫欲寄情，出秦奔走觅安平。
漫观天下皆愁主，难遇朝廷聚勇兵。
发奋图强呼合纵，齐心协力破连横。
曾经五国封丞相，威振中原有所成。

淳于髡

其貌不扬人矮小，巧思善辩滑稽郎。
鸟情比喻虽羞主，酒力夸张可醒王。
仰借赵师除险患，睦交楚国致和祥。
盛名稷下逍遥士，杂学多闻益四方。

齐威王

三载不飞奇异鸟，一鸣天下出金凰。
武凭孙膑生强势，治用成侯得盛昌。
傲示才贤夸政绩，怒烹奸吏正朝纲。
再扬大志尊周室，震撼春秋小霸王。

齐宣王

不嫌丑女作新娘，国富兵强傲远方。
北伐燕王全获胜，西征秦地大伤亡。
匹夫之勇无能耐，缘木求鱼有智障。
稷下先生常进讲，滥竽充数亦登场。

晏婴

正气盈充短小身，口才锐利少相伦。
折冲樽俎堪安国，防备文儒要误民。
双泪哭君哀一地，两桃杀士去三人。
楚庭舌战收完胜，砥柱中流社稷臣。

孙膑

联袂求知师鬼谷,同窗先贵起彷徨。
因悲落魄身心苦,致有惊魂膝膑伤。
曾是良朋如手足,转成死敌动刀枪。
复仇胜后沉思久,愧悔当初未自强。

庞涓

乱世英雄意气扬,升居要职立朝堂。
本该顺势携朋友,却起歪心害对方。
往昔恩情抛角落,顷时仇恨满胸膛。
归山瘸虎潜来夜,中计难逃箭似蝗。

田婴

礼贤下士有听闻,从谏如流理政勤。
虽逐魏师擒太子,犹防楚国出雄军。
牺羊歃血盟朋友,串户登门聚族群。
薛地筑城谋固守,大权放手孟尝君。

邹忌

琐事编成哲理章,循循善诱谏君王。
赢来信任陪鸾驾,展显才华作栋梁。
亦属庸人无器量,不容贤者出名堂。
欲除田忌心卑鄙,敢造谣言播四方。

田忌

力援孙膑收回报,赛马临戎智近神。
救赵驱兵安列国,逃齐夺路走孤臣。
纵然荆楚风光好,不及胶东故里亲。
待到洗冤还质白,归心似箭逐车尘。

匡章

史记书中无列传,齐王称霸作干城。
桑丘用谋驱秦旅,渤海扬帆破北京。
幽谷联军充主帅,垂沙斩将出奇兵。
母坟父意难兼顾,竟致英豪默不名。

慎到

名闻稷下一文翁，听众云来满学宫。
所说或渊崇法派，探源犹蕴自然功。
精深博大能高论，凌乱玄疏受猛攻。
重治轻贤荀子斥，庄周欣赏可相通。

田骈

稷下先生怀诡异，死人之理即为齐。
从深探索环球事，归纳摩研宇宙题。
不愿做官当俗吏，倾情执教养娇妻。
田文恳请非凡客，博学由来敬未低。

环渊

老子门徒精鼓钓，亦来稷下讲经书。
千言道学曾传录，两册遗文任注疏。
世事淼茫难预定，行踪可觅不空虚。
一竿在手临渊甩，宋玉惊呼出大鱼。

彭蒙

稷下奇才精哲学，诸多言论促舆情。
荒坡鸡兔人皆抢，街市猪羊众不争。
名分既安知守信，法规颁后禁违行。
平常道理谁思考，高士挑明获掌声。

宋钘

稷下深修欲破冰，寻源探底究依凭。
天能包裹千方远，地可承荷万物兴。
人在中间毋妄动，心从规律自提升。
尹文赞赏加充实，堪使庸夫智慧增。

尹文

向称宋尹两齐名，但看遗文有拗争。
夹杂诸家儒道墨，宣扬人体气神精。
清心寡欲成常论，济世安贫得好评。
学问如何须探究，自由思想已分明。

告子

每与大师谈曲直，随时舌战到三更。
关乎人性怀高见，涉及天然有妙评。
墨子宽容常避让，孟轲不服要相争。
喜欢食色常言说，博识奇闻可脱盲。

尸佼

商鞅师傅总参谋，变法当年助运筹。
潜入巴山为远祸，游于蜀水以探幽。
锐明构想行三晋，警醒精言散九州。
宇宙思维犹可用，哲人踪迹却难搜。

白圭

鬼谷门生置想新，毅辞吏职作商人。
久营珠宝开分店，兼卖粮油赚碎银。
崇善热心高信誉，戒贪微利有慈仁。
穿行列国经风浪，事业繁荣大富绅。

陈轸

传食诸侯叩府衙，天涯游走逐星槎。
只凭故事帮齐国，能借微言上楚车。
韩吏存心难捏造，秦廷无计作追查。
机灵应变怀韬术，随地摇牙斗佞邪。

李兑

沙丘政变建殊功，得势当权守赵宫。
策士进言曾雪冻，幕僚智谏转春风。
总因合纵须同力，唯惧连横获畅通。
君宠一终踪迹灭，前尘往事竟朦胧。

赵武灵王

践位徒然起敌氛，少年运智镇风云。
夷骑劲射催新政，胡服轻装建锐军。
既定传承还扰扰，忽谋分立乱纷纷。
沙丘饿死谁怜悯，误国惊民累惠文。

赵惠文王

杀兄饿父度时艰，赏罚严明擅把关。
从善如流教官吏，睦邻伐寇识忠奸。
廉颇乐毅挥师去，蔺相庄周遂意还。
当世英豪谁不服，犹能论剑上华山。

安阳君

身无显过父移情，痛失权纲尚忍声。
向日扬眉威太子，此间垂首怂朝卿。
家尊有意重扶植，王弟横心起斗争。
致败总因输智慧，还悲命运欠公平。

李牧

能攻善守镇边臣，练武驰军略术新。
击灭匈奴车列阵，伏歼秦旅剑扬尘。
只倾心血防雠虏，未料谗言害自身。
护国长城悲坠毁，官民哀痛失兵神。

廉颇

负荆请罪只因公，据守长平怠进攻。
久未退秦兵气弱，初来投魏脸腮红。
唯传饮膳三遗矢，慢道飞身再引弓。
莫怨君王无度量，谁能冒险用衰翁。

蔺相如

奢望真能璧换城，挺身自荐赴秦京。
只缘谒见曾夸口，致使交谈带厉声。
约会渑池争琐事，言和将相出贤名。
执持政务虽庸碌，强敌多年不敢轻。

肥义

赤胆忠诚不改更，中流砥柱忌虚声。
支持君主穿胡服，戒备凶徒闯禁城。
亲口教人明境况，甘心犯险作牺牲。
沙丘政变惊天下，堪与商鞅比杰名。

秦孝公

任用商君深变革,骤然兴国更雄强。
乡民畏吏知刑律,将士求功赴战场。
攻伐逞威凭实力,外交倨傲挟锋芒。
纵观华夏谁能挡,只待时机统万方。

秦惠文王

继承父志向东方,车裂商鞅手腕强。
善用客卿尊策士,不伤戚党振亲房。
既平西蜀还南进,先击中原再北攘。
纵火烧荒游牧乱,文兴武盛似朝阳。

秦武烈王

身材伟岸力超雄,搏虎擒狼善武功。
定策攻韩谋进克,决心平蜀获连通。
张仪逐后还相约,甘茂行前订合同。
却见忘形头脑热,逞强举鼎血喷宫。

秦昭襄王

敢灭周廷家底厚,鲸吞蚕食伐无休。
朝中官吏恭如犬,境内黎民顺似牛。
安抚远邦予礼物,环攻邻域垒骷髅。
长平一战哀华夏,血迸千山万国愁。

韩昭侯

战国七雄排末座,亦能争得一时强。
推行变法张军力,鼓励农耕积谷粮。
崇德奖贤新策略,防奸控吏制条章。
谨遵名相施良政,却藉阴招守庙堂。

樗里疾

能言善辩品端方,处事精明大智囊。
扫荡诸侯颇勇悍,欺凌周室极嚣张。
蒲城偃武存疑惑,渭岸修坟有眼光。
风水先生经墓地,由知上将懂阴阳。

甘茂

人情练达敛锋芒,谨慎仍难避中伤。
得与武王盟息壤,方提劲旅破宜阳。
秦廷还肯招高手,楚国焉能送智囊。
纵使英名扬海内,终归老死在村乡。

魏冉

拥立外甥援老姐,不辞劳苦展经纶。
征韩围魏驱强赵,扰楚侵齐护大秦。
四任宰司持政柄,一身光耀盖朝臣。
未防张禄摇谗舌,遂被抛离失要津。

白起

四方杀伐暴风驰,威震中原仗虎师。
鄢郢灌城人浸溺,长平坑虏血淋漓。
结仇丞相危官运,违背君王定死期。
莫道军神当点赞,穷凶极恶缺仁慈。

商鞅

生来刻薄却神聪,法治思维善贯通。
手段高超宣政令,目标清晰革民风。
刑严吏酷抛仁义,奖重兵凶尚暴功。
满腹计谋虽利国,人心丧失换强雄。

范雎

受陷遭刑秽一身,轻车逃命夜投秦。
献谋精彩怡君主,得职惊瞻作相臣。
外制诸侯兵势壮,内除贵戚政纲新。
恩仇尽报情如戏,追杀颁金不漏人。

蔡泽

无业游民怀梦想,欲谋富贵久思量。
危言一席惊丞相,对话三时悦国王。
即授高官参政事,旋升宰辅握朝纲。
街边卜士非胡说,空手真能套白狼。

楚悼王

国困民穷武不强,幸招吴起改朝纲。
先由宛地行新政,再督官员扫犯赃。
北伐中原开大局,南征岭表拓边疆。
若非急逝谁堪敌,可蔑秦师作霸王。

燕王哙

拟学唐尧禅政权,爱民君主所思偏。
子之未必全装伪,苏代犹如在诱贤。
渡海齐师侵远国,抱头燕吏泣多年。
无端生事群情乱,千里江山战火煎。

燕昭王

为施报复揽人才,吏治清明会理财。
拥彗迎贤尊马骨,倾心养士筑金台。
辽东边地秦开拓,齐国城池乐毅摧。
一举变身成杰主,扬威称霸起惊雷。

虞卿

蹑屩担簦获进身，却抛印绶助逃臣。
魏齐见罪虽须罚，张禄追仇亦不仁。
开战最忧无实力，媾和抵死有精神。
未能纳谏何遗憾，所著书文卓轶伦。

子之

连交红运兼开智，竟获庸君禅国权。
尧舜或无真故事，燕廷的是换新天。
亦曾日暖波澜静，终致风狂焰火燃。
莫道齐师来势急，自身已乱欲翻船。

乐毅

曹操孔明皆敬佩，联军统帅写传奇。
终帮燕主将仇报，却被田单用力锤。
七十城池虽击破，五年战绩受怀疑。
谗言一起难安命，迅即逃离不敢迟。

田单

齐师崩溃事堪哀,即墨孤城旦夕摧。
遂挽人心修鹿砦,急招丁勇上烽台。
谍谋一计除凶帅,火阵千牛响炸雷。
乘势反攻收失地,区区小吏是功魁。

剧辛

未必黄金能吸引,朝廷政乱急逃身。
适逢燕国招贤士,遂别中原奉杰人。
拜将攻齐曾谨慎,领兵袭赵不留神。
休云旧友须关照,庞煖提刀斩老臣。

庞煖

沙丘政变一朝臣,鏖战长平已退身。
当是兵危思大将,唯因事急聘闲人。
布防设伏如孙膑,反击围歼灭剧辛。
合纵攻秦虽未胜,白头老帅够精神。

秦开

获归人质识边情，挂帅挥师作远征。
万马踏冰奔汉将，三军用命逐胡兵。
逢山凿路通辽域，遇水修桥筑大城。
东北因之成属国，沈阳塑像记光荣。

苏秦

谋私出发亦为贤，阻滞强秦护险天。
策士徐图筹合纵，暴君加速向横连。
婉言诡事谁能信，直说危情主不眠。
一纸盟书生效果，平安六国十多年。

苏代

亦可精心谋大局，调停缓急甚高明。
周廷欢喜毋征甲，魏相听从愿送城。
蚌鹬寓言消战火，笺书诚意续温情。
再回燕国呈良计，致使齐王险选生。

张仪

名比苏秦俱卓智,一经醒悟更奸雄。
连横似帜飘高地,合纵如船逆大风。
军事诈欺能认可,外交辞令不由衷。
垂亡列国难团结,莫怨先生骗术工。

信陵君无忌

海内崇尊大帅哥,爱才好士护山河。
窃符救赵忠虽失,拒赏收心德自多。
一语提醒还祖国,五侯听命退秦魔。
但闻魏主人情薄,抑郁余生酒色磨。

平原君赵胜

兵败长平有责身,因贤杀妾欠慈仁。
为贪小利难安赵,尤缺雄谋不敌秦。
唯率家丁奔战地,苦求盟友救官民。
硝烟散后能深省,欲改根疵作杰臣。

孟尝君田文

战事频繁要奋戈，三千门客未嫌多。
士崇君宠增民望，狗盗鸡鸣出虎窝。
曾在函关收胜果，时来薛地避风波。
名高盖主谣言起，恐惧而逃不奈何。

春申君黄歇

智勇逃秦赶道程，移花接木暗施行。
挥师赴赵援盟友，决意迁都避敌兵。
斗富成功珠宝亮，疏河顺利水流清。
怜他不信朱英劝，命丧宫门举世惊。

郭隗

求才自古无难事，唯恐君王意不诚。
马骨传奇教杰主，黄金魅力诱精英。
剧辛邹衍升新职，乐毅秦开统悍兵。
四面八方来俊秀，一条小计得多赢。

伯乐

世上的难逢伯乐,狼多肉少奈何之。
纵然职事需增补,未免良材被漏遗。
骏马拉盐诚可惜,庸才得位亦毋奇。
听天由命嫌消极,一搏无功再转思。

甘罗

将门之后休轻看,伶俐聪明敢逞强。
自荐劝人帮吕相,畅言就事慑张唐。
只凭空口收城郭,不用劳身获奖彰。
论德亦能称上品,年方十二大名扬。

燕太子丹

多年人质已心寒,预感中原守土难。
赵卒悲哀埋野谷,楚王愁绝困牢栏。
深忧嬴政千军出,寄望荆轲一命拼。
功败垂成长叹息,藏身衍水甚辛酸。

荆轲

受邀侠士入燕京，闻道谋秦不作声。
暗悔承恩难退缩，频遭敦促要前行。
手中大礼堪投合，阶下朋侪忽发惊。
刹那图穷还匕见，阴招败露却留名。

高渐离

送别荆轲泪满襟，风吹易水筑声沉。
良朋远去期挥匕，死敌前来令抚琴。
熏眼暴将容貌毁，扣弦愈觉国仇深。
灌铅乐具曾高举，欲砸秦皇反被擒。

齐湣王

智力超常识假真，滥竽南郭急逃身。
欲吞宋国曾称帝，因破函关狠索银。
不敌联军仇乐毅，搜寻间谍斩苏秦。
本来得法堪成霸，忽告沦亡血染尘。

楚怀王

侵越成功再拓疆,围攻雄魏示威强。
力催合纵凌中土,逼退连横扰北方。
却被张仪深诈骗,还遭齐主重创伤。
坐牢受屈殊悲愤,死不低头就恶狼。

宋康王

囊血射天生异想,突然兴盛震中原。
勇同蛮楚争肥地,敢使强齐失乐园。
四下出兵多树敌,百般滋事不施恩。
广招众怒难安国,顷刻衰亡被并吞。

周赧王

漫漫周朝八百年,惜难重振再相传。
九州裂土人心乱,七国争雄战火煎。
穷极姬延悲失鼎,恶横嬴政笑承天。
炎黄命运尤艰苦,血浪滔滔不见边。

秦庄襄王

果真奇货在街边，着意修葺值亿钱。
拜认夫人圆美梦，承欢太子遇机缘。
骤然得国犹侵地，顺利传儿可换天。
预料中华能一统，扬鞭策马写雄篇。

鲁仲连

未似苏秦谋富贵，异于稷下众名贤。
聊城劝将真情在，赵国匡君道理全。
任事开言因仗义，排忧纾困不求钱。
人间高士能寻见，世上难逢鲁仲连。

王翦

身经百战显英奇，未敢轻言胜楚师。
人少当愁遭覆灭，兵多却恐受猜疑。
秦王觉悟增军队，项燕粗疏坠帅旗。
归后断然求去职，急流勇退不推迟。

赵奢

连斩奸胥严税法,消除抵赖库增银。
领兵蓄势攻防快,论武知情见识新。
一战扬名安弱赵,十年威望镇强秦。
长平浴血如参议,或可帮儿胜杀神。

赵括

临危受命敢拼争,急代廉颇掌大营。
纸上谈兵诚锐利,边关实战或聋盲。
被围孤帅无周虑,挨饿三军要死撑。
一败自招人指责,谁教竖子只虚名。

项燕

方率雄师歼李信,又迎王翦老狐狸。
智多敌帅难侦探,心急将军易谍知。
但见寨前零铁甲,惊逢岭后万精骑。
血腥决战成完败,辽阔江山毁此时。

屈原

贵族精英性直刚,接连受挫独彷徨。
斑斓辞藻成骚体,激越情怀赋国殇。
香草美人谁眷顾,佞臣滑吏尽乔装。
贸然沉水曾何益,贾傅浮湘甚感伤。

宋玉

俊貌多才笔似椽,悲秋写就最佳篇。
初来巫峡惊雄境,再到高塘会美仙。
下里巴人牛饮圳,阳春白雪凤尝泉。
未真好色登徒子,却被文豪笑万年。

左丘明

目盲博学犹高寿,名利浮云不妄求。
熟悉周朝编国语,推崇孔子注春秋。
遥长故事勤书写,朴素精神乐化流。
历代君王加礼敬,树碑立传以歌讴。

唐勒·景差

战国文豪岂几家,屈原宋玉展精华。
楚辞似魅闻唐勒,招魄如歌识景差。
启始荒凉星点火,行来灿烂万丛花。
抚今追昔人惆怅,遥想当年角鹿车。

熊渠

有勇善谋延大业,船多箭利霸南方。
鄂庸沃土全吞并,江汉平原尽入囊。
统辖铜山狂聚宝,僭修宫殿妄封王。
财源滚滚雄蛮国,不惧周朝势力强。

楼缓

活跃春秋五十年,行游诸国善通权。
担当秦相曾交睦,加害成王久扰缠。
纵使图谋毋见效,犹能逃逸得周全。
传奇故事虽经典,却谓迂拘易执偏。

秦汉

秦始皇

千古雄才意气扬,扫平六国最辉煌。
山河一统超先祖,华夏全新出始皇。
同轨齐文分郡县,筑城封禅觅仙方。
功臣未杀犹招怨,专制成型益帝王。

秦二世

狭隘心胸且病狂,尽屠兄弟尚惊惶。
赵高执柄咸阳殿,陈胜兴兵大泽乡。
践祚未招谋国士,临刑求作种田郎。
三年岁月奢淫度,转眼烟消向灭亡。

扶苏

有怀仁义惜坑儒,逐去边关警惕无。
遇变顿时生绝望,惊心那及起雄图。
赵高伪旨诚阴毒,公子遭囚亦钝愚。
手握重兵犹败弃,大秦由此入危途。

吕不韦

富翁识宝不张扬,战略投资有眼光。
促使赵姬为美后,拥推子楚接新王。
既增信任升丞相,又筑根基益始皇。
交易成功收暴利,只凭一笔傲千行。

李斯

谏停逐客智超伦,力主扬兵灭四邻。
一统中原收大鼎,专工严法辅强秦。
集权效果谁称好,矫旨阴谋自不仁。
腰斩酷刑天下悚,由来议论总频频。

嫪毐

传说奇人有异能,阴茎杂技引惊楞。
私通太后难遮掩,封作侯爷敢折腾。
得意狂徒称假父,行谋乱众震高层。
忽遭举报抄家产,五马分身受痛惩。

韩非

韩室王孙列国游，口才虽拙哲思优。
刑名术势能融合，武侠文儒要禁囚。
警惕八奸耽政事，严防五蠹致君忧。
秦皇知后谋征用，报说遭诬已砍头。

蒙恬

立志从戎一老粗，向称忠信畅官途。
踏平齐国为雄将，抗击匈奴亦伟夫。
遭忌已难投二世，论兵本可救扶苏。
临危举动如麻木，束手成擒任戮诛。

赵高

沙丘事变政情新，续耍阴心以控秦。
加害扶苏明辅国，维匡胡亥暗谋身。
趁时夺位驱丞相，无度荒淫祸庶民。
马鹿之分除异己，排名第一大奸臣。

子婴

天下崩亡未窜逃，痛心失鼎受煎熬。
谏言曾欲匡胡亥，提剑终能杀赵高。
举国分头擒宦吏，全家俯首脱宫袍。
刘邦不忍成凶手，项羽坚持动斧刀。

尉缭

访秦已觉势冲天，犹获殊荣入御筵。
助定国谋成大统，撰书兵法用千年。
治军惩罚颇严厉，论战思维确领先。
卜见始皇人狠毒，不辞而别隐林泉。

徐福

为君求药访神仙，领率儿童赴海天。
方丈丹经须意会，蓬莱紫气令魂牵。
随行工匠颇优异，携带文书岂简编。
历尽艰辛无所获，滞留日本数千年。

陈胜吴广

遥役劳工告失期,行将重罚必无疑。
遂编丹卷藏鱼腹,还仿声音似鬼狸。
悲愤揭竿摧锁链,怨仇决坝破城池。
亡秦烽火连天起,大泽当先举义旗。

章邯

释囚编伍救秦京,连破中原起义营。
为惧赵高施毒计,来依项羽统奇兵。
虽将陈胜人函首,终被刘邦水浸城。
岂再投降重受辱,决然自刭在深更。

项梁

惊闻陈胜占关衢,逃犯翻身捣越吴。
欲率乡亲求正义,却屠郡守杀无辜。
初成盛势堪谋国,终剩残兵尚负嵎。
不敌章邯虽战死,传扬壮烈震江湖。

项羽

力能扛鼎志英奇，破釜沉舟似悍狮。
不建根基难立定，拙谋大局易衰疲。
鸿门犹豫留仇敌，垓下悲伤别爱姬。
四面楚歌将溃矣，未明何故竟濒危。

范增

七十乡翁具智名，欣然来访义军营。
当时献策宁无善，此后参谋少有成。
遗憾鸿门青剑扰，奈何脊背黑疽生。
还家亚父虽遭讽，项羽曾经倒屣迎。

李冰

古来文武多豪杰，谁及都江筑堰人。
福泽兆民为至善，利延万世驻长春。
工程浩大功能妙，设计精微祸害泯。
赞美千秋还再说，只因感动永如新。

郦食其

自谓高阳一酒徒，留心大势待雄夫。
指陈汉室销民怨，舌卷齐城扩版图。
狡帅孤行元有诡，雅儒身殁实无辜。
刘邦论赏终难忘，其子封侯甚特殊。

李左车

李牧孙男多智术，当年赵国最知兵。
陈馀拒矣诚愚者，韩信尊之授上卿。
井径扬师惊猛将，燕齐闻讯献坚城。
恩威并举收良效，避祸藏身早隐行。

张耳陈馀

实为策士假贤名，利益攸关乐共行。
促战破秦兴众国，献谋复赵取多城。
拒援王旅生怨望，急拾兵符出恨声。
刎颈之交成死敌，轻情弃义受讥评。

刘邦

斩蛇起事震家乡，领率亲邻赴战场。
先取秦宫仁义显，既歼楚霸德操彰。
媾和外寇施奇计，安抚功臣制典章。
威振八方兴赤汉，堪同日月比光芒。

刘盈

幼历风霜经动乱，依然懦弱缺威刚。
刘邦欲弃曾明示，吕雉强扶已厉防。
清静无为谋盛国，温和有意护危王。
只因向善仁心在，短暂人生亦闪光。

汉文帝

无意谋权争宝座，由来君主最真诚。
修文偃武民为本，尚德崇仁法有情。
掌握要枢存远见，深知弊政守安平。
终生俭朴人称道，大汉因之得盛明。

汉景帝

寡恩刻薄待官臣,善控风波少扰民。
切削藩王除乱逆,诓姻公主睦蛮邻。
宽松司法倡文化,锐意农耕尚义仁。
节俭继承先帝德,赢来盛世积金银。

汉武帝

英才远略器轩昂,百业繁荣国势强。
连破匈奴开地境,独尊孔孟振儒章。
凿空西域民商悦,偏信巫蛊太子亡。
好大喜功能自责,千秋犹赞是雄王。

汉昭帝

成王故事众昭详,坚定毋移信霍光。
盐铁论争从切实,婚姻不幸近荒唐。
乌桓来犯能驱逐,苏武还归受颂扬。
生育困难无子息,英年早逝更悲伤。

汉宣帝

脚底生毛自幼囚，忽来登殿震神州。
庙廊主政兼王霸，西域挥兵逐寇酋。
推广谷梁施教化，褒扬汉武益谋求。
四方藩国争趋谒，还为贤妻报血仇。

汉元帝

生而懦弱爱儒文，鼓瑟能歌练笔勤。
宠任宦官偏石显，未防画匠失昭君。
郅支覆灭长无事，汉室和亲每有闻。
天下太平疏战备，后人遇祸乱纷纷。

汉成帝

祖父宠深曾谨慎，初承大位不庸昏。
朝官怠政生灾象，外戚专权蕴祸根。
和睦边疆无战况，沉迷后殿有麻烦。
休云王莽来行篡，皇帝家门缺子孙。

汉哀帝

争承伯父获成功，开始雄心似火红。
整治官场初冽雪，革新地政续罡风。
未曾如愿生儿子，竟自倾情恋嬖童。
欲护江山难着力，英才不寿震王公。

汉平帝

幼冲负病立轩墀，王莽操权任主持。
未见周公来辅助，须同慈母作分离。
所传鸩弑无凭证，都觉身亡有可疑。
西汉朝廷从此覆，风云诡谲秘难知。

刘秀

新朝崩裂起兵烽，把准时机出剑锋。
功冠百王谋偃武，师尊一圣要优农。
中兴立鼎双成庆，杰士豪绅共奉从。
谶语毋忘仁义在，传承汉脉乃真龙。

汉明帝

性格严凌承伟业，中兴赤汉启新天。
重回西域开都护，再伐匈奴出酒泉。
长禁皇亲争享利，初闻佛祖学参禅。
崇廉尚气尊儒士，政治清明数十年。

汉章帝

继世承平国富饶，励精图治有良招。
与民休息倡儒学，为政宽和减赋徭。
援救藩邦从鲍显，增强西域用班超。
闺房谗惑淹明智，外戚嚣张蕴暗潮。

汉和帝

少年天子困朱宫，欲掌皇权暗用功。
借助宦官行险路，剪除外戚扫歪风。
边疆烽火连番灭，世族仇冤渐次融。
百业兴隆强国力，永元之治势如虹。

汉安帝

忽然获位入皇都，善忍终能授玺符。
降伏车师高句丽，反攻西域北匈奴。
专权太后犹公正，得势阉臣却妄愚。
不意南游遭恶疾，轻轻年纪丧中途。

汉顺帝

惊天逆转来机会，阉党齐心立帝王。
得奖宦官颇陋劣，秉权岳丈更张狂。
休云外戚长贻害，亦是君身早丧亡。
过度温和成软弱，难交业绩慰先皇。

汉桓帝

厕所血书盟内侍，欲除外戚实施难。
抱团阉宦心俱急，跋扈将军胆始寒。
万女含娇无一子，百衙交困鬻千官。
更因党锢加灾厄，国势艰危历楚酸。

汉灵帝

外戚寻来延汉脉，宦奸得势益猖狂。
再兴党锢屠千士，不拔贤能用十常。
一字石经堪赞许，鸿都门学获弘扬。
卖官贩爵明标价，遭遇黄巾受重创。

汉献帝

萍流蓬转窜荒丘，末世君王不胜忧。
军阀骄横难措手，奸雄裹胁要低头。
中原战乱分三国，百姓沦夷祸九州。
久作傀儡心已累，迫行禅让恨悠悠。

萧何

赤胆忠心辅汉王，后方留守管钱粮。
不单月下追韩信，犹晓焚前抢典章。
督运贤能成表率，自污庸琐乃包装。
除枷见帝悲垂泪，度日从今愈恐惶。

韩信

浣妇关怀地痞羞，斩樵方始急追求。
投奔项羽难如愿，听信萧何得出头。
征服燕齐扬壮势，围歼西楚运雄谋。
罪行隐约遭蒙骗，百胜兵仙亦被囚。

张良

博浪击椎行侠气，受书圯上属传奇。
鸿门斗智君王逸，下邑施谋楚霸疲。
虚抚军神防逆患，暗教太子获撑持。
功成畏祸忙身退，百世流芳颂大师。

曹参

敦厚端方刀笔吏，趁时拥主敢横戈。
跟从韩信争英勇，佐助齐王要抚和。
同率雄师歼项藉，又承相国继萧何。
长毋理事还偏辩，无视仁君受折磨。

陈平

壮士家穷智不穷，行于浊世显豪雄。
因生异见离西楚，时出英谋救沛公。
歼灭霸王施大计，买通阏氏建奇功。
晚年再定安邦策，遏吕存刘护汉宫。

周昌

期期艾艾亦无妨，征战多年助汉皇。
能掣官员成峻吏，敢称高帝是昏王。
存安如意难施计，拥立刘盈有主张。
吕后感恩曾跪谢，却伤失职愧惭亡。

周勃

编织箔筐吹鼓手，追随高祖作军锋。
麾师破寨擒名将，涉水当关赛悍龙。
征战群雄兴汉室，翦除诸吕续刘宗。
汗流浃背深惊悚，被屈方知狱吏凶。

樊哙

猛将当年乃狗屠,忠心耿耿护中枢。
鸿门闯宴称雄士,禁殿惊眠岂莽夫。
攻伐生涯常遇厄,泰和岁月几遭诛。
陈平施计成双胜,憨直贤良脱险途。

灌婴

丝缯小贩遇其时,附骥刘邦得骋驰。
夺阵攻关沉大舰,筑城掘井率精骑。
扫除叛逆安三殿,迎击匈奴守九陲。
高祖功臣多悍勇,贫寒子弟立雄碑。

夏侯婴

驾车好手御云骢,滚滚飙轮疾似风。
拔救皇儿毋放弃,荐推韩信获成功。
突围得路飞身去,破阵攻坚冒死冲。
太仆官衔持到老,忠诚一世致荣终。

陆贾

进谏规王敢敛容,只身赴粤息兵烽。
初谈智慧降蛮主,再析情形破僭封。
审势分金安子女,伺机出手护皇宗。
著书归纳评成败,耿直忠言若警钟。

叔孙通

深知尘世志难酬,捕捉良机搏出头。
换笏弯腰寻好处,更衣裁袖入潮流。
制成大礼能尊帝,显示严威可慑侯。
休笑逢迎从浅陋,当年一举解君忧。

赵佗

新承百粤已传烽,依托羊城守要冲。
独对上邦愁擐甲,两迎特使愿从龙。
和谐蛮俗人心定,流布文明物产丰。
造福岭南功懿伟,且能养命寿如松。

田横

乘势扬兵亦反秦,称雄齐鲁率遗民。
不援楚霸先招怨,烹杀郦生再失仁。
弃械虽知能受赏,低头终觉太丢人。
首阳自刎谁同绝,五百随从共殉身。

黥布

黥面流徒似猛狮,适逢乱世显雄姿。
向同项羽联肩也,忽信随何反背之。
汉帝凛然锄剪际,淮王畏惧叛离时。
连场战败狂逃窜,竟被乡民缚四肢。

彭越

年迈留神后起兵,擅长游击善偷营。
挠攻项籍毋鏖战,支助刘邦获好评。
路上申冤曾乞命,牢中抱愤未求生。
竟遭切碎加汤煮,还让诸侯食肉羹。

王陵

社帮头目少开腔,起义强龙敢过江。
为母自应仇项羽,论情不易顺刘邦。
未跟厉后同谋画,迥异谀臣独顶杠。
功显迟封原有故,耿真相国却无双。

栾布

恩公悬首在城楼,敢去收尸预杀头。
伏谒刘邦呈辩护,悯怜彭越作哀求。
一番义举惊官吏,跨级高升震县州。
自古人君虽任性,忽来祸福不无由。

蒯通

目光锐敏辩才雄,奔走中原步覆匆。
游说徐公全顺利,挑唆韩信半成功。
措辞婉转能逃罪,态度恭良获礼崇。
策士生涯虽杰出,三分天下一场空。

娄敬

身着粗衣谒帝王,胸怀智慧不平常。
选都远见真施用,御敌良谋被冷藏。
万里和亲盟外域,九州迁户捍中央。
戍边兵士超侯伯,影响朝廷立国纲。

纪信

貌若刘邦壮似牛,连年伐战未停休。
鸿门弃宴穿危路,灞上还军守浚沟。
被惑霸王空作喜,脱逃汉祖报无忧。
终因诳楚遭焚杀,代有追封祀烈侯。

终军

弃繻锐士力登攀,不立丰功誓不还。
建策安民防北寇,请缨为国缚南蛮。
已教僭主归中土,未料番禺伏恶奸。
事败身亡颇怅憾,唯留英气振区寰。

随何

青年逞勇欲招降,风雨兼程赴九江。
曾助张良疲项羽,今邀黥布助刘邦。
敏思若电时唯一,利舌如刀世不双。
大获成功须讨奖,君王赖账耍官腔。

陈汤

长征异域击匈奴,犯我中华远亦诛。
矫诏罪深堪灭族,攻城智勇已擒胡。
料知战况呈明见,预占财源有秽污。
瑕未掩瑜应犒赏,权臣却不奖雄夫。

公孙弘

放猪童子志清殊,花甲终于擢大夫。
亦正亦邪阴治侠,能忠能孝广倡儒。
保身奉上恭良在,因妒伤人恻悯无。
八面玲珑乖巧甚,封侯拜相若龙驹。

张苍

白皙皮肤曾救命，旋为王吏属邦良。
满朝武士功勋显，一介书生学问强。
人奶源源供老鬼，乳娘个个配新房。
百年长寿从来少，独有偏方不外扬。

张汤

治吏从严若犬鹰，官场惊惧畏遭惩。
倦求事实为凭证，揣度君心作准绳。
盐铁资源由统管，和亲策略代雄征。
饰非巧佞多仇敌，冤死方知洁似冰。

张释之

买官十载未提升，名吏推扬到上层。
议论虎圈增誉望，弹劾太子被嫌憎。
县人犯跸从轻罚，盗贼偷环不妄惩。
守职犹惊遭报复，心情总似覆严冰。

申屠嘉

行伍多年授总戎,饱经霜雪老英雄。
一身正气堪标榜,两袖清风获认同。
恐吓邓通能肆意,欲诛晁错未成功。
仰天长叹深衔恨,悲愤难排吐血终。

周亚夫

功臣后代继雄骁,耿直将军护两朝。
细柳兵营严密守,叛王粮库接连烧。
遭逢战事颇机警,牵涉权争欠协调。
冤屈缠身难辩白,毋宁绝食不求饶。

贾谊

学霸青年出大名,深谋远虑识虚盈。
削藩御境须先定,抑贾扶农可并行。
宣室倾身谈鬼事,湘江吊屈发骚声。
梁王遇难元无责,过度忧伤竟失生。

晁错

智堪谋国拙谋身,太子师尊峭直臣。
早督边关招战士,亦轻商业重农民。
削藩心急能生怨,议论词雄易感人。
事变突然腰斩死,忠良谁不泪沾巾。

李广

身长善射敢冲锋,征战多年惜未封。
功绩真难称杰出,传闻犹说不凡庸。
自由巡御堪游击,约定包抄竟失踪。
却道匈奴深畏惧,文人笔下悍如龙。

李陵

炫勇孤军入漠深,遭围力尽遂成擒。
君王据谍诛三族,虓将知闻死一心。
囚使面前曾落泪,骚人笔底有讥吟。
不公待遇虽为实,真个投降犯大禁。

李广利

匪瘗边师共远征，张牙舞爪漠中行。
曾歼大宛封侯爵，不敌匈奴丧士兵。
帅有真心谋赎罪，君无旨意示留情。
投降遇害堪悲矣，青史流传得丑名。

东方朔

瑶池仙客窃桃人，落泊凡间欲脱贫。
竹简三千谋俸禄，奇才八斗作娱臣。
滑稽虞说招嘻笑，逸事传闻挟诉陈。
岁换娇妻无厌倦，行为有似老天真。

金日磾

匈奴王嗣体魁梧，国破低头作马夫。
但遇美人无一念，妄诛亲子有余辜。
女儿决意辞承宠，官位甘心只坐隅。
明白伴君如伴虎，外观长似闷葫芦。

卫青

同蹲茅厕臭相熏,皇帝交深向有闻。
既拥恩亲辉一世,犹凭功绩冠三军。
充当主力堪歼敌,所率偏师亦建勋。
不养文儒私德望,名声沉寂得低分。

霍去病

少男猛将出皇京,万里长征率悍兵。
奔袭迂回擒虏目,包围穿插捣胡营。
登临瀚海匈奴泣,封勒狼居赤汉宁。
意气昂扬何壮勇,战神自古最年轻。

霍光

高风大节虎彪躯,万事循规不谄谀。
皇帝放心予玉玺,将军守诺立遗孤。
强兵富国无差误,训子教妻有浅愚。
纵使赤忠犹记取,可怜身后族遭诛。

司马相如

弹琴弄墨慧超群,获宠才声更广闻。
代笔力帮陈美后,吟诗深恋卓文君。
使边宣旨传名檄,赴蜀排疑抚远军。
赋圣词宗辉百世,流英溢彩永芳芬。

司马迁

率然声辩未三思,发愤编书寄怆悲。
私淑圣贤搜往事,公评人物创新规。
雄浑文笔时如画,激越情怀每似诗。
无韵离骚多卓见,史家绝唱耸高碑。

扬雄

十条腊肉拜名师,不懈攻书获至知。
崇敬相如吟壮赋,同情屈氏发微词。
官场蹭蹬愁升级,玄学精通好探奇。
历代骚人多赞赏,子云亭上寄怀思。

秦嘉·徐淑

履任男儿赴远方，依依难舍病新娘。
篇篇寄咏传思念，日日回诗写别肠。
急患英才遗嘱缺，深悲孀寡挽词长。
文坛一棵夫妻树，茂叶繁花带泪光。

魏相

惩处豪强振县城，几经周折任京卿。
为安皇室呈多策，欲守边疆论五兵。
勤学前贤谋国祉，谨遵时令顺民情。
汉唐以降评良相，可与萧曹比杰名。

丙吉

营救皇孙勇挺身，狱门紧闭致鸣晨。
平常岁月无提及，关键时期有指津。
天下欢呼迎帝胤，君王感激谢忠臣。
问牛不管人生死，坚信官员会治民。

赵壹

体貌魁梧九尺长,赴京汇报震官场。
端身不跪威名出,开座高谈正气扬。
痛疾人间多黑暗,曝光丑类露锋芒。
转型小赋颇凌厉,别致文风获鼓倡。

梁鸿

失火赔猪又补工,一宗诚事显高风。
贤良丑女成新妇,杰出名诗震巨公。
举案齐眉怀挚爱,闭门著述不卑躬。
霸陵山上同甘苦,君子人穷志不穷。

董仲舒

教授登坛学问优,深修道意锐追求。
天人感应敷三策,正统思维振九州。
倾黜百家称善法,独尊一术岂良谋。
纵然君主长宣奉,祸害千秋似毒瘤。

孔安国

孔子墙间得尚书，后人博士作诠疏。
献文未获加官爵，授课招收有史胥。
虽说传闻多造假，应知学识不浮虚。
报称修道登仙去，三百余年独隐居。

毛亨

暴政坑儒甚野蛮，书生逃难隐河间。
释诗万字增提示，训诂千章作补删。
风雅颂之桃灼灼，比兴赋矣鸟关关。
郑玄博士加明鉴，大小毛公岂等闲。

陆绩

幼年怀橘实辛酸，虽被同情不雅观。
烂漫青春倡圣德，苍凉僻地作贤官。
压舱丹石遗乡曲，沸井廉泉警政坛。
博学多才悲早逝，流芳世上若幽兰。

程不识

名齐李广守边疆，纪律严明忌恐慌。
布阵行军强制令，扎营休整不疏防。
颇多苦累闲情乏，却少伤亡斗志昂。
征伐从无遭败绩，作风优异要传扬。

萧望之

拒绝裸躬参显贵，宁为卑贱守门人。
一时丑陋终穷命，毕竟贤良得进身。
满腹才华扶汉帝，盈腔忠义遇奸臣。
含冤自尽谁悲痛，中有君王泪湿巾。

汲黯

国君顾忌同僚避，耿梗端严似黠胥。
未向将军施敬礼，敢跟丞相弄玄虚。
叛王畏惧难收买，直士烦纡易龃龉。
久病缠身犹不服，后来居上究何如。

冯唐

久任低官想不通,偶然面帝诉深衷。
李齐本事重评估,魏尚功劳再奖崇。
上在晚年嫌少壮,君求英武已皤翁。
并非易老难酬志,托底人生总落空。

朱买臣

苦读樵夫志未低,时来不再落汤鸡。
内廷论战抨丞相,东越兴兵镇会稽。
衣锦还乡筵旧党,供粮送屋慰前妻。
满腔热血帮朋友,报复权臣太执迷。

灌夫

平叛青年立战功,家财富足渺王公。
窦门座上传闲话,田氏筵中发酒疯。
未藉良朋强事业,唯招仇敌入牢笼。
横遭灭族供参考,粗鲁当难得善终。

田蚡

皇亲贵戚本优游，夺利纷争闹不休。
初始官微唯俯首，后来权重敢瞋眸。
求田未畏居闲帅，借酒堪欺鲁莽牛。
快意逞凶何所得，传闻厉鬼把魂收。

主父偃

饥寒交迫上雄文，朝报居然夕获闻。
一载四迁成热贵，百官齐敬转殷勤。
集权设计能安主，泄恨行为又失群。
得志猖狂招怨愤，惨遭灭族泪纷纷。

刘武

窦后宠深尤傲众，佯言视作是应当。
虔诚敬孝慈祥母，注意提防叛逆王。
卫国伐凶穿地府，筑园聚乐享天堂。
未能承位成心病，一只畸牛促命亡。

刘据

降诞衔春庆不休,虽怀仁义缺雄筹。
舆情随地能关意,父子长期少聚头。
巫蛊竟然成巨祸,起兵更致陷深忧。
亡身累母含冤屈,汉武回思总怅惘。

刘濞

封土辽宽第一强,果然作乱叛中央。
虽因骄子生悲痛,亦是雄财助逆狂。
应料举兵难取胜,不甘削地换安康。
开弓没有回头箭,未必成功也挺枪。

刘安

窥觊龙袍似有因,痴心妄想欲成真。
拒听伍被怀雄志,长信刘迁作蠢人。
巧用石膏磨豆腐,诚求道法变仙神。
淮南集论多高识,贪恋皇权却害身。

王莽

国戚精英气自雄,伪成人望受尊崇。
逼姑夺印元私已,杀子扬言是为公。
改制唯其添弊政,仿周尤致更贫穷。
绿林起义惊雷响,奇特新朝大乱终。

更始帝

远支皇脉趁灾殃,被拥为头占殿堂。
乍入宫城羞掩面,既持权柄滥封王。
耽迷美女求安乐,诛杀功臣取灭亡。
不智小人难立足,投降送命作收场。

刘縯

万金悬赏惊天下,抗莽声名愈远扬。
狂怒初疑来项籍,败逃便是缺张良。
绿林好汉谋联合,更始堂兄已伪装。
粗犷不能赢丑类,雄兵在手亦消亡。

王昌

晓地通天能卜卦,趁机称帝震江湖。
号名赵汉夸雄国,对抗刘玄夺大都。
河北受攻惊胆魄,邯郸战败失头颅。
忽悠本领虽超拔,偏术终难上正途。

王符

游宦空行赤手归,风吹缝披雁斜飞。
外家势弱难心顺,天下情危易愿违。
寒室潜夫怀圣见,乡村绅士蔑官威。
唯因不仕如尘粉,大智湮埋未吐辉。

刘向

光禄大夫京校尉,擅文亦武力通幽。
古书整理初分类,坟典疏诠久播流。
山海经中多怪说,列仙传里引神游。
儒家诸子同辉映,新锐鸿才志得酬。

刘歆

继承父业续荣光，王莽邀来镇庙廊。
左传视为真善本，易经当作是宗纲。
强扶新政兴舆论，指斥今文玩句章。
何以忽然成敌对，计谋败露致身亡。

杨恽

史记既成愁置放，杨门秘室暗来藏。
献书陛下惊文界，赠币宗亲震故乡。
敢告贪赃加印佩，却因私信入牢房。
性情刚直难沉默，一遇灾殃易覆亡。

唐蒙

一瓶枸酱味浓香，由此寻踪识夜郎。
远使夷山临僻地，高扬汉帜拓边疆。
牂柯迅捷予据守，南越长期可直航。
果是留心皆学问，轻松利国喜洋洋。

傅介子

马夫西域获升官,献计麾兵岂简单。
应敌专心巡大宛,出其不意斩楼兰。
匈奴月氏齐收敛,安息龟兹尽骇殚。
以少赢多真武士,封侯增禄足忻欢。

苏武

出使边关万里行,突遭事变陷凶情。
感恩秉志讥胡将,取义轻生发汉声。
冒雪牧羊收媳妇,迎风持节望京城。
昼思夜梦归中土,一片忠贞获美名。

常惠

曾随苏武羁边塞,复作高官使远陲。
痛击匈奴抄右谷,擒诛姑翼镇龟兹。
支援公主除危局,处置昆弥制定规。
庇护乌孙增国势,经营西域大军师。

张骞

犹如东土哥伦布,戈壁穿行顶逆风。
西域其情时告报,丝绸之路日兴隆。
荒蛮部族连征服,神秘关河渐凿空。
汉武欣闻深振奋,满堂官吏乐融融。

郑吉

边关久戍展英姿,豪气干云掌帅旗。
屯垦渠梨连鄯善,筑城乌垒破车师。
首当都护安西域,长逐匈奴控北陲。
承接张骞增实地,功勋卓越立雄碑。

段会宗

共荐贤才入禁闱,通文擅武自雄巍。
两为都护平骚乱,四使乌孙解铁围。
诛杀番丘人畏服,繁荣西域国扬威。
纵然老病犹坚守,魂绕边山尚未归。

冯奉世

奉使安边敌寇狂，当机立断学陈汤。
贯穿鄯善堪通路，击破莎车可守疆。
召集汉师形势急，反攻羌虏战功彰。
十年卫国无多赏，壮志能酬不感伤。

韩安国

抵抗叛军成勇帅，忠诚尽职护梁王。
呈词进谏除诸犯，作辩骑墙顾各方。
续主和亲遭冷遇，领衔征虏受创伤。
英威大将人垂老，竟被疏离积郁亡。

于定国

门槛加宽真应验，果然保佑得升官。
亦能喝酒犹明事，尤爱攻书究弊端。
佐政有年无枉屈，治灾不力愧忠肝。
一生正直人称道，鼎助君王破万难。

赵充国

突围大战一身伤，汉武亲临授奖章。
连拥新皇安国本，再提劲旅守边疆。
有祈修睦签盟约，亦主屯田重御防。
满腹韬谋勤训练，英雄老帅史流芳。

张安世

智似张汤记忆强，失书补写显才长。
霍光手下忠诚士，宣帝跟前正直郎。
谨慎待人无踞贵，精心辅政守和昌。
终身勤奋官模范，名在麒麟有表彰。

邓通

满怀希望别村庄，细户人家欲显扬。
得遇机缘亲陛下，发挥才智作娱郎。
吸君疽毒含多口，耀祖金钱奖万箱。
新主没收归国库，果真饿毙震街坊。

邓禹

认从光武立天穹，指点山河志气雄。
西路曾经形势盛，关中究竟器谋穷。
一军虽致孤身窜，举国终能遍地红。
引咎坦然还印绶，未妨忠智记元功。

桑弘羊

远抛子贡范蠡羞，管仲难超富国谋。
盐铁算缗凌百业，工商制币榜千秋。
溉田屯垦充军用，酒榷均输拓税收。
滚滚皇钱来万锭，却因逆罪断人头。

张敞

高尚情操智异常，来当京兆贼逃光。
画眉被妒妨官路，救友遭冤入狱仓。
下属刁人须处斩，胶东母子要扶帮。
休云明主无提拔，诏令方传忽殒亡。

岑彭

归投刘秀作雄臣，方面麾师历百辛。
统率步兵元有勇，转登江舰更无伦。
最能不战收州县，尤善怀柔益士民。
闻说邪门犹驻扎，果真遇刺致亡身。

寇恂

眼光看准归刘秀，紧密追随不改辕。
河内驻兵君满意，高平戡匪敌惊魂。
万民运谷充军库，千贼抛刀拜帐门。
功似萧何能谨慎，云台上列表荣尊。

马援

周旋乱世待真龙，一遇明君即服从。
马革裹尸雄气概，家书训侄酿危凶。
壶头起瘴人愁绝，薏苡生疑众谤汹。
莫道伏波无画像，帝皇岳丈胜荣封。

吴汉

精明马贩投刘秀,木讷刚强有勇谋。
河北建功封上将,关东戡乱破凶酋。
进攻巴蜀羞先败,屠掠成都报旧仇。
遗愿主张毋赦罪,或忧光武究原由。

冯异

巾车恩遇誓归仁,一路披荆斩棘臣。
河北征程行击斗,孟津镇守展经纶。
关中鏖战君知子,陇右挥兵帅殉身。
大树将军传美誉,云台前列表精神。

来歙

出是能员入大臣,南阳奋迹累宵晨。
频同军阀谈前路,久抗嚣兵守要津。
威慑匪酋堪克敌,疏防刺客被伤身。
遗书溅血言公事,刘秀瞻听泪湿巾。

贾复

投笔从戎成猛将,身先士卒叠伤痕。
初名或是攻青犊,显绩由来伐尹尊。
指腹为婚消顾虑,拖肠作战足惊魂。
云台阁上居高位,历代传扬赞美言。

朱祐

幼同刘秀玩泥巴,起义营盘总护家。
河北挥师催甲卒,洛阳攻敌用楼车。
曾成俘虏诚狼狈,再作将军发壮华。
防御匈奴功绩著,急流勇退忌骄奢。

祭遵

敢诛陛下家中吏,执法如山震殿堂。
力挫隗嚣收陇蜀,生擒张满破渔阳。
奉公克己忠良将,敬礼崇儒典雅郎。
殉职军营人叹息,伤心刘秀泪盈眶。

景丹

爱读诗书才智杰，骑兵统领奋扬鞭。
增援刘秀争前面，袭击倪宏伏侧沿。
欣喜授官为大将，不知封地是肥田。
病身衔命犹征战，卧镇弘农殒巨贤。

盖延

力拔千斤挽硬弓，追随光武染霜蓬。
出征沛地能宣捷，苦战彭城未立功。
进击隗嚣劳壮士，感怀来歙哭英雄。
列名云阁留风采，盖氏祠堂祀奉丰。

铫期

乡邻敬重人高大，因获推尊领步兵。
发力蓟都开跬路，扬威巨鹿率锋营。
邺城太守多谋略，魏郡将军有令名。
辅国忠君能谨慎，福延数代享殊荣。

耿纯

旅差路上常观察，刘秀雄姿合预期。
举族归投无反顾，全心辅助不犹疑。
领兵作将多功绩，出守为官有口碑。
附凤攀龙终遂愿，光宗耀祖赖坚持。

臧宫

说话无多事认真，追从光武踏征尘。
突骑进剿唯奔命，联手围攻不顾身。
圣旨假传添将士，城门断限抚军民。
常怀壮志谋边务，欲阻匈奴袭汉人。

王梁

狐奴县令应书符，亦具忠功善驾驱。
河内共襄能奋力，邺城违命险遭诛。
麾兵踏寨勋劳显，引水开渠绩效无。
恳退请求蒙诏许，云台犹列属雄夫。

刘隆

两度灭门多愤痛,投奔刘秀勇超群。
协攻河内亡儿女,独战江淮挫匪军。
川蜀供粮堪奖赏,交州守土得嘉勋。
虽曾囚狱遭惩罚,犹是云台一虎贲。

马成

弃官赶路从明主,得授将军作总戎。
平定江淮曾暴力,进戡陇蜀起雄风。
边庭御敌能称职,奚谷征蛮未建功。
羞愧在怀辞太守,犹封侯爵沐恩同。

马武

迟行归顺亦昂然,武力惊人伐四边。
饮酒冲锋唯恐后,评功拔职不争先。
未逢雄主同成贼,得遇明君自列贤。
威猛门神驱鬼魅,云台阁上勇名传。

陈俊

皇宗书信荐英豪，驰骋沙场武艺高。
坚壁渔阳呈计策，摧枯遵化奋钢刀。
琅琊趁势官兵壮，朐县施威盗贼逃。
陇蜀无须劳大将，镇据东海足荣褒。

杜茂

亦称光武一先锋，五校农军畏猛龙。
魏郡挥兵歼悍敌，关东斩将肃残凶。
御边因败修基地，出塞增防守要冲。
大意谋粮成过失，免官论罪被降封。

傅俊

叛逆新朝被灭门，恰逢刘秀即相跟。
不甘宫殿司书案，要入沙场战旷原。
协力南征皆效捷，独行东进尽囊吞。
纵兵抢掠能中止，犹在云台获上尊。

坚镡

叛离王莽觅新天,光武军中一俊贤。
河北用兵冲锐阵,洛阳歼敌赴前沿。
力当两将如牛劲,严守孤城似铁坚。
不负明君经百战,云台记载有雄篇。

王霸

早岁曾为小狱官,欲伸大志赴长安。
坚从刘秀谈何易,追斩王郎却不难。
智斗苏周强阵角,缓援马武稳营盘。
守边虽挫匈奴势,犹主和亲结久欢。

任光

脱险乱中殊感激,死拼坚守报恩情。
因迎刘秀封雄将,为击王郎召散兵。
造势冲天怀智慧,屠城喋血不聪明。
也曾忠厚乡邻爱,一自侵民有丑名。

李忠

同守信都迎领袖，获封大将作桢臣。
效忠尽力为君主，当事无心救母亲。
管治丹阳成绩显，抚安越族策谋新。
未曾抢掠虽廉洁，缺少慈怀似小人。

万脩

信都县令精明士，共谒贤君胆识高。
击破邯郸颇悍勇，从平河北极操劳。
封侯槐里衷心在，逐寇南阳病痛熬。
万姓祠堂崇敬久，云台阁上列英豪。

邳彤

亦在孤城迎杰主，信都廷辩最昂扬。
促催刘秀真天子，转剿王郎伪帝皇。
进击民军齐努力，难安家眷独悲伤。
建功立业添传说，道是神医懂药汤。

刘植

豪强趁乱占昌城,光武前来即奉迎。
说服刘扬归上主,进攻铜马发雄声。
遭逢悍敌能轻死,忽遇残兵竟丧生。
战事犹酣身早逝,云台未忘列荣名。

王常

心崇汉室下江兵,刘秀推尊主力营。
知命将军能破阵,过人统帅善连盟。
扫平贼寇堪安国,抵挡匈奴急筑城。
不幸病亡屯垦地,云台补刻杰贤名。

李通

南阳巨富迷图谶,欲覆新朝复汉祠。
刘氏弟兄谋战事,李家父子启投资。
满门诛灭堆枯骨,一旦成功树大碑。
代价惊人甘付出,追求如愿亦传奇。

卓茂

学问颇多似大儒，温和恭谨恶言无。
德声传去旁邻县，蝗害毋来管辖区。
称病新朝持正道，告离更始识危途。
精明光武加尊敬，晋爵封侯秀楷模。

梁冀

跋扈将军嚣国戚，鸢肩豺目把恩忘。
弑屠幼帝违人道，谋害贤良似虎狼。
累积侵冤超万起，大贪财物贮千仓。
忽然事发如山塌，灭族抄家一扫光。

杜乔

学深品洁热肠人，赤胆忠肝不顾身。
郡县巡查呈报准，君王废立逆言频。
道亡时晦谁正色，面引廷争独指陈。
权贵欺凌无所惧，智能未足亦良臣。

耿恭

大漠茫茫战令颁,挥师西进向天山。
斩屠使者非人道,烤食尸骸更野蛮。
毒箭飞空施秘术,清泉出井救危关。
十三将士生还矣,遍体鳞伤叠血斑。

杨彪

汉室枢臣侍帝銮,身逢末世历辛酸。
抗争董卓能声厉,面对曹瞒总胆寒。
亦似忠贞辞辅宰,并无愧疚任荣官。
老牛舐犊情仇在,难救儿男痛裂肝。

王充

盛世胸怀硕大才,平生憾未入兰台。
论衡卓识惊儒辈,解惑雄文逐祸媒。
诋祖招来千士怨,藐神惹得一身灰。
汉廷三杰求真义,为首宣声似蛰雷。

李固

头颅突出足龟纹，鲠直言行四海闻。
接管荆州能办贼，戡平交趾慎增军。
朝廷辅政常尊后，国脉传承两逆君。
孤立无援囚死狱，一身忠勇可凌云。

严光

当年邀请力推辞，忽报更朝有所思。
裘袄终归传讯息，客星自不合时宜。
聆听伟迹装钦佩，暗念前程失预期。
再隐严陵犹快意，与君告别未迟疑。

徐稚

恭俭文儒视野宽，扬芳天下不当官。
闭门婉谢名贤荐，开口深知国事难。
胡广疏中褒品杰，陈蕃榻上见神欢。
终生宁肯田园老，特立良行若美兰。

郭泰

广博精深学贯通，介休名士辩才雄。
点评时政留余地，领导潮流引正风。
宁可教书称有德，不从征诏岂无忠。
惊闻党锢悲伤逝，一代高贤获显崇。

班彪

儒学家门有大才，生逢乱世未心灰。
隗嚣手下难升矣，光武朝中始拔哉。
史记精华曾简述，汉书基础启新裁。
聪明之女多文采，班固班超亦杰魁。

班固

祖藏册简哺鸿材，私撰灾消运自来。
浩博汉书呈史识，辉煌都赋显文才。
修辞严密成经典，铺叙周详创体裁。
勒石燕然功卓著，牵连入罪却哀哉。

班超

少年有志慕名贤，投笔从戎勇赴边。
奋击匈奴惊鄯善，计诛巫鬼镇于阗。
怀柔振武安西域，援弱锄强勒燕然。
觅得封侯头已白，恳求归第意堪怜。

班勇

生于西域熟胡夷，能武能文释众疑。
再逐匈奴援鄯善，新招校尉助车师。
四年格战安藩部，六国归投作障篱。
获罪坐连遭灭族，班家从此了无遗。

钟离意

忠诚亲善处官场，侠义仁心有热肠。
关照牢中怀母贼，周全属下尚书郎。
相帮囚犯同情似，拒受贪珠正气扬。
赈救灾民功绩显，勤劳称职甚贤良。

段颎

体念守疆艰苦事，深知将士怒填胸。
百般安抚无诚信，一旦松弛不服从。
既见贪婪成屡犯，何如振武力追凶。
大军遂始连征战，羌患由之告绝踪。

皇甫规

熟悉羌情边虑远，挺身而出振王宫。
主张抚控从长计，反对攻奸立急功。
挂帅每能除犯敌，荐贤皆赞得英雄。
自称乱党无人信，老病来归半路终。

张奂

北州豪杰守边疆，挟武怀柔少血光。
和睦邻邦求寂静，剿除叛逆显繁昌。
盲从奸宦宫廷乱，屠杀贤良国脉伤。
虽说心中曾后悔，汉朝天下已趋亡。

张衡

知今博古万能才，算术尤精画夺魁。

刻苦匠工思似电，豪情赋客笔如雷。

浑天地动神通显，历法圆周眼界开。

千百发明生效力，流辉史册甚岧峣。

孔光

圣人后代自通儒，宦海沉浮总得途。

执法公平存正气，运权谨慎不愚迂。

一时免职陪家属，终究重升授大夫。

明哲保身遭利用，坐观王莽篡天枢。

许慎

巨书撰写历艰辛，准确精微益世人。

见识由来能辨伪，疏诠一向重还真。

郑玄引注为据证，范晔评言阐袭因。

天下焕然增学力，说文解字出全新。

杨震

五十为官起步迟，喜能数擢立高枝。
但须纠误常多谏，拒绝贪财畏四知。
耿直人嫌遭构陷，含冤自鸩缺机思。
不欺暗室精神美，世代流芳有赞诗。

窦宪

蛮横恣肆欺公主，赎罪求功伐北隅。
深漠挥兵如卫霍，燕然勒石灭匈奴。
威权再盛据津要，丑恶重来陷险途。
本是中华能战将，却因德薄致名污。

窦武

有权有势抓兵柄，擒捉奸邪本不难。
朝野同心盟义士，人神共愤厌阉官。
休云犹豫输机会，究是筹谋太简单。
举事未成遭反噬，千年痛惜挟讥弹。

窦融

时逢动荡正低潮，侠义英雄出杰招。

领守河西安厄境，经营属国待昌朝。

掏心择善投刘秀，倾力除凶击隗嚣。

归汉表忠真壮举，君王如得霍嫖姚。

窦婴

亦恃皇亲功绩显，了无涵养似嚣婆。

不跟权贵和三族，却与狂夫共一窝。

未在朝堂争国是，竟于酒席搅风波。

自贻伊戚须承受，况已恩稀忌怨多。

马融

灾荒饥饿困蓬庐，遂叩官衙不蹰躇。

进表谏君磨铁剑，关门克己读诗书。

帐前徒弟传经学，屏后妖娥炫玉梳。

佞诏权臣成话柄，虽遭耻笑又何如。

郑玄

少年负笈用深功,尤在巅峰拜马融。
笺注通今能浅显,诠疏训古破朦胧。
渐高声望师生妒,几脱兵灾寇敬崇。
汇海流江成郑学,参天巨树立苍穹。

傅毅

志勤学问精文艺,舞赋清新别有章。
流睇横波歌咏醉,从风鼓袖月施光。
游龙出没桃花岛,飞燕招邀兔女郎。
万象纷呈功厚实,能承屈宋启陈王。

枚乘

从侍曾经谏逆王,再行劝阻动刀枪。
扬名岂止能忠义,出色还因擅藻章。
七发雄文医国病,菟园佳赋溢花香。
爱才汉武公车召,却惜途中忽殒亡。

李膺

性格端诚有厉操,贪员心惧弃官袍。
担当太守名声好,痛击鲜卑胜率高。
为治宦灾人易怒,终因党锢祸难逃。
坦然承受身无畏,竟被严刑铐死牢。

陈蕃

室芜不扫似乖迂,从仕犹能入内枢。
奋袂扬声严谏急,登车揽辔智谋无。
直来直去招君恼,刚志刚行被贼屠。
纵使忠贞堪袭月,朝廷骚乱陷危途。

田千秋

魁梧仁厚陵园吏,太子冤情敢一申。
醒悟君王知蛊魅,殷勤庶职近龙身。
得封丞相能虚己,甘奉将军愿辅人。
休说平庸无杰政,旺家利国胜群臣。

虞诩

军政皆通善画筹,地方镇守绩俱优。
弃州辩论持高见,治县巡戡具勇谋。
增灶伐羌殊诡诈,进言督吏岂温柔。
临终心疚因何事,自估曾经杀错头。

张角

迥异氓流不识丁,亦升官吏乃书生。
借名传道为驱病,竟是愚民妄举兵。
各起奋呼谋本地,罔知转战伐他城。
虽然速败黄巾破,大汉江山剧变更。

卢植

文武精通猛壮臣,亦曾挂帅逐黄巾。
九江剿战齐擒贼,太学铭经自荐身。
朴素军民尊似圣,英明曹操敬如神。
南韩总统前双杰,闻是卢家两后人。

朱儁

仗义助人无炫露，汉廷最后一英豪。
黄巾难敌屠龙阵，张燕残亡伏虎韬。
抛弃陶谦非见错，顺从董卓不能褒。
智穷力尽身罹病，未使朝廷止攘挠。

皇甫嵩

将门子弟本豪雄，救乱扶危立首功。
击灭黄巾衔虎势，剿除王国见神聪。
不因实力谋私欲，爱惜荣声守赤衷。
董卓逞强犹覆没，何如尽职受尊崇。

孔融

樽酒无空喜宴宾，冲天名气压庸臣。
文如浩水辞章雅，志在高霄创意新。
议阻肉刑怀圣道，心轻权杖惹凶神。
株连子女人同愤，亦怨争锋倔父亲。

陶谦

达官赠女享风流,助剿黄巾志获酬。
任用豪强安政局,宣扬佛教去烦忧。
但因财物生贪念,伏击曹嵩出毒谋。
引祸上身燃战火,要邀刘备接徐州。

王允

允武允文曾果断,计诛董卓得除凶。
当年积愤仇张让,此际生狂戮蔡邕。
有意裁军休战事,无谋抚将惹兵锋。
徒称忠义难医国,大汉悲成老病龙。

刘表

恭谦奉上清流党,得驾官车赴地方。
匹马入荆安厄境,总戎控楚建严防。
唯思独守排风险,不欲争雄表立场。
四海翻腾难遂愿,常须自卫动刀枪。

刘繇

救回叔父出英名，赴任扬州勇壮行。
开府招兵先立足，凭江建寨要安营。
惊逢孙策遭强击，怒灭笮融续苦争。
孰料病来魂魄散，苍天未佑弱文生。

董卓

驻守边关一杰酋，趁机崛起震神州。
横行霸道欺孤帝，好色无谋斗众侯。
善待蔡邕留亮点，宠亲吕布触霉头。
汉家天下由之覆，三国争雄战不休。

吕布

跨骑赤兔踏兵尘，威震中原一杀神。
董卓开头非恶贼，貂蝉传说赛仙人。
辕门射戟能休战，邳水淹城被缚身。
有勇无谋君莫笑，扬名三国亦殊伦。

蔡邕

焦尾琴音出妙新，隶书飞白最传神。
渊深学问称时杰，优美弦歌醉上宾。
军阀宫中迎入幕，权臣刀下不留人。
哀求断足犹难保，无奈朝官泪湿巾。

袁绍

年少遒豪怀侠义，诛除宦党缓君忧。
联军讨董争天下，振武驱韩占冀州。
曾在界桥增景望，却于官渡摔跟头。
控兵百万难酬志，大业由知不易谋。

袁术

末代英雄起四方，各怀诡计斗疆场。
皆知累劫将亡汉，岂可争先自僭王。
浊世休夸朱玉玺，危时唯缺白蜂糖。
性情骄肆虽遭讽，乖女犹能嫁帝皇。

刘焉

忧虑连灾逆贼狂，建言新政可参详。
得怀绶印窥天下，远驾轺车占地方。
入主益州为启局，开衙绵竹似封疆。
野心蓬勃营巴蜀，千里山河近帝王。

刘璋

难学父亲衔智慧，引狼入室泪流光。
山川险峻民情稳，盆地丰腴士气刚。
竟自慌张无主意，显然盲信缺提防。
总因天府多方夺，不具雄才易覆亡。

祢衡

裸身鼓手放狂心，当面羞曹发笑音。
艺海逞才堪夺冠，官场处事乱弹琴。
阿瞒容忍虚名在，黄祖成仇祸害临。
李白孔融皆赞叹，惺惺相惜感知深。

许邵

考察论人凭眼力,移风震俗怪书生。
本初下马防羞笑,孟德加钱欲壮声。
每月拟题夸鹄凤,长年争辩比龙鲸。
历来臧否谁真准,曹操之评最有名。

陈宫

捉放阿瞒表赤忠,决然背弃复初衷。
兖州生变兵犹盛,下邳遭围势已穷。
曾作高参呈策略,转随莽将入囚笼。
从容赴死人怜惜,原本奇才可建功。

张鲁

米道传扬宛若真,汉中人士奉为神。
长期弄鬼堪蒙众,暂不称王可保身。
宁肯归曹当贱隶,岂能降蜀作威臣。
英明抉择多回报,五子封侯且益民。

田丰

才华杰出性刚强，袁绍迎来作智囊。
谋袭许都裨益广，实攻河北事功彰。
界桥历险神无畏，官渡真输命不长。
明主未逢当有憾，画筹枉自似张良。

沮授

善谋名士直心肠，袁绍征召计划忙。
料算群雄存弱劣，焉知君主亦轻狂。
多轮进谏聆听少，一战成囚苦恼长。
曹操劝降终不屈，从容就死令人伤。

审配

雄风凛凛效前贤，听命袁公乐受权。
官渡败逃儿有泪，邺城抵御夜无眠。
新交逢纪成知己，痛恨辛评要变天。
兵溃临刑求北面，忠肝义气自昂然。

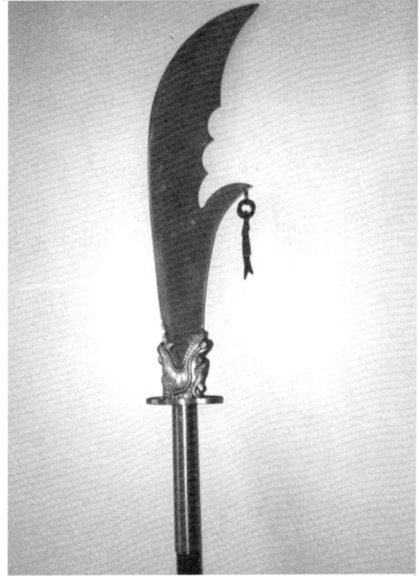

曹操

吸引英才武事忙，挟持天子把朝纲。
底平边患收西域，击破群雄统北方。
铜雀仙媛须照顾，东吴鳌主要威攘。
火烧赤壁虽遗憾，不误中原变富强。

曹丕

英资挺特亦天材，夺位成功志磊嵬。
伐蜀攻吴诚勇也，以曹代汉岂仁哉。
仕官旧制从头改，文艺新花至力栽。
国库充盈堪战守，一篇典论辨群才。

曹叡

对手虽差生父忌，长期隐晦始承王。
安边出击提犀剑，治内筹谋胜智囊。
贤士昂头新气象，奸臣垂首畏光芒。
亦因急病英年逝，未使江山致盛强。

曹芳

曹氏曾孙八岁郎，任人操作接朝纲。
座旁不有周公旦，殿里焉无晋室王。
但自权臣囚太后，续闻陵墓动刀枪。
欲加之罪将军定，解印青年出洛阳。

曹髦

经典融通性格刚，满腔热血继君王。
不甘傀儡仇西晋，向往先贤敬少康。
啸集家丁行逆袭，狂攻奸党却横亡。
未能隐忍难成事，唯有精神获永芳。

曹奂

曹操之孙再上场，明知木偶已无妨。
得权西晋仍优待，寄住陈留不怆凉。
天子龙旗飘殿顶，皇家车驾出宫廊。
远超多少投降帝，终老犹能似国王。

曹植

八斗才华可顶天，雄奇文笔史无前。
宓妃暧昧人神恋，魏帝明知釜豆煎。
争鼎千功亏一篑，吟诗七步讶群贤。
东坡李白堪同列，亦说陈王是个仙。

曹洪

孟德弟兄同闯荡，忠心可鉴护銮轩。
献骑救驾逃追击，振臂招兵扩后援。
挥剑生威称勇敢，积金有术甚抠门。
结仇新主蹲牢狱，几度惊情欲断魂。

曹仁

喻作天人率劲兵，曹门子弟出贤卿。
殊能构筑安全岛，尤可征招铁血营。
急射周瑜争汉水，反攻关羽守樊城。
濡须战败虽遗憾，究属英雄有壮名。

曹真

乃父谜情难尽解，细观曹操似亲生。
河西戡匪平张进，斜谷挥师退孔明。
伐蜀越关愁补路，征吴登岸苦攻城。
赢多输少功劳在，已属贤能获上评。

曹休

孤儿千里寻曹操，一见欣然且鼻酸。
运智识疑锤翼德，麾师奋力破吴兰。
狂追敌寇曾神爽，误判军情自胆寒。
兵败石亭疮逆发，将星殒落国难安。

曹爽

曹门最末掌权臣，志大才疏欲革新。
期以战争增德望，终成乱政失贤仁。
羁囚郭后防遗妇，误信宣王是废人。
篡逆忽来皆束手，身亡国灭害宗亲。

曹彰

领兵救赎蔡文姬，不爱诗书乃武痴。
象巨却惊来捏鼻，虎凶犹怕被搔皮。
扬威塞外挥长剑，得意枰中下妙棋。
万户亲王身忽逝，死因称病有怀疑。

王粲

蔡邕慧眼识才高，辩论应机气自豪。
令德春华跻七子，文思泉涌遇三曹。
宴台作颂情如酒，军帐挥书笔似刀。
驴叫坟前悲不胜，领头魏帝泪沾袍。

陈琳

三番易主又何如，气势雄浑擅表书。
笔助袁公文立就，檄惊孟德病旋除。
鹰扬河朔诗名起，疾发曹营体魄虚。
终究疫情难抵挡，英才不幸赴阴墟。

刘桢

向在曹营称俊秀,爱奇仗气辩名闻。
面妃色正端方士,谒帝词严鲠直君。
纵作劳工遭耻辱,犹存傲骨守斯文。
目无千古多才采,情志超然独逸云。

夏侯惇

疗伤刮骨为虚构,拔矢吞睛却是真。
上阵飚冲争胜仗,消闲攻读长精神。
兴修水利贤能吏,乐散钱财大度人。
魏国元勋功绩伟,紧跟曹操老忠臣。

夏侯渊

弃子惊情秉性偏,由来英武近疯癫。
飞骑夺寨抄营后,赴敌搴旗搦阵前。
勇矣临危冲死地,哀哉被袭失生天。
定军山上官兵泣,曹魏朝廷殒大员。

夏侯尚

魏皇每召共骑乘,军政朝班列顶层。
兵袭上庸惊蜀国,舰封汉水伐江陵。
倾情美妾称知己,冷落娇妻恼故朋。
得悉狠心屠至爱,伤神病似尽油灯。

夏侯玄

玄学先锋率四聪,鸿儒刚傲渺王公。
身居俗世知官事,神往仙山有鹤功。
征战参谋遭取笑,权争政变不移忠。
临风玉树长优雅,视死如归气若虹。

毛玠

建言堪胜隆中对,曹操施行势挟雷。
坚执公心挑俊杰,拒从私意用庸才。
妄加冤罪须争辩,不屈严词改决裁。
追补亲儿升职级,葬由君主赠棺材。

陈群

亦曾献计从刘备，投入曹营始发光。
制度规章经集汇，礼仪律法有专长。
肉刑控罪遭抨击，门第衡才作主张。
莫道悠闲毋理事，暗呈意见益君王。

贾诩

白骨堆边来毒士，扬名三国智商优。
一言肇祸心凶虐，再战成功事善筹。
协辅西征行反间，阻拦南下进忠谋。
匡扶大魏勋劳显，暗助曹丕获厚酬。

郭嘉

转辅曹公极至诚，同骑共食一心倾。
知人论武如荀令，治国扬贤逊孔明。
欲破本初详献策，既歼刘备暂留情。
若能康健增阳寿，蜀汉东吴更易平。

荀彧

卧龙对策属奇葩,荀令良筹显物华。
驰骋中原驱猛虎,挟持天子握灵蛇。
称雄三国参谋长,饮誉千秋战略家。
逝世可疑当探究,迷人香气要先查。

荀攸

世事人情皆测准,战场进退擅通筹。
随机应变攻袁绍,自信排疑纳许攸。
一向面君谈秘密,从无哗众出风头。
丰功伟绩军师范,曹操依凭不复忧。

程昱

顶级高参武艺精,信知孟德最英明。
兖州死守根据地,下邳强修细柳营。
进献雄谋全获胜,所呈狠计半施行。
缴权趁早赢长寿,曹魏祠堂记杰名。

华歆

洁癖管宁求割席，孙吴有请却毋留。
退还礼物赢三叹，理治贤功属一流。
终结汉朝频出手，维匡魏国屡筹谋。
当年声势扬天下，演义闲书责不休。

张绣

一柄金枪挑八面，袭攻魏旅猛如龙。
典韦拼命难逃死，曹操惊心急避凶。
料想仇深长结怨，孰知运好获宽容。
再投孟德尤神勇，官渡麾军屡挫锋。

苏则

出仕威风新太守，边城发奋壮名扬。
抢攻越界穿荒漠，恻悯开仓救饿乡。
外誉雄夫安国境，内为严吏整朝纲。
君王忌惮庸官畏，忽作迁臣半路亡。

国渊

郑玄高足性温阳,耿直为官敬业郎。
开战报功含愧念,屯田收益赈饥荒。
不屠俘虏增阴德,深究奇人显智商。
乱世能员还尚学,美名传播得流芳。

辛毗

求降特使心思诡,竟敢邀师灭主公。
审配断头伸愤恨,曹丕抱颈庆成功。
遭逢搠战坚毋出,面对淫威不苟同。
刚烈性情生笑事,引裾进谏闹王宫。

董昭

策士口才行诈骗,诳为太守乃开端。
张扬听信诚相助,杨奉心甘作静观。
投入曹营频卖力,建成魏国续忠肝。
推崇孟德收回报,位列三公傲政坛。

杜袭

欲投刘表却空行,西鄂安身小县城。
沧海桑田升祭酒,谈天说地胜书生。
谏言孟德收成命,敢笑曹丕拥异情。
回首当年谋食苦,军师庆幸得功名。

刘晔

低调言行地位高,君王心腹具风操。
知人有术防诸贼,料事如神策百韬。
岂以佞谀谋显达,从来献计避囔嘈。
仍遭陷害疯癫矣,一众亲朋泪满袍。

蒋济

扬州别驾正青葱,末世随风似转蓬。
三国群英居上智,四朝元老立丰功。
惊天政变同谋犯,助逆权争不轨翁。
辩说无心亡魏祚,如何地下见曹公。

贾逵

寒冬薄裤苦无棉，贫困生涯励志坚。

绛邑为官迎悍敌，豫州领守见良贤。

殓埋孟德安朝局，谨候曹丕稳政权。

力挽狂澜援败将，犹遭责怪骂通年。

任峻

烽烟四起盼晴天，举族归曹大垦田。

十路粮车奔道上，千船军械蓄河边。

支援将士多劳绩，救济饥民广善缘。

孟德奖贤忙嫁妹，结交豪杰少花钱。

赵俨

浊世投身严选主，恩威并举守阳安。

和谐兵卒除纷乱，调解将军乐抱团。

应对孙吴防陷阱，反攻关羽固城盘。

骋驰三国谈何易，欲立功劳险又难。

梁习

代人受过属轻疏，倘若亡身憾有余。
出守僻州驱土匪，振兴商业贩牛驴。
征召隐士强农稼，斩杀凶胡护市墟。
治绩经常称第一，朝廷屡发表扬书。

张既

授职新丰绩效优，转随曹操破凉州。
因迁百姓多奔走，为灭群凶善计谋。
平定河西惊寇胆，扬威甘肃解君忧。
能臣风采军民敬，拓地安边似铁牛。

杜畿

祖上风光严后母，孝名扬远入官途。
坐衙郑县清监狱，出守河东护首都。
带甲豪强当有诡，披纱寡妇确无夫。
一生廉洁勤为政，遇溺悲亡七尺躯。

郑浑

措施严厉救婴儿,鼓动官民筑水陂。
击破梁兴挥重剑,砍翻靳富出轻骑。
粮仓装谷驰援日,朝殿行文奖励时。
善治郡州名太守,亦能入史刻方碑。

仓慈

屯田校尉长安令,擢守敦煌有杰名。
抑制土豪舒困顿,厘清旧犯致昌明。
公平交易兴商业,规范关防护旅行。
西域再通重旺盛,鞠躬尽瘁得多赢。

陈矫

邀得雄师救广陵,由衷投魏展才能。
久崇孟德惊崩逝,急拥曹丕作继承。
太守审人清案卷,尚书阻帝看文凭。
秉持大节分层次,拱护朝廷似老鹰。

张辽

跟谁谁死事蹊跷，但自归曹煞气消。
说服昌豨凭盛势，对攻蹋顿出强招。
能教将士生神勇，迫使孙权窜断桥。
一战英名传四海，婴儿止哭唤张辽。

乐进

短小身材耍大刀，长随曹操一英豪。
纵兵踏寨谁能挡，列阵交锋敌要逃。
独自进攻夸锐利，并肩防卫足坚牢。
合肥巨胜张辽勇，亦赖将军守战壕。

李典

千家万口走泥途，举族迁移实魏都。
迎候主公褒壮士，领行长者若良驹。
送粮博望开通道，挺戟庐阳伏秘区。
不以私仇耽国事，昭然怀义亦雄夫。

典韦

埋伏行凶惊闹市，投军到处悍名留。
冲锋陷阵尖牙虎，加饭添汤大胃牛。
吕布对攻难有利，曹公得卫向无忧。
忽逢偷袭挥双戟，不敌人多被断头。

许褚

赤身肉搏是何时，四海扬名乃虎痴。
勇力拔牛驱悍贼，忠心护主似雄狮。
吓惊孟起凭威武，婉拒曹仁守礼仪。
河上推舟遮矢雨，箭伤累累久方知。

张郃

温和儒雅亦从曹，文武双全素质高。
败给张飞非笨劣，胜于马谡自雄豪。
荆江涉水舟分浪，川峡翻山箭透袍。
战死沙场真烈士，三军敬挽泪滔滔。

徐晃

严谨行军慎扎营，每教斥候远搜明。
领兵放火抄官渡，飞箭传书取邺城。
解救曹仁须斗智，袭攻关羽不留情。
襄樊一战惊三国，从此常闻大将名。

李通

游侠招兵乱世中，志随孟德树勋功。
穰城接应三军壮，官渡严防一郡忠。
援救曹仁烧鹿砦，力驱关羽射犀弓。
奈何路上身忽逝，荆水呜咽雨雾蒙。

臧霸

救父少年诛太守，啸流啸众占乡城。
囚俘队里藏蛮将，草寇群中拔上卿。
长镇青州安后院，转攻江左率锋营。
终身护魏当无愧，逝去犹传孝烈名。

文聘

全郡投降大将随，曹公相问泪先垂。
献城弃守军人耻，束手成囚壮士悲。
江夏再当安境帅，汉津常逐扰边骑。
小心稳妥防吴蜀，不许嚣兵近堑池。

吕虔

登程赴任韬谋远，选拔家丁着战袍。
降服贼头消匪乱，聘来贤士止民逃。
公心处事悬明镜，慧眼知人赠宝刀。
曹操诏书多赞赏，加官晋爵慰辛劳。

田豫

刘备无缘留俊士，曹营认可用奇才。
远征代郡连车阵，激战鲜卑起电雷。
踞岸擒俘颇易也，登城捍御又悠哉。
老来决意归乡下，嘉奖多多带俸回。

庞德

勇斩郭援雄猛将，朝廷嘉奖得封侯。
抬棺决战人狂怒，冒雨强攻敌大忧。
箭中关公功在望，水淹于禁难临头。
激流搏斗成俘虏，无惧身亡骂不休。

于禁

仗剑横行久带兵，南征北伐有雄声。
连攻袁绍何忧死，一战关公却恋生。
水淹七军遭败绩，泪流满面失忠名。
虞翻耻笑犹强忍，读画归来活不成。

满宠

为救杨彪运计奇，军情政务尽昭知。
每将善策呈愁帅，常赴艰危领锐师。
新野屯兵潜战马，合肥严阵挫侵骑。
安民守境多功绩，大勇良谋护魏祠。

郭淮

名门之子佐曹营,转战关中拒蜀兵。
刘备恃强无胜绩,孔明用计不能赢。
击残伯约持攻势,搭救家妻挟厉声。
屡破羌胡功在册,晋王尤惮老贤卿。

徐邈

违律贪杯开脱妙,文儒太守有丰功。
广交西域商家赞,特立官场学界崇。
自具才华真国士,却言老病让司空。
七贤竹下曾知否,或与先生意气通。

王基

精文能武有才声,表荐频来赞智卿。
进谏朝廷多警策,操劳州郡善经营。
淮南夺谷平狂逆,江夏加城抗悍兵。
忠孝斑瑕虽略显,无妨青史载英名。

王凌

幸逢孟德出牢笼,从此忠心溢五衷。
旋以勋劳升刺史,终因才望擢司空。
难容仲达谋阴志,欲拥曹彪立显功。
尽力不思成与败,朗声自杀亦英雄。

毌丘俭

渡海两平高句丽,亦曾协力伐辽东。
纵观晋室盘根茂,深惜曹祠大树空。
一举兴兵呼义士,八方传檄斥奸雄。
未经剧战虽崩溃,勿以常情论此公。

诸葛诞

身当风雨惊天变,谋救曹祠敢抗争。
振臂一呼擎大纛,围兵三匝困愁城。
或因缺食忧迁帅,岂可开刀斩烈卿。
忠义却能赢众士,舍生犹似事田横。

文钦

感怀魏室秉忠肝,但得时机便揭竿。
借口星灾驱晋将,确知兵变引吴官。
曾经对立存深隙,不智相争走极端。
个性粗疏难免害,义军溃散告殚残。

钟会

陷害嵇康如反掌,锁拿邓艾手擒来。
忽然叛国狂澜起,转眼亡身暴雪摧。
智似子房还冒险,情维魏室致遭灾。
后人分辩难同论,总以操行作决裁。

邓艾

天险焉能阻劲兵,奇师穿岭越阴平。
姜维困斗犹攻阵,刘禅求降已出城。
得意未防人计算,忠心难证自囚行。
多年功绩烟消散,许久仍留叛逆名。

崔琰

肆学儒生入政门,酸迂正气尚身存。
江山未统犹能用,帝业形成已易烦。
本可安居酬上赏,缘何羁绊失优恩。
因言致罪元无兆,大难临头始喊冤。

司马朗

年龄填写原非假,脱董言辞过半真。
据地领兵馊主意,分田等爵旧精神。
益耕刺史怜民众,送药军官病自身。
司马弟兄称八杰,艰难乱世出良臣。

司马芝

临危护母扬纯孝,抑制豪强峻不饶。
身在官场长义正,情关农稼易心焦。
谏言陛下真忠厚,杖杀宫佣似耍刁。
后继有儿清积案,贤能父子誉昌朝。

邴原

孤贫求学如饥渴，感动先生免聘银。
智对孙崧言古圣，婉辞孟德结阴亲。
力援刘政离凶吏，常伴曹丕作上宾。
不似管宁身隔世，名高节亮洽官民。

徐干

轻官不禄居穷巷，只慕箕山静穆陂。
郡县召征皆拒绝，蒲车聘载又辞离。
行文典雅怀春咏，诗赋弘新写婉词。
圆扇室思才力现，建安七子显风姿。

阮禹

蔡邕高足著文奇，避仕深山恼有司。
猾吏逼归拈笔士，英儒伴奏放歌姬。
立交美藻全场赞，精作名诗举世知。
如泣咏孤生感动，读来总易起悲思。

应瑒

渊深家学文功好,求仕都城值壮龄。
孟德封官专案牍,曹丕邀饮聚厅亭。
别辞伤感悲无助,公宴开怀乐不停。
期待雄才挥巨笔,奈何瘟疫坠新星。

傅嘏

大魏叛臣司马党,论人处事似高明。
京畿治理称贤吏,帷幄参谋是智卿。
举国精英迎晋室,满朝文武弃曹营。
盖因早逝安心死,后世犹难置骂名。

杨俊

判劣评优负盛名,时如巫卜受欢迎。
力帮王象情虽重,未荐曹丕罪岂轻。
营救无停谋改命,乞求有阻失余生。
由知臧否常招祸,太子之争更忌声。

吴质

文才虽好易生仇，力助曹丕暗运筹。
曾见有人惊子建，复查无物戏杨修。
追求孝善据高地，抛弃虚浮蕴远谋。
策略成功登宝座，丑侯之赏气昏头。

杨修

冠群主簿露雄才，捷对奇谋被左猜。
鸡肋传言能入罪，娥碑比智易招灾。
更因顾念生歧见，终涉权争结祸胎。
不世文魁浮躁矣，惨遭诛戮亦哀哉。

王肃

外孙篡逆当知见，手眼通天殿上卿。
显耀本朝多学问，纵观今古有弹评。
道儒混合宏思起，魏晋相争诡计生。
终究亲情赢正义，休云食禄要忠贞。

温恢

乱世破家财散尽,欲为豪杰傲风雷。

情怜孙礼如仁侠,智匹张辽亦将才。

警告裴潜须战备,料知关羽拥兵来。

得心应手长称职,曹操嘉言赞伟魁。

丁仪

眼小未能当驸马,伤心公主嫁他家。

匡襄子建争皇位,见罪曹丕戴锁枷。

得宠表仪骄似凤,成囚起底丑如蛇。

识人孟德曾欣赏,凭此才华自不差。

何夔

不从袁术投曹操,得过严惩暗自惊。

毒药藏身防耻辱,皮鞭悬座却安平。

为官戡乱施恩厚,用法循规教化明。

治理有功州县稳,晚年说话受欢迎。

孙礼

敢放恩人逃死狱,坦然自首得饶情。
虎凶尚可挥拳退,民讼当难辩说明。
举目尽为司马士,开言独似魏曹卿。
忧愁脸色行忠谏,梦想周公又复生。

桓阶

索回送护孙坚枢,情义滔滔远近知。
张羡按兵须鼓动,景升赠妹却推辞。
识穿关羽呈良见,力鼎曹丕发壮词。
乱世英雄求出路,凤凰展翼向高枝。

管宁

割席同窗要断交,辽东隐避似由巢。
共齐耕读全家累,缺漏书经一手抄。
处士总称如草芥,君王曾信是龙蛟。
虽知人老身心倦,犹派蒲车送礼包。

徐庶

枭雄玄德遇书生,关羽张飞乐共迎。
智巧兵精赢博望,火攻水灌夺樊城。
口称尽孝投曹魏,人尚留心助蜀营。
走马荐贤诚可感,卧龙庞统始扬名。

黄权

未获奸名且建功,坦然反转属奇雄。
刘璋不用输天府,玄德听从取汉中。
进谏诚心忧国破,投降藉口是途穷。
果真先主毋仇视,安逝他乡获善终。

陈泰

建功立事异陈群,向在朝廷有令闻。
出守以廉轻贵族,劝降失信害将军。
雍州镇抚施良策,狄道交锋树懋勋。
但见贾充真畔弑,伏尸一哭示忠君。

王经

朴素农民提拔急,却曾弃职作逃兵。
洮河轻进当含愧,狄道回防尚带惊。
谏有阻君行冒险,志毋卖主愿牺牲。
忠贞母子甘刑戮,百代千秋播义名。

朱灵

选择艰难抛孝悌,宁亡亲属也攻城。
背离袁绍虚浮地,喜入曹公锐利营。
剥夺兵权无话说,听从军令续戎行。
甘当副职长征战,亦得酬勋有所成。

孙坚

忠烈青年武力强,长沙太守赴疆场。
要将董贼囚牢狱,拒绝权奸赠美娘。
曾喜群英齐讨逆,忽悲军阀各称王。
雄才性急遭埋伏,乱箭横飞血染岗。

孙策

绰号人称小霸王,周瑜所慕杰名扬。
投奔袁术攻吴郡,驱逐刘繇占越杭。
既统江东承父业,谋迎汉帝掌朝纲。
四方贤士齐瞻望,忽遇仇家一击亡。

孙权

兄父根基一手收,长江天险助谋求。
火烧赤壁凌中土,兵袭荆州控上游。
众将同心光大业,两宫争斗起深忧。
虬盘虎踞终安定,百载东南免蹦蹂。

孙亮

幼登大位效贤明,召练三千子弟兵。
实力尚无排险象,行藏却已涉危情。
密谋轻向愚人说,举事非由智士撑。
莫怨苍天亡少帝,年青疏漏业难成。

孙和

并无显过遭休废，昏愦孙权自毁祠。
宠爱曾经招久妒，党争须要有深知。
审情未至毋思蜀，论智当超食肉糜。
忽报东吴囚太子，衔冤似海泪淋漓。

孙休

鸿运突来疑虑起，三辞帝位始登临。
路迎大驾衔欢笑，诏发新文似沃霖。
兴学扶农贤得用，安民振武逆成擒。
却因暴病销雄志，遗嘱难传苦哑喑。

孙皓

史称淫暴又愚狂，三国之中最后亡。
一度逞雄还振武，经常大赦且分粮。
犹持权柄奸难恶，虽有钱财将不强。
危急关头谁出力，满城兵卒已逃光。

孙登

茂美坦衷人好善，英明太子性情纯。
爱贤尚学怀雄志，忱父操劳有孝仁。
镇守武昌依俊杰，稽防建业揭奸臣。
奈何寿短悲吴国，从此孙权总失神。

张昭

辅助孙权正壮年，雄才迸发运思全。
迎曹真可亡江表，抗魏犹惊覆楚天。
遗直良言常有刺，高贤见识总无偏。
封门泼土如谐剧，搞笑其时两演员。

鲁肃

乱世高飞出谷莺，见知三国近形成。
坚盟刘备仇曹操，力辅孙权敬孔明。
赤壁火攻偿誓愿，荆州乞讨坏心情。
先生一死殃关羽，魏主公然笑出声。

周瑜

思度超人属至贤，江东鼎立赖忠坚。
英姿勃勃匡吴主，烈火熊熊毁魏船。
关注中原窥望远，提防刘备计谋偏。
剽轻侥幸身临险，亦怨天公不假年。

黄盖

水深浪涌借东风，点火油船敢闯冲。
对手本来难诈骗，将军作假竟成功。
一场鏖战安江表，数载除凶踏岭峒。
太守生涯尤苦累，拓南伐北老英雄。

陆逊

桃园兄弟正威风，殒命皆因本杰雄。
计袭云长惊海内，火烧玄德固江东。
石亭激战赢强敌，太子权争惹主公。
背叛联盟虽可恶，匡扶吴国有高功。

吕蒙

出身行伍变书痴,相别三天已异奇。
屡建战勋升将帅,善施谋略伏舟师。
无情背信虽能胜,不义邀功却可卑。
即便孙权颁上赏,千秋评说有严词。

诸葛瑾

避乱江东得贵援,才能杰出近銮轩。
善从上意归贤列,熟习兵情驻武门。
赤壁胜之犹敌对,夷陵战后翼同存。
恩如骨肉虽夸大,不易神交确凿言。

诸葛恪

休笑阿爹脸若驴,敢称叔父不如渠。
官场一向收高誉,战事曾经报捷书。
浮躁未堪谋大略,恃才尤易出粗疏。
身临绝境犹麻木,往日神童被划锄。

太史慈

损毁公函为鄙劣,报恩北海属贤行。
刘繇手下难施志,孙策心中似借名。
召唤万兵凭信望,管监六县显英明。
临终何必生悲叹,好歹曾经发壮声。

步骘

降志辱身明世事,终成才吏誉吴中。
鄱阳供职名声好,交趾为官气势雄。
斗法东宫生不智,怀疑西蜀已愚蒙。
幸能辅佐长孚望,荐士襄君守赤衷。

严畯

鸿儒避乱潜江左,入仕朝廷作上卿。
君主授兵非任性,书生辞帅岂虚情。
关心好友私传话,救济亲朋共宰烹。
拜访孔明优雅甚,礼仪得当受恭迎。

张温

名扬江表亦醇儒,谈吐斯文使蜀都。
友好言辞褒季汉,和平愿景益东吴。
牙尖秦宓凭才诘,心忌孙权借事诬。
必有隐情招祸害,岂能无故失官途。

张纮

青年孙策求相助,才子陈琳敬大巫。
辅国心忧催训武,强吴情切促迁都。
君王振奋营宫殿,长史奔波殁路途。
累页遗书留善见,仲谋一读泪模糊。

程普

辅佐孙吴特勇强,统军诸将最年长。
进攻曹操真能矣,调笑周瑜自未妨。
生闯中原杭越路,死埋南国桂林岗。
向来作战雄于虎,芳迹丰功发亮光。

士燮

响磬鸣钟酒又醺,繁荣交趾驻春岚。
岂唯武力据珠海,尤使儒风满越南。
愿与曹营谋睦好,不同蜀国作和谈。
江东步骘兵来日,回赠孙权礼万担。

韩当

长于弓箭精骑术,每执东吴勇士营。
赤壁破曹雄猛将,荆州袭羽卓奇兵。
夷陵玄德愁归路,南郡秦真畏迫城。
敬重督司遵法令,殉身任上树英名。

吕岱

八十登骑一跃之,身心未老展雄姿。
振威南岭安蛮地,转战湘江拔贼旗。
残杀降酋须责罚,招徕岛主合机宜。
名扬海外兴区域,力鼎东吴不倦疲。

蒋钦

江表虎臣惊悍敌，攻坚斩将勇貔貅。
荐贤豁达推徐盛，护主狂奔救仲谋。
妻子因贫穿褐布，君王伤感奖丝绸。
班师路上船中逝，魂魄沉沉滞素舟。

周泰

江东猛将最雄骁，百战摧锋出狠招。
严阵撕开安陛下，重围翻入救同僚。
伤痕遍体樽前看，残镞留身帐里挑。
御伞擎来酬勇士，疤瘢交错已难消。

陈武

人高马大似铜墙，孙策征招作警防。
麾下增兵多子弟，家筵来客有君王。
但逢偷袭先迎刃，遭遇群攻勇挡枪。
葬礼堪哀还殉妾，应悲生命又伤亡。

董袭

孙策归天起怆惶,将军豪气振灵堂。

寻阳会剿英贤勇,沔口围攻宿敌亡。

护境兵船犹棹桨,当关水道忽吞航。

濡须鸣奏悲伤曲,泪洒长江国有殇。

甘宁

为非作歹有狂名,归顺东吴虎气生。

急煞关公因阻渡,吓惊曹操是偷营。

扬威战地兵师胜,扶佐朝廷策术精。

若比张辽谁第一,孙权大笑得甘宁。

凌统

老子英雄儿好汉,不容横恶捅陈勤。

紧随公瑾驱曹操,苦斗张辽救国君。

尊上爱兵神勇显,礼贤下士杰名闻。

虽知射父非私怨,犹视甘宁似敌军。

徐盛

勃发雄姿经百战，江东猛虎国干城。
合肥恶斗收残队，洞口衔威守铁营。
奋力夷陵刘备窜，伪装建业魏王惊。
孙权俯首将军泣，终使吴邦再壮声。

潘璋

性情粗鲁人如匪，作战凶狂总发威。
死顶宋谦崩溃止，生俘关羽凯旋归。
反攻刘备催追击，援救朱然得解围。
勋绩辉煌连犯事，方被宽恕又违非。

朱治

早随武烈横天下，养护孙权有积恩。
底定江东兼署印，转攻岭表启征辕。
故鄣屯镇安民业，吴郡神聊守帝门。
元老资深难见责，君王苦笑受煎烦。

朱然

同学孙权官早拔,扬师常胜振吴宫。
横刀临沮擒关羽,受印江陵代吕蒙。
坚守孤城长不败,勇攻严寨即成功。
群英凋谢谁扶鼎,大将强撑晚照红。

丁奉

少年猛士历劳辛,三国兴亡见证人。
雪地短兵奔猎豹,宫廷秘计斩权臣。
生前迈绩光先祖,死后遗殃祸至亲。
却有黎民怀总管,虔诚筑庙祀慈神。

吕范

美人识宝托终生,趁势随君敢起兵。
横扫群凶平郡县,支持主力守都城。
着装华丽花销大,军械精良账目明。
提拔诏文犹在路,忠贤遗憾已归茔。

全琮

擅散家财有令名，大吴驸马是精英。
审时度势能深见，谋事麾兵主慎行。
奖赏称心曾静默，评功违愿出严声。
老身终究堪安守，晚辈投降举国惊。

周鲂

身藏谲略运奇筹，断发称降诈魏酋。
得计召兵随陆逊，如期布局败曹休。
怀安通力除凶寇，豫郡寻机斩贼头。
吴帝酒筵褒太守，鄱阳湖上乐悠悠。

潘濬

荆州城破奈何之，官吏奔逃弃汉旗。
为蜀伤心应有限，辅吴悉力却无疑。
踏平叛逆身当箭，怒扳奸邪手舞锥。
沉默老臣皆受责，不如降将勇超狮。

是仪

因畏讥嘲真改姓，惶然避乱到江东。
入官恭敬求宁日，出使和谐似暖风。
不惧奸凶持正直，从无纰漏秉昭忠。
清廉处事勤谋国，助益孙吴大有功。

胡综

陪伴孙权攻学问，长劳枢要似工蜂。
跟随陛下征黄祖，肩并将军捉晋宗。
伏案操文称捷利，开台酗酒或行凶。
君王宠爱能容忍，犹以忠功赐犒封。

虞翻

王朗拒听尝败绩，伯符不信大灾生。
糜芳背叛遭严斥，于禁张狂被辣评。
肆意羞君当过分，悖行傲众乏同情。
儒家忠义犹身守，流放交州更出名。

顾雍

沉默寡言盈正气，封侯犹不事声张。
奸臣私欲遭挠阻，贤士公忠获表彰。
请客即知真意见，待囚凸现好心肠。
忽闻丧子深悲痛，忍弈残棋泪在眶。

刘备

桃园结义举军旗，抱负非凡面目慈。
借复汉廷招智士，宣称帝胄集英师。
进据巴蜀成王业，失守荆州损国基。
主次不分难一统，感情用事易支离。

刘禅

岂是敷闻大笨哥，千年笑话乃传讹。
农商安定无离乱，政治清明未失和。
蜀汉朝廷风景好，魏吴宫殿血腥多。
兵临城下君臣惧，不忍殃民愿止戈。

三
国

诸葛亮

三顾茅庐获死忠，隆中策对立初衷。
精心治国除诸敝，勉力扬兵敌百雄。
渡水南征虽有智，出川北伐却无功。
未能劝止君行险，犹具英名万古崇。

关羽

赤面长髯不二忠，昭威乱世建勋功。
避嫌秉烛尊兄嫂，温酒提刀斩华雄。
于禁窜逃愁泽国，吕蒙行诈伏艨艟。
纵然兵败犹成圣，兼任财神祭品丰。

张飞

妇幼皆知秉性剽，蛇矛豹眼黑须飘。
猛攻吕布齐交阵，大破张郃独出招。
长坂耀威颇震撼，兵营殒命甚蹊跷。
谁人主使难查究，致使君王更灼焦。

赵云

一身是胆确雄魁，奉国安民视野开。
博望摧锋诚可赞，当阳离位不应该。
公勤太守颇贤矣，常胜将军甚壮哉。
闻道君王毋重用，究因偏异被嫌猜。

马超

班底豪强超吕布，单挑野战似张飞。
扬名西北如猪突，混斗关中显虎威。
虽把成都夸诈取，却于下辩败逃归。
勇而不义难伸展，昔日雄风告式微。

黄忠

白发飘飘再挽弓，遭逢刘备愿输忠。
练兵布列神如虎，立马横刀势若虹。
鹿角阵前歼悍将，行营席上奖豪雄。
老当益壮英名出，闻道关公已气疯。

许靖

牵驴转碌碾粮工，实擅评才辨异同。
声誉既然传海内，友情尤自遍寰中。
因观人望非鸳士，致授司空辅主公。
莫道浮虚无补益，聊如郭隗引英雄。

庞统

丑貌何妨怀远见，眼光精准鉴龙蛇。
孙曹冷落佯狂士，蜀汉恭迎策划家。
三计献呈巴水近，万弓射到雒坡斜。
雄才初展身泯灭，皆惜先生运气差。

法正

十年微职困书生，归顺贤君献策精。
巴蜀入囊安大局，汉中得手扩边营。
指挥恰当惊曹操，禀性刁钻窘孔明。
立国功臣悲早逝，川师从此总难赢。

张松

颜容抱歉却神聪,赴魏遭羞怒火冲。
唆使刘璋仇上国,投奔玄德抢头功。
开门揖盗如家贼,弃旧图新乃物雄。
阴计未成身受死,黄粱美梦一场空。

姜维

泣别母亲投蜀地,怆然领命守朝堂。
陇西易抚羌情稳,南郑难防魏势强。
决战分兵存异议,阴谋执策欠周详。
一枚斗胆无深计,辱主殃民国覆亡。

魏延

刘备看来超翼德,孔明心里暗提防。
汉中太守真拼力,子午参谋岂逞强。
断后安排何诡异,诛前猜度太疯狂。
纵然鲁莽须惩罚,猛将冤亡乃国殇。

廖化

囚困东吴思旧主，忽然诈死得逃身。
相逢路上归忠士，再效军中作重臣。
北伐领攻烧魏寨，西征坚守接羌邻。
扬名四海先锋将，见证兴亡白发人。

马谡

纸上谈兵前赵括，又来狷士守街亭。
若听遗嘱毋升用，却藉空言获履荣。
进谏攻心谋致远，遭围丧胆智归零。
议惩问斩谁挥泪，愧悔军师脸铁青。

蒋琬

论治原非百里材，主持国政有宏裁。
坦承能力输前任，总具雄心看未来。
盟结孙吴人敬礼，兵防曹魏马衔枚。
虽谋北伐怀鸿志，因病终难展武才。

费祎

中材丞相人高雅，经久磨成护国才。
外使东吴能应变，内调杨魏善斟裁。
胜驱曹爽张兵势，牵制姜维阻战灾。
未纳忠言颇大意，樽前遇刺甚悲哀。

董允

略输费祎神仪壮，具有严明不怒威。
奸宦纵然偷选美，君王休想暗添妃。
宫廷守卫情无懈，典礼遵行事莫违。
遗憾未能长布局，人亡政息太监肥。

简雍

总角之年随大耳，追从奔走若飘蓬。
孔明当面斯文士，先主跟前放肆公。
劝诱刘璋销旧印，相陪玄德入新宫。
讥嘲陋法颇幽默，所谏经常获认同。

水镜先生

修道精微学识丰，人情世事了于胸。
桑田畅论知庞统，琴室酣弹友卧龙。
好好先生如水镜，莹莹品德似冰松。
襄阳耆宿真优异，所荐双贤乃锐锋。

吕凯

任所山高皇帝远，更逢战乱失交通。
孤城寂寞谁安境，匹士邀呼共矢忠。
叛国奸臣传檄诱，当关贤杰答文雄。
孔明闻说欣提拔，却报横亡殁路中。

傅肜

槌鼓催军挥铁剑，报仇泄恨甲兵凶。
连营起火逃刘备，断后搴旗立傅肜。
脚下横尸飞箭镞，口中利舌对刀锋。
战争义否休分说，蜀庙名荣血食丰。

谯周

长期反战论连篇，遭受重围选瓦全。
守将未能行抵抗，国都难以作移迁。
姜维赶路犹遥远，邓艾攻城在现前。
一自低头真弃械，恪忠人士骂千年。

董和

浩荡东来举族迁，成都县令得民缘。
曾邀张鲁安川境，还劝刘璋守蜀天。
玄德征召为禁卫，孔明怀念是能员。
推崇节俭清廉士，谢世难筹下葬钱。

邓芝

出使江东增友好，恳言对话答如流。
远巡吴舰从西撤，久待川师向北谋。
斜谷退兵须负责，涪陵平叛可除忧。
终生讨厌交文士，耿直肝肠倔犟牛。

陈震

久随刘备人贞敏，出使东吴驾远舟。
入境关文尊友国，登坛盟誓震神州。
忠于贤相传情报，揭示奸臣破暗谋。
风雨一生从季汉，扬名立万得封侯。

秦宓

蜀地高才如鹤立，岂能轻易着官裘。
随员抬酒疑成事，太守停杯待点头。
嘲笑张温堪发傲，谏教刘备被羁囚。
孔明紧急施营救，始可惊惶复自由。

杨洪

换代更朝貌不惊，果然还用旧精英。
守川远策呈丞相，护殿危情调禁兵。
岂妒下僚能独擢，欲同良友获双赢。
辅君治县皆通炼，镇乱贤臣有杰名。

马良

奋迹沙场兄弟勇,白眉才具最贤良。
使于江左赢尊敬,闻取巴川寄贺章。
荆楚为官怀志洁,夷陵助阵致身亡。
风云三国忠贞士,每有骚声表赞扬。

程畿

乱世招兵卫县乡,拒从太守作强梁。
郡官听劝安全境,州牧褒升镇一方。
败退夷陵毋弃舰,交锋荆水憾偏航。
秉忠刚烈人怀念,蜀庙留名见在廊。

董厥

曾得孔明加赞赏,却如庸碌太平官。
默由黄皓生宫乱,亦责姜维致国残。
诏令投降无感怵,新封任命或衔欢。
晋都归蜀经祠庙,应见荒凉旧拜坛。

孙乾

大儒推荐求官禄,先主投缘乱世逢。
谒见本初谋国是,伴陪刘表论家风。
中原亡命青年子,巴蜀安身老伯公。
坎坷一生辉晚景,果然玄德可输忠。

张翼

一路扶君到国亡,毕生驰骋累疆场。
挥戈汉水功劳显,出守南中责任强。
异议姜维兴战伐,听从刘禅放刀枪。
成都大乱人何在,但见城楼火舌长。

王平

目不识丁常自鄙,归投先主渐成名。
急穿斜谷担当重,痛失街亭责任轻。
内灭魏延曾暴力,外驱曹爽起雄声。
汉中关隘长安定,赖有将军戟槊横。

向宠

历作牙门心态稳，夷陵一战大名传。
尽知主力皆消灭，独有奇兵尚满员。
禁卫军中堪信任，出师表里赞贞坚。
急行平叛遭埋伏，噩耗惊来报永眠。

刘巴

投靠曹营竟未成，转依刘备暗吞声。
荆州秉志传高誉，巴蜀谋官守雅名。
乐对孔明谈律令，不容冀德入门楣。
当交四海英雄汉，拒与粗人并驾行。

傅佥

奉命守关当大敌，可怜心智似童婴。
战前处乱无权变，事后筹谋欠慎行。
豫备粗疏生祸害，骤然崩溃致哀鸣。
一门父子双忠烈，俱在祠廊有记名。

马忠

可顶黄权先主悦,贤才助蜀起雄风。
汶山戡乱羌溪静,兴古平凶叟洞通。
载笑随歌能出剑,引杯欢醉岂张弓。
恩威并用蛮夷服,拱卫南疆有巨功。

张嶷

勇猛多谋还仗义,名扬巴蜀敌酋愁。
大排酒宴擒蛮首,常授官衔抚族头。
旧路修通输特产,新城筑就守丰收。
沙场身殁谁悲痛,刘禅夷民泪水流。

糜芳

财主仆佣人上万,甘为刘备减煎熬。
遂由亲妹填妻室,还与胞兄着将袍。
既惧吕蒙来伐战,更忧关羽又凶嚎。
投降大罪谁多责,反有同情谅土豪。

夏侯霸

杀父之仇犹未报，又遭政变要逃身。
曾经殿上王侯族，沦作荒关乞丐民。
刘禅欢欣迎近戚，张嶷冷淡对邻亲。
纵然富贵能追补，总似孤零局外人。

郤正

双亲远去凄凉子，爱好诗文得自强。
同事宦官成热贵，书生胥吏抱孤芳。
愿从刘禅离巴蜀，抛却妻儿到洛阳。
阿斗为囚方愧疚，忠臣默默在身旁。

孟获

三国志中无记载，零星史册偶传文。
由来自主据泸水，有致联盟御汉军。
终究未曾赢智帅，唯能屈服奉明君。
七擒七纵成陪衬，演义评书久熟闻。

三国

239

两晋南北朝

司马懿

三国赢家貌挚诚,深思远虑善谋争。

宫廷布控超曹操,战地攻防胜孔明。

平定辽东扬血剑,侵凌吴蜀蓄精兵。

暗欺孤寡如无迹,魏室群英尽失声。

司马师

具有雄才魏主忧,执持军政砥中流。

开营退敌施良计,入殿怀私起暗谋。

治吏拔官能肃励,谈玄论学亦精优。

三千死士曾阴备,忍把妻亲尽戮囚。

司马昭

野心勃勃路皆知,似有天神祐晋祠。

刘禅投降来老朽,曹髦突击若痴儿。

寿春下雨真如意,魏主移权甚准时。

夺鼎悄然无大怨,军民通愿换龙旗。

司马炎

上万嫔妃立白痴，心慈手软欠威仪。
挪开魏主无施暴，擒缚吴王不费时。
排斥寒门含奥秘，分封贵戚致深悲。
远谋布局难如愿，枉自聪明亦臭棋。

司马衷

低劣智商当是实，继承资格不须疑。
岂因幽默分蛙类，应属无知说肉糜。
专制原由成死结，诸王逆乱致疮痍。
聪明未必能兴国，愚鲁尤其易毁祠。

司马炽

临危受命入皇京，四顾苍茫昼夜惊。
石勒围城歼主帅，刘聪焚殿灭残兵。
俯身斟酒来新仆，落泪停杯哭旧卿。
纵使情怀如淡水，难逃一死葬荒茔。

司马邺

青葱十八遇腥风，断食王公困殿中。
无奈低头交玉玺，只能屈膝对刀戎。
宫廷昔日娇皇上，厕所于今洗粪工。
借问黄泉司马帝，可知孙子不如虫。

司马睿

山河破碎涌胡酋，庆幸江南可驻留。
处仲领兵堪守境，茂弘聚士正筹谋。
未怀大志为雄主，有起深忧斗猛牛。
应晓王敦无后代，何须逼迫不回头。

司马绍

戡殄王敦解倒悬，朝廷气象出新天。
平衡士族群情振，安抚军民众志坚。
事理通明人孝顺，规模宏远本豪贤。
英年早逝哀东晋，滚滚长江起惋咽。

司马曜

黑人生母脸圆圆，即位昭知战火燃。

淝水反攻收胜利，宫廷争斗获威权。

未能乘势强军政，却自沉迷爱乐筵。

嫌弃嫔妃遭虐弑，谢安辅助亦徒然。

司马亮

皇家叔辈正当途，辅国陪亲本不愚。

庇护刘祎曾失误，避开杨骏亦糊涂。

若听督将严防守，未必狂兵可斩屠。

西晋沦亡如问责，八王之外有迂夫。

司马玮

年少残横一莽夫，执行密诏滥开屠。

因遭朝议生深怨，为报私仇作妄诛。

加害王公当有罪，假传懿旨岂无辜。

却曾慷慨施恩惠，民众怀思落泪珠。

司马伦

庸琐无才起孽愆,扈从贾后欲翻天。
戮诛太子开魔盒,威胁朝官上贼船。
称帝却遭人堵路,成囚还想自归田。
五胡作乱由兹始,大好河山烈火煎。

司马囧

好赈仁慈乃父风,勤王倡义立元功。
伪皇押去囚监狱,惠帝迎回驻紫宫。
大事铺张夸宴乐,忽遭攻伐即途穷。
兵临城下愁无计,不似传言有智聪。

司马乂

超伦材力人豪迈,戡乱麾兵最勇强。
解送叛王归地府,再迎天子振朝纲。
劝和书信宣良善,苦战沙场悯死伤。
背后阴谋浑不晓,惨遭烤炙忽横亡。

司马颖

既用楚王藏诡计,再行动武不应当。
废除储帝加封地,持秉威权乱政纲。
愤怒将军传檄羽,奔逃父子入牢房。
早年声望曾何在,国破民伤罩血光。

司马颙

阴沉奸诈善观风,反复无常势利翁。
挑拨诸王生死斗,挟持皇帝策筹穷。
自诛大将求安命,独守孤城愿鞠躬。
亦中计谋遭扼颈,祸根父子路头终。

司马越

八王争斗乃赢家,军政权纲一把抓。
惠帝毒亡谁下手,苟晞生怨各张牙。
口称御寇充强汉,胆战愁心类病蛇。
轻忽京师疏守备,溃崩西晋祸中华。

贾充

适逢换代变更频,魏国官员晋室人。
畔弑君王元罪犯,讨平叛逆作功臣。
只图一己能安禄,罔顾朝廷困险津。
回看江山生战乱,贾家子女不无因。

羊祜

生于望族掌军旗,尚德贤名海内知。
涉及威权颇淡漠,未传香火或酸悲。
公然与敌开醇酒,暗里教王备锐师。
胜利吞吴身已逝,岘山纪念立雄碑。

张华

羊祜相谋见识同,伐吴一举建公功。
文坛领袖诗章杰,宦海儒生计策穷。
不救濒危司马遹,顺从嚣悍贾南风。
八王动乱无知察,国破身亡血染宫。

嵇康

打铁男神虱满身，多闻博洽似天人。
魏王女婿憎趋奉，晋室权臣厌不驯。
傲俗琴师言逆耳，求情学子泪沾巾。
广陵仙曲因而绝，唯有高风尚未泯。

阮籍

随意能翻青白眼，弹琴高手大诗人。
亡姑棺侧悲生客，贩妇垆边卧醉身。
纵饮避亲防祸患，咏怀隐晦寄精神。
母丧酒肉穷途哭，心事深藏掩假真。

山涛

贫困出身怀器度，官场得志列三公。
魏廷叛党昭名者，晋室勋臣获益翁。
推荐嵇康遭拒绝，相交钟会未浑同。
竹林高论颇玄幻，力主强兵守要冲。

向秀

庄周奥义甚精通,条畅玄风独不同。
小雀亦能衔快乐,大鹏未必掩长空。
人生岂可如冰冷,食色应当似火红。
哂笑巢由行隐苦,寻机享受远贫穷。

王戎

眼光灿灿人多诡,竹下名贤有锐言。
玄妙话题难阮籍,精明警惕避王敦。
每临乱局能安适,常数余钱总笑喷。
甜李钻仁方出卖,只防买去广栽繁。

刘伶

昼夜衔杯讦四邻,醉侯剧饮不怜身。
鹿车荷锸真疯子,鸡肋尊拳瘦搢绅。
奋袂攘襟轻礼教,幕天席地笑凡尘。
竹林贤士言行异,颂酒雄文藐鬼神。

阮咸

亦因耽醉大名扬,音律精通敢放狂。
开瓮同猪争浊酒,借驴追女得新娘。
秉公太守勤谋事,晒裤孤寒要笑场。
神识功深超暗解,乐官佩服不声张。

司马孚

论智亦如司马懿,充当辅佐会操持。
擅营财政丰千库,能握戎机统六师。
筹建新朝神谨慎,哭丧旧主泪淋漓。
晋前魏后皆酬志,史谓忠诚未徇私。

刘毅

亮直忠诚介不群,敢将明主比昏君。
训裁污吏持公义,杖责贤妻出耸闻。
校尉由来千措手,都官到老一根筋。
未升宰相颇遗憾,遂赠殊荣补茂勋。

周处

三害居前不自知，回头浪子显英姿。
转升太守除民瘼，纠察奸臣护国基。
迎战当须神壮勇，断援却致血淋漓。
休云宿怨阴谋诡，史赞捐躯立大碑。

傅玄

性情刚烈一鸿儒，行谏威严震腐愚。
事列五条呈陛下，人分四类重农夫。
竟为座位呵胥吏，漫有诗文咏妇姑。
掌上明珠描美女，短歌吟罢讽秋胡。

潘岳

掷果盈车美貌郎，公勤至孝善诗章。
河阳万树成花县，金谷千杯斗酒场。
本已还家堪享受，终因贪禄再遭殃。
悼妻泪水犹流洒，老母同亡最绞肠。

石崇

白手起家人黠猾，兼营外贸巨官商。
金银百库超王国，货物千船越海洋。
招惹皇亲行斗富，拒交美女致贻殃。
奢华岁月飘然逝，亿万雄财亦屈亡。

杜预

见识百般如武库，痴迷左传出心裁。
重修典律能明法，督办钱粮善理财。
攻伐孙吴呈大计，支援王濬展雄才。
老来送礼非求进，讨好权臣欲避灾。

王濬

闻道张华信念同，摩拳擦掌策兵戎。
晋廷定计颁严令，大将挥军驾远篷。
六路雄师齐进发，百城守卒尽逃空。
锁囚吴主争传捷，拔取江南立首功。

陆机

璧合珠流至大才,将门后代入都来。
诗风瑰丽如堆玉,声望高扬似起雷。
鹿苑交兵情惨烈,华亭唳鹤事悲催。
身名两殒人咸惜,感念文宗不胜哀。

陆云

携手家兄入洛阳,冲天名誉振文场。
张华欣赏尤增彩,周处听从不再狂。
思浅未妨求雅韵,情深恰可写悲凉。
清廉才子贤良吏,惨被株连众黯殇。

左思

样丑行街被妇驱,转头挥墨赋三都。
精描宫市繁荣景,抒写山河壮美图。
皇甫由衷夸绝笔,张华鼓掌震群儒。
洛阳纸贵新魁出,喜气洋洋纳丽姝。

王弼

数万藏书读几番，少年智慧揽乾坤。
研摩玄学成新见，裁剔浮文启异门。
黄老真言重作注，易经歧义尽归原。
大儒何晏深欣赏，高妙清谈有底根。

王导

怅望长江草木凋，为存东晋寸心焦。
担忧北寇时侵境，顾虑南贤不仕朝。
能阻王敦施诡计，难防庾亮出昏招。
求安未敢怀雄志，唯盼危船勿触礁。

王敦

豪雄驸马势超群，护晋多年立卓勋。
莫道股肱生叛意，亦因皇室有疑云。
荆襄掌控能欺主，姑孰屯留易进军。
却似情狂求一泄，酿成动荡乱纷纷。

王衍

雅好清谈有上知，风流名士俊身姿。
担当大吏能称职，领引玄思亦出奇。
抵挡王弥曾尚勇，献言石勒实污卑。
虚浮误国犹推责，唯悯生埋此宿耆。

谢安

携妓泉林拒作官，东山再起矫情难。
平衡政局谋思密，镇静心神度量宽。
淝水反攻闻大捷，桓温受挫息狂澜。
风流宰相通棋战，国有高贤固若磐。

谢玄

贵族青年早负名，桓温招揽作参卿。
击攻凶悍前秦将，训练强雄北府兵。
淝水江边迎骤胜，八公山上见虚惊。
休云天运帮东晋，若不人谋事岂成。

谢石

祖荫名门得委权，协同子侄破苻坚。
支援陆路摧强阵，抢占江流驾快船。
修整学堂添德望，沉迷俗曲近痴癫。
亦曾贪墨遭讥讽，究属朝廷一干员。

孙绰

建言君主勿迁都，扳动朝廷一硕儒。
嗜好悬谈精著作，追求仙路合浮屠。
推销剩女诓愚婿，提炼佳词化美珠。
集会兰亭同灿烂，玄诗杂烩出江湖。

庾亮

珪璋特异貌严庄，外戚腾升掌政纲。
监控王敦消战乱，戡平苏峻复宁康。
能安江左殊难得，欲伐中原乃逞强。
玉树沉埋身忽逝，公忠事迹有传扬。

桓温

泣血横戈报父仇，金城对柳泪双流。
三轮北伐曾蒙主，一举西征即列侯。
欲复中原忧制约，把持大局蕴阴谋。
索求九锡颇骄慢，或比王敦有念头。

桓冲

尚能强力遏飞舟，承接亡兄续运筹。
抵抗前秦临汉口，支持宰相让扬州。
听从指令提偏旅，坚守荆襄控上游。
身逝或因常服石，非关诸谢抢风头。

刘琨

祖逖闻鸡共一楼，枕戈待旦各登舟。
救还皇帝增威望，鼎助诸王不妄求。
久御匈奴诚得力，广交朋友缺良谋。
忽然受骗人惊惜，金谷名流太躁浮。

祖逖

闻鸡起舞欲争优，击楫江流汇百忧。
石勒进攻虽被阻，中原收复续谋求。
将军志壮时拼命，皇帝心惊屡缩头。
功败垂成人叹息，良机错失恨悠悠。

陶侃

处事精明入仕途，寒门劲拔作钧枢。
不予借谷当须责，怠厌勤王亦可诛。
竟欠全心维御殿，但曾尽力守防区。
智堪裨益强东晋，异志争权或也无。

郗鉴

历经动乱扫硝烟，辗转南来一俊贤。
出守扬名跻八伯，勤王奋力作中坚。
调和士族安皇室，抵抗胡兵启战船。
东晋栋梁撑大厦，炎黄血脉得残延。

温峤

刘琨部属早知闻，南渡携来劝进文。
戡伐叛酋施智术，保安殿下建功勋。
杨淮输赌身囚屋，牛渚寻妖鬼扯裙。
巾褐书生衔壮节，曾经气概振三军。

周访

器兼文武自豪雄，乱世茫茫见赤衷。
接刃摧锋能斗智，临机应变善强攻。
荆州受骗知奸险，襄郡严防镇逆风。
身死王敦方敢动，维持东晋有劳功。

卫玠

肉嫩眸光白似胭，须眉一见亦生怜。
本需高卧消虚累，难拒长谈苦不眠。
百士接风围热贵，万人追逐探新鲜。
迷狂如许成悲剧，看杀男神失俊贤。

朱序

西晋沦亡起战云，走投无路奉胡君。
襄阳致败当为耻，淝水寻机可建勋。
暗禀见闻坚众志，忽而发喊溃千军。
一驱强寇归江左，再伐中原作虎贲。

刘牢之

武艺高超如吕布，杀人捷快似屠羊。
挥师肥水胡夷溃，横戟杭州海寇亡。
翻覆无常存反骨，恩仇屡改结愁肠。
慌忙自缢堪惊叹，乱世凋零不胜防。

何晏

曹操义儿亲选婿，何郎傅粉显风华。
名扬大魏清谈客，崇敬庄周道学家。
利口覆邦言入罪，青蝇连梦兆来邪。
高陵败后诛三族，回首当年不胜嗟。

郭璞

高才博学擅仙诗,占卜飞符亦大师。
贪色买姬施术数,传闻救马弄神奇。
辅援都督称时吉,劝阻狂徒说运衰。
纵料自身将受害,犹能直指不迟疑。

陈寿

失意仕途犹博志,撰书三国写群英。
履行职责褒曹操,强调忠心赞孔明。
文比相如输美彩,识同班固有真情。
对查小说存差异,直笔谋篇得上评。

习凿齿

颇具贤声学问宏,著书修史笔含英。
宣称正统尊玄德,崇尚操行捧孔明。
缑岭新居编杰作,隆中故宅发深情。
符坚赞赏如双陆,汉晋春秋有盛名。

袁宏

运租河上累晨昏，欲入官场善叩门。
江渚吟诗逢谢尚，途中挥笔讦桓温。
休云谋事凭机巧，毕竟成功有慧根。
倚马之才书信史，东征北伐赋文喷。

苟勖

大魏能员业绩丰，顺从晋室亦多功。
曾经为首衰曹爽，终究低头奉贾充。
谎报愚男堪接位，坚称悍妇可留宫。
国亡虽说存天意，也是谀臣未尽忠。

苟颢

承父恩荫魏佐卿，转投晋室暗输诚。
贾充党羽增权焰，羊祜同僚显水平。
助立愚君遭诟病，褒扬悍后受讥评。
人称祸国殃华夏，此论当真责不轻。

何曾

亦在曹营作上卿，暗行助晋见精明。
合谋解救毌丘女，最想驱除阮步兵。
舍用万金求美食，须调百味拒清羹。
谥为缪丑难承受，人慕夫妻有挚情。

郭象

清谈处士本闲悠，一旦为官有诡谋。
文注传闻抄向秀，平生爱好亦庄周。
追寻哲理成新论，领引玄风异俗流。
佛道兼儒相掺合，辛勤探索可歌讴。

裴楷

闪闪双眸岩下电，玉人声誉满京华。
谄谀皇上兼宣圣，善待同僚亦远邪。
祸起牵连犹镇定，病来疲惫却难遮。
血糖高蹿愁无计，唯有中医苦药茶。

卫瓘

精明能干善沟通,奉命拘囚邓艾公。
立识姜维存暗念,速歼钟会用强攻。
官场一直名声好,书法由来笔力雄。
虽傲两朝堪显贵,难当悍后贾南风。

江统

义如熊掌命鸿毛,名冠陈留有志操。
酒诰倡言唯小术,徙戎见解乃高韬。
关情太子遭连累,避祸成皋急出逃。
晋帝若听安国策,五胡或不起兵刀。

魏舒

少童失父嫌迟钝,善射多才慎示人。
容貌堂堂堪领袖,表情穆穆有经纶。
郡州任职为能吏,殿阙筹谋是鼎臣。
奉侍君王年八十,同僚羡慕好精神。

贺循

高门世胄杰儒绅,名耀江东尚礼人。
两坐县衙行善治,数修河道拓支津。
乡邻眼里贤能士,晋室朝中得力臣。
何以辞官还拒赏,自言疲倦畏劳身。

顾荣

洛阳三俊正垂辉,忽遇灾殃战火飞。
助渡吴杭舟疾驶,力平陈敏扇虚挥。
招才荐士忠心在,振国安民信望巍。
残晋得贤堪立足,南金东箭显英威。

张载

性格温和著作郎,擅文兄弟号三张。
叙行赋写奇风景,剑阁铭描险画廊。
榷论言谈闻慨怅,七哀诗意见沧桑。
休云貌丑遭投石,感动君王获补偿。

干宝

周易甚精通史学，广闻博览著书多。
新奇故事传心曲，孟浪真情触泪窝。
董永卖身仙乐助，窦娥冤狱鬼悲歌。
百花竞放搜神记，天界人间尽网罗。

阴铿

智慧童年精诵读，南朝才俊誉当时。
关情温酒尊佣者，提笔成诗讶帝师。
老杜高评称秀丽，青莲吟咏学新奇。
五言格律初规范，开路先锋合树碑。

范缜

早生白发直肠人，危论滔滔说灭神。
问富可观花瓣迹，追魂未见祖宗身。
辩摧众士倡言激，文窘群僧秉理真。
愕愕似君能有几，满朝佞佛率愚民。

刘渊

一丝汉脉炫亲缘，闯荡中原数十年。
华夏濒危难守国，匈奴乘乱欲翻天。
嘴遮胡子超三尺，手握屠刀剁四边。
西晋朝廷遭逐杀，君王丧命血飞溅。

刘聪

熟读兵书擅律章，弓开三百震沙场。
夺权以暴谋王印，破晋无情毁帝乡。
亦宠宦官迷女色，滥封皇后害贤良。
一时得势虽成事，死未期年社稷亡。

石勒

拼命三郎岂等闲，沛公光武俩之间。
忌攻祖逖谋修好，拒绝刘琨要破关。
晋室残兵无力挡，北方猛将尽腰弯。
勇夫尤善尊文化，进占中原震九寰。

石虎

狼性豺心开血路，杀人如草滥屠城。
拼争权位如禽兽，污辱魂骸似畜生。
骨肉相残还信佛，邑邻为敌只穷兵。
上天失职毋睁眼，放任凶徒万恶行。

苻健

生于氐族承酋首，曾附强权暂伏身。
示好晋廷从后赵，进据关陇建前秦。
长安城外飘幡帜，白鹿原中起战尘。
坚守成功增国力，扬威四海入经纶。

苻坚

氐族儿童骨格奇，前秦皇帝有英姿。
连升王猛增优势，一统中原弈大棋。
妄弃遗言谋巨胜，悲于淝水溃雄师。
八公山上疑埋伏，草木皆兵似铁骑。

刘曜

射堪穿铁祖匈奴，灭晋狂徒亦习儒。
承接刘聪排险阻，交兵石勒涉崎岖。
平凉喜作扬威地，洛渭悲成夺命区。
智力自能超吕布，不如曹操傲江湖。

李雄

举事流民势震天，巴山蜀水起烽烟。
号称成汉勤谋国，盘踞蓉城广聘贤。
道士作师能敛气，官兵如匪爱捞钱。
未将大位传儿子，逝后权争祸害连。

张寔

承继家严守远疆，聆听进谏改条纲。
蒙尘天子期传位，耿直邦侯未代王。
遣将不能全晋国，痛心无奈建前凉。
却遭邪道行谋杀，一众军民涕泗滂。

乞伏国仁

阴山遗类叛苻坚，筹筑雄城勇士川。
建立西秦祈幸运，招徕部落选能贤。
怀柔政策尤生效，逞力鲜卑急扩边。
趁借中原无杰主，断然开拓自家田。

慕容儁

不恒体貌符天表，驰骋辽东一悍狮。
剑指世仇高句丽，依凭猛将慕容垂。
雄居北国摧诸族，窥望中原蔑晋师。
前燕建成形势好，气吞华夏壮鲜卑。

慕容垂

战功卓著遭猜忌，投靠苻坚作上卿。
暗叛前秦来好运，拔兴后燕仗强兵。
摩师总使三军振，老病犹能一力撑。
可屈可伸虽智勇，负恩创业受批评。

慕容德

归顺前秦貌若忠，伺机作反隐其中。
建成南燕筹思久，夺取山东气势雄。
齐鲁降官虽屈服，长江敌舰却威风。
造船练甲谋攻晋，急病无情抱憾终。

慕容云

鲜卑养子貌恭良，几度提兵赴战场。
部属有心掀政局，病身无奈掌权纲。
忽闻侍卫行凶弑，但报将军斩逆狂。
真相如何难探究，当年殿内不寻常。

秃发乌孤

塞北鲜卑志不低，迁移游击决心齐。
纵横青海穿甘肃，建立南凉踞陇西。
挖掘人才尊望族，增加财富益苍黎。
擅雄群虏开疆境，坠马身亡众泣啼。

姚苌

精通谋略后秦王,羌族奇才百战忙。
自作新皇原可谅,叛屠旧主太无良。
跪求阴魄休追索,推责亲人欲躲藏。
不义不忠能治政,国家竟得一时昌。

姚兴

英明太子踏征尘,一展雄才慰父亲。
终究未能赢北魏,得机幸已灭西秦。
崇儒治国还兴佛,振武交兵总费神。
东晋军锋须抵挡,却悲病弱不由人。

冉闵

英勋屡立正扬尘,拔阵摧锋一杀神。
羯族吃人烹少女,将军挥剑护居民。
联盟东晋愁通路,扫荡中原占要津。
莫道凶残难比拟,救延汉脉乃功臣。

李暠

见谓先人为李广,群贤鼓动建西凉。
地连青藏通千族,都设敦煌控八荒。
按甲息兵先积蓄,能文善武必雄强。
投书东晋谋联络,华夏情思总沸扬。

段业

群酋拥举北凉王,古板儒师缺主张。
不纳谏言遭败绩,怀疑勇将致灾殃。
巫觋卜咒生妖妄,众叛亲离失正常。
刀下曾求归故国,匈奴匪首拒商量。

沮渠蒙逊

匿智图全却害亲,匈奴族类异常人。
曾催段业兴王国,犹借男成召叛民。
再继北凉征秃发,反攻丹岭斗西秦。
滑稽机变多谋计,制命边隅足破邻。

赫连勃勃

身姿俊伟人横恶，铁弗匈奴黑肺肝。
借势标王称大夏，待机占国夺长安。
赶修宫殿谋神器，累积骷髅作景观。
丑陋榜中名在列，劣卑暴政久兴难。

冯跋

拥立高云以解忧，忽闻弑主似阴谋。
接承皇位迎宗族，指定商城睦悍酋。
治国措施犹可取，争权搏斗已难休。
斯文太子遭偷袭，百几儿孙被割喉。

吕光

受命长征大胜还，难寻原主旧江山。
后凉立国群英辅，西域称王一力攀。
天助依然多险阻，人骄更易困雄关。
四方八面烽烟起，父子深忧似病孱。

王猛

扪虱纵谈知局势,前秦依赖的精英。
整厘州郡如曹操,横扫中原胜孔明。
唯恐鲜卑行叛乱,担忧东晋忌交兵。
临终切切留忠告,若未乖违大业成。

范长生

传道闻名似鹤仙,李雄叩拜聘高贤。
愿为丞相匡成汉,辞作君王领蜀川。
总以老庄求静体,未能军政起宏篇。
亦非才智难施展,或是遭逢耄耋年。

刘裕

扫除残晋护炎黄,刘宋征师伐四方。
挫败胡骑安百越,涤驱獠寨定三湘。
不凭门第轻遥役,聘用寒微固远疆。
若论抗匈谁可比,秦皇汉武赵灵王。

刘义符

青春灿烂合欢娱，军国情危不在乎。
焦虑老臣虽正谏，癫狂新主续迷途。
或应废去将书读，未可横来把命诛。
继位君王追究急，当年宰辅岂无辜。

刘义隆

意外接班多顾虑，大权在握始谋图。
三轮北伐何曾胜，数度南征却未输。
追戮勋臣诛杰将，骇惊太子见妖巫。
元嘉之治虽称盛，遇弑身亡显钝驽。

刘劭

正位东宫延颈久，廿年侍奉尚和雍。
只因伐魏分歧路，还事从巫扩裂缝。
但可防身人或恕，岂能弑父自行凶。
名声已丑军心溃，诸镇扬兵制孽龙。

刘骏

领兵履任堪文武,讨逆诛兄占殿堂。
智足胜奸除黑暗,威能整法布阳光。
青州出剑张军势,孔庙崇儒并佛香。
志在中兴行北伐,却多非议丑闻长。

刘子业

少年聪颖爱文章,即位浑为变态狂。
叔父身肥称壮豕,姑妈人美作新娘。
宫廷祸乱惊奇异,军政施行易失常。
恶贯满盈遭篡弑,腥风血雨漫朝堂。

刘彧

亦行篡弑方登殿,残忍犹如旧暴君。
征战义嘉尝胜果,设防淮北起愁云。
聚观裸女羞皇后,屠杀王公用虎贲。
不育若真成憾事,生儿借腹有传闻。

刘昱

叛王举事闯宫楼，右卫将军奋解忧。
怒碾恶官车泄愤，偷烹肥狗嘴流油。
休云残暴无收敛，犹是童年不识愁。
辅政大臣宁可恕，争相勾结蕴阴谋。

萧道成

萧何后裔有才名，征伐多年守国京。
幼主公然施骨箭，将军暗地伏刀兵。
减除苛政行仁义，拆却篱墙筑石城。
建立南齐开泰运，史家评论夹佳声。

萧赜

刘宋军中为悍将，南齐承位守明廷。
纷争边事能修好，鼎革陈规被迫停。
常临黎民谋盛世，忽悲太子入阴冥。
一从逝后风云荡，行弑堂亲占帝庭。

萧鸾

明察秋毫吏治清，篡权迅捷出雄兵。
御防敌寇据严阵，屠戮皇亲起唉声。
节俭益民虽造善，违仁维国却生横。
骄奢孽子尤昏乱，招致人亡大厦倾。

萧昭业

伪装纯气小男童，践位言行转不同。
贪恋人妻穿女裤，任由皇后纵淫风。
本应旗鼓谋重整，却把钱财撒一空。
宰辅伺机施畔弑，青年天子血溅宫。

萧宝卷

口拙才低缺智思，兼因虐恋事离奇。
宫中解闷开商铺，街上随机抢物资。
宠爱玉奴君享乐，妄诛官吏国濒危。
弑亡惟获东昏谥，谬种流传历代知。

萧衍

毅勇多谋岂等闲,代齐建国克时艰。
挥师抗魏尤勤奋,传令餐斋且吝悭。
冷待达摩夸佛识,妄招侯景毁江山。
赎身曾费钱千万,乱起唯能困土圌。

萧纲

堪比曹丕能赋咏,文坛领袖重英才。
不知侯景偷抡剑,犹与徐擒乐诵梅。
太子生涯鸿博士,君王岁月苦傀儡。
东宫诗体求新变,影响唐朝似蛰雷。

萧绎

四萧文艺比三曹,才子君王本自豪。
虽被徐娘轻独眼,犹将侯景斩千刀。
求人立约还矜傲,纵火烧书出怒号。
战败投降遭闷毙,尸身抛去喂鱼鳌。

萧铣

隋末起兵生反意,趁时逐鹿要分羹。
既赢拥护还称帝,却只巡逻不守城。
欲绘雄图须举战,已成俘虏勿嚣声。
盘踞岭表虽无罪,刀下毋庸抵死争。

萧统

湖上兰舟汇俊才,昭明文选细编裁。
虔诚信佛行慈善,不意埋鹅被怨猜。
红豆香山情似火,青灯残月念如灰。
未能承位诚遗憾,父子风骚亦美哉。

陈霸先

练武渔郎擢将官,纵横驰骋挽狂澜。
攻歼侯景三军振,抵御高齐百越安。
瓦器蚌盘无丽玉,荷包鸭饭有甘餐。
保存汉脉如刘裕,恢复江南历万难。

陈文帝

领统南朝力守邦,宵衣旰食镇长江。
数场征战齐周惧,连续怀柔粤桂降。
倾爱美男真断背,时催悍弟望撑扛。
群贤奋发安民众,兴盛天嘉米满缸。

陈宣帝

背诺篡权欺弱侄,经营南国发辉光。
东摧侯景据京口,北伐高齐战历阳。
辟地开荒招壮士,生男养女见雄郎。
君王育子谁居首,四十余儿第一强。

陈叔宝

亡国更朝各有因,风流误政未全真。
匆忙尚出长蛇阵,无奈听由老贼臣。
难学从容刀刎颈,唯能狼狈井藏身。
艳词美句含情写,文采留芳亦伟人。

檀道济

曾是当年北府兵，跟从刘裕建功名。
中原攻伐先锋将，宋国开张侍卫卿。
慰问陶潜尊智者，喜欢灵运护书生。
昏君顾忌加谋害，闻讯军民恸失声。

王僧辩

长沙难克急如焚，释放英雄率武贲。
坚守巴陵沉万舰，擒拿侯景振千军。
能端湘浦龙蛇穴，唯虑高齐虎豹群。
忽报姻亲相背叛，江南大帅痛埋坟。

陶潜

辞官究是职薪微，终悟农耕易冻饥。
乞食无嫌糟酒浊，吟诗有说菊花肥。
桃源父老悠闲度，五柳先生烂醉归。
忽见田园藏宝矿，平心静气掘芳菲。

颜延之

太守才高秉性偏，酒樽一举出雄篇。
不收长子三车宝，有赠陶潜万串钱。
休说佯狂生傲骨，亦能承命使威权。
相逢却忌吹灵运，免致颜彪动老拳。

谢灵运

簪缨望族宴游频，康乐无休日日新。
文学早经成巨擘，官衔还想压元臣。
放情山水生邪气，藐视朝廷触逆鳞。
纵使杀身诗尚在，池塘春草最传神。

谢朓

家门显赫品纯真，屡以才名作佐臣。
虽说威风归郡守，但知荣誉属诗人。
擅描山水连城郭，精写荷花戏跃鳞。
美境美情能入画，由来高手慕追频。

庾信

文章宗伯大名扬，涉历官场运势强。
诗咏并称徐庾体，职衔曾至度支郎。
一从屈节陪新主，永禁回头滞北方。
即使崇尊无折减，哀江南赋总悲伤。

鲍照

两代名家兼众体，文宗狷者有雄姿。
其情沉挚思幽远，所历艰难事屈奇。
擢任县官伸志晚，遭逢土匪脱身迟。
果然杜甫评言准，俊逸诗风属大师。

江淹

幼小能诗学识优，升迁顺利少担忧。
欲当郡守难谦让，吹奉君王太过头。
拒谒叛军堪避祸，投奔萧衍获封侯。
老来才尽随他去，名就功成买大楼。

沈约

劝进殷勤催篡夺，功成豪气逼云霄。

辩分音韵兴严律，撰写诗文领热潮。

佞佛论坛宣故事，侍君酒宴忆前朝。

藏书丰富精神爽，最是扬名有美腰。

陶弘景

少年志向乃修仙，挂却朝衣觅洞天。

每寄意于揉道佛，最关心是炼丹铅。

上清经法条规立，本草医书整合编。

莫说世间人事了，山中宰相总衔联。

丘迟

对阵谁能无利剑，丘迟之胜仗书词。

江南春草生花日，塞北寒风冻土时。

辞表才贤新气象，文牵武士旧情思。

一封妙笔休兵事，赢得将军举白旗。

刘穆之

乞讨槟榔落魄生，得逢雄主振才情。
外供军旅壅淤少，内总朝纲举措精。
每集闲闻娱陛下，常开酒宴醉公卿。
忽然逝世惊皇上，连夜回师大撤兵。

徐羡之

寒门崛起一雄夫，愿作参谋助寄奴。
坐等晋朝生败象，促成宋国展鸿图。
托孤立誓甪中殿，弑帝行凶震九隅。
即或英名曾盖世，不该粗暴戮无辜。

王镇恶

王猛贤孙人善辩，寄奴麾下出尖锋。
袭攻刘毅攀城入，追击休之夹岸封。
漫说胡夷枷锁颈，忽闻国将剑穿胸。
贪财丑劣难深责，应惜南朝失悍龙。

曹景宗

性情粗犷习干戈，拥立萧梁贡献多。
郢水得赢攻建业，钟离大捷镇淮河。
贪财恋色颇刁猾，嗜酒行奸敢骇讹。
莫道平生唯尚武，犹能当众赋诗歌。

韦睿

辒车羽扇着风裳，嬴瘠儒生督战场。
小岘挥兵烧堡栅，合肥放水塌城防。
钟离援救催飞马，安陆屯据筑峻墙。
功绩辉煌如李靖，率师临阵胜张良。

裴邃

幼具文才有所扬，南归自荐效边疆。
跟随韦睿争淮水，镇守庐州觑寿阳。
北伐亦曾收懿绩，屯田尤可获丰粮。
纵无鸿运酬雄志，论将萧梁第二强。

徐摛

无惧君王一试才,通今博古乃雄魁。
雅新诗体堪扬扇,华丽词章巧剪裁。
齐拥萧纲祈泰运,独拦侯景望消灾。
未能救主心忧愤,乱世横亡不胜哀。

陈庆之

文弱书生率外援,七千劲卒闯中原。
洛阳得胜方心喜,硖石遭歼又气昏。
难敌尧雄丢铠甲,围追侯景抚创痕。
暮年名将犹勤勉,青史流芳世代尊。

吴明彻

粮分邻里显豪风,任职陈廷展壮雄。
清剿江州升戍督,进戡湖北伏艨艟。
吕梁交战三军乱,淮口遭擒万事空。
蹇境丧师难辩解,耗伤耽国面腮红。

陈显达

将军英勇还纯孝，敢把蛮獠斩绝根。
刘宋前朝多懋绩，萧齐旧主有深恩。
输于北魏逃身命，不敌东昏入鬼门。
造反或因求活路，未赢愚恶复何言。

祖冲之

自幼聪明精数术，国家机构聘儒师。
深潜研究成新历，广泛搜求破旧规。
制造风船能快速，改良水碓可悭时。
扬名最是圆周率，准确当先算技奇。

刘勰

孤幼常闻寺院钟，行芳志洁不凡庸。
探思创作调声律，推究批评辨影踪。
诗境千端堪起凤，文心万彩可雕龙。
浮生利念安知足，一本名书立峻峰。

钟嵘

精微诗品见深功，宣振文坛获显崇。
既定五言为主体，编排百杰论雌雄。
提倡著作须滋味，剖析源流戒弊风。
韵律毋严非用典，诸多漏洞未圆通。

郦道元

动荡时期仕魏廷，从严奉职对强形。
边关裁冗难收效，权贵成仇易不宁。
巡视长安遭伏击，同行家眷受非刑。
却能美誉遗人世，为有名书注水经。

陆倕

潜心茅屋避嚣烦，终日吟哦不出门。
默记功夫无敌手，行书笔法有公论。
所褒才子成名士，赴宴高官近至尊。
人主怜贤全雅爱，竟陵八友放豪言。

任昉

年少才高志勃兴，曾因赌气未提升。
殓埋父母人称孝，起草文书自显能。
毕具雄心担太守，每将财物散乡朋。
逝时仅有桃花米，廉政为官洁若冰。

范云

自幼能诗惊刺史，襟情拜职总恬如。
子良记室多恩礼，萧衍参军促篡据。
使魏名驰传远誉，建梁勋杰获琼琚。
竟陵骚客颇机警，惬意人生食有鱼。

独孤信

身姿俊美独孤郎，引领潮流着异装。
誉盛曾经驰北魏，途穷只得走南梁。
重归故国称如意，再战沙场展所长。
莫道权争遭失败，三朝岳父亦风光。

柳元景

喜习刀弓人勇猛，王侯争聘辅参戎。
跨州破匪能因势，征魏全师当建功。
高压时期求保命，欢娱岁月不言忠。
阴谋废立心犹豫，忽被诛屠府邸空。

沈庆之

威行南北镇群雄，关键之时不苟同。
挺剑攻蛮多战绩，随军伐魏有劳功。
领衔顾命无辜负，告发朋僚乃尽忠。
未料贞心遭弃却，昏君下药毒阿翁。

颜师伯

来自寒门难擢拔，从军平叛得攀升。
青州大捷堪扬誉，紫阁骄横却取憎。
行事凌官遭暗报，图谋废帝被严惩。
当年卫国英雄将，祈盼安居亦不能。

韦孝宽

纬武经文视野宽,精通谍战善欺瞒。
不修土堠栽芳树,擅造谣言缚恶狨。
设伏潼关歼窦泰,严防玉壁破高欢。
未明内斗专军事,徒助枭雄占政坛。

庾肩吾

高斋学士税衙官,驰骋文坛与政坛。
侍奉萧纲吟秀丽,逃离侯景避伤残。
熟知秦隶评书法,影响唐规见藻翰。
宫体之诗同创始,盎然灿烂耸南端。

萧子良

萧齐宗室守良知,美德高风自秉持。
信佛岂妨谋俗务,悯民尤肯费心思。
未能践祚虽遗憾,转作倡文亦得宜。
金谷梁园情再现,竟陵八友尽鸿师。

萧子显

洒脱风流狂放士，前朝宗室后朝尊。
论情原本应衔恨，优遇因怀待报恩。
下笔由之须避讳，行文或见有难言。
竟能撰史留高誉，终究雄才善婉蜒。

王融

躁竞事功同贾谊，凌云壮志似终军。
信能举国传声誉，不料诸官未见闻。
曲水序诗才卓杰，朝堂待客识超群。
竟陵八友飞扬日，堪比相如展美文。

兰陵王

秀美姿容装面具，扮成恶鬼赴沙场。
大赢突厥争汾晋，解救金墉震洛阳。
万众欢呼传盛誉，三军率舞受提防。
满怀郁积难逃遁，不世男神被鸩亡。

萧琛

向具辩才能朗悟，起家太学甚谦虚。
智羞特使赢樽酒，礼敬高僧获古书。
应对东昏知庙典，尊从萧衍伴銮舆。
竟陵名士精声律，亦有佳文足粲如。

戴法兴

乡村寒士读耕勤，优秀文章满县闻。
获赏低卑微少吏，底成显耀大将军。
不听昏主生仇怨，管制阉臣起斗纷。
累惹小人遭赐死，含悲两子共茔坟。

江总

童年丧父具纯情，曾仕萧梁授佐卿。
宦海愧难留伟绩，文坛喜可出英名。
暗帮太子藏娇女，甘作庸官拥玉莺。
陪奉风流陈后主，君臣累夜享歌笙。

袁粲

清标简贵享康安，位显薪高隐志官。
岂是不知朝局乱，却能超逸腹心宽。
突谋存灭抛身命，欲救危亡揽政坛。
事泄成囚刑父子，人怀其道有忠肝。

褚渊

父子两人皆驸马，存心背叛品行差。
未如袁粲忠刘氏，欲学何曾入晋衙。
辅幼无功生动荡，逢迎有术续荣华。
不贞官吏千千万，最被讥嘲似狡蛇。

裴松之

仕路终归能显达，注诠三国最成功。
精心补记分详略，加意条疏辨异同。
搜事烛微修舛误，引书渊博作完充。
依凭陈寿生风采，视若雄文受奖崇。

拓跋珪

血路尸丛勇不惊，并吞北国善拼争。
燕强还得称盟友，秦弱焉能抵锐兵。
聘用汉官增智识，觊觎中土欲横行。
忽遭逆弑休多怨，母子情深岂可轻。

拓跋嗣

母亲赐死实悲情，忍痛登基率众卿。
北御柔然修重镇，南攻刘宋出雄兵。
宽松政略人心稳，趋奉儒书吏治清。
启后承前功绩显，兼资文武属英明。

拓跋焘

雄才凸显志凌天，善用骑兵伐四边。
饮马长江惊宋室，横刀大漠破柔然。
北方统一堪驰控，南国遥分有挂牵。
正待谋图偿夙愿，亦遭弑杀失机缘。

拓跋濬

初掌朝纲尚少年，适时休养解危悬。
诛除奸宦无宽贷，抚勉黎民减杂捐。
停止兴兵迎贾贩，禁行饮酒苦官员。
巡游天下怜孤寡，允许重新结佛缘。

拓跋弘

乍入皇宫愁幼帝，情形险恶不轻松。
乙浑放肆欺群吏，太后施威斩主凶。
亦想安民谋显绩，还思向佛隐行踪。
毅然退位犹神武，万里长征似悍龙。

拓跋宏

放弃野蛮全汉化，决然领引向文明。
千规改制行新典，百族通婚别旧京。
剑指江南难即胜，心倾华夏久生情。
鲜卑融解兴中土，功绩非凡得杰评。

元恪

独具风仪犹貌美，临朝渊默静如神。
北攻荒漠烧连帐，南伐巴川逼接邻。
信佛革新安母子，传经论善益奸臣。
大兴寺庙僧尼旺，不顾黎民向赤贫。

元诩

六岁登基甚可怜，母亲摄政独遮天。
朝纲久乱灾荒起，边衅时闻战火延。
亦救孤贫行造善，还招猛将助争权。
事机不密遭谋害，十九年华竟永眠。

元子攸

低头日久怒填胸，欲斗权臣缚恶龙。
四处传言知杀贼，一时侥幸得除凶。
复来叛逆张严阵，翻把君王困战烽。
英勇端能超献帝，凛然就死甚从容。

元修

弃国逃亡挟百官,为存性命避高欢。
方离虎口谋尊重,又入狼窝受戮残。
兄妹乱伦生罪孽,君臣交恶起悲端。
西迁祈盼成浮梦,屈膝求人不易安。

元善见

可挟石狮文武杰,犹须忍耐抑心酸。
虽知玩偶千般耻,不敌权臣万事难。
震怒岂能销迫害,忖思终究惧摧残。
低头沉着求安度,未料高洋宴毒餐。

元宝炬

轻躁刚强耽酒色,终能和顺得安荣。
深明木偶唯从命,长惧权臣任肆行。
乐见鲜卑经变革,悲休皇后作牺牲。
未如东魏遭谋杀,憋屈君王竟若赢。

高欢

娇妻赠马始豪强,乱世流兵出猛王。

汉族耕耘为后盾,鲜卑征伐逐前方。

邙山得胜将酬志,玉壁无功且受伤。

百战奠基堪立业,结仇西魏愤争忙。

高澄

少年宰相镇群臣,承控朝廷景象新。

变法公开迎德士,用兵锐进逼仇邻。

倾情美女伸魔掌,威胁君王作恶人。

未料厨师施暗杀,脱逃不及剑穿身。

高洋

业承兄父若孙权,行篡收功势迫天。

讨伐萧梁横浩水,反攻西魏逐荒阡。

留心政术曾公道,肆意诛屠渐执偏。

半世昌明成往事,贪杯崩逝惜英年。

高纬

语言迟钝避贤官,缺智荒淫且暴残。
初悯贫民人气振,连屠名将众心寒。
周师紧逼衰亡近,陈国生疏救助难。
秀丽江山遭捣毁,成擒父子痛摧肝。

宇文泰

亦挟君王踞庙堂,欲赢东魏战争长。
弑除孝则殊残暴,缠斗高欢显悍强。
建立府兵常炼甲,调和民族易供粮。
重儒兴学开新局,叱咤风云傲四方。

宇文觉

虽已称王实傀儡,犹思揽政倦旁陪。
本应俯首期天意,却自横心踏地雷。
老狯权臣如虎豹,新承君主尚童孩。
惨遭扼制谁相救,顷刻消亡似死灰。

宇文毓

明知孝闵积深冤，犹敢心雄出诤言。
曾使权臣呈退表，还编世谱记流源。
重分交错中原郡，驱逐猖狂吐谷浑。
遭毒急忙传四弟，终能续国预留根。

宇文赟

性情亦劣奈其何，棍棒之前扮顺和。
承位似曾谋社稷，传儿只想爱妃娥。
或因痼疾精神累，不舍风流酒色磨。
二十出头身病故，滔滔指责历来多。

宇文邕

韬光养晦一雄王，手刃权臣示狠强。
千寺僧尼悲拆庙，百州奴隶喜还乡。
北齐特勇遭终结，突厥虽狂待覆亡。
天若假年多几载，中华未必出隋唐。

尔朱荣

家族长期守土疆，欣然衔命共勤王。
严惩秽后非差错，蔑视人君太躁狂。
平叛立功威力在，剪屠有罪恶名扬。
浑无警觉遭埋伏，盖世枭雄告灭亡。

贺拔岳

一箭成名猛毅臣，咨谋作战有经纶。
亦非君主忠诚士，却是权臣忌讳人。
论势似能扛九鼎，挥师的已定三秦。
忽闻无备遭婴戮，关陇群英泪湿巾。

慕容绍宗

兵机武略多才智，未纳其谋业不兴。
力助高澄成壮势，狂攻侯景显威能。
挥师歼敌虽堪奖，养寇资身却可憎。
苦战颍川遭水厄，突然罹难似天惩。

高敖曹

握槊撄锋如项羽,风飞电击震三京。
效忠魏主能奔命,拥护高欢愿舍生。
上洛抢攻城易破,河阳逃窜路难行。
将头赠给无名卒,仇敌闻之笑出声。

斛律光

落雕都督小青年,联结高欢智勇全。
预卜情凶知退后,揣摩势利始争先。
邙山克敌增封赏,汾水麾兵获凯旋。
岂料遭诛如李牧,北齐从此祸灾连。

段韶

陷阵冲锋势若雷,北齐开国仗雄才。
强驱突厥三军勇,对抗周陈百战摧。
柏谷城崩优胜定,洛阳围解得赢回。
传闻好色人犹赞,究是贤廉不爱财。

王思政

拥主流亡有节操，投奔西魏展雄韬。
弑屠陛下难施救，激战河桥幸脱逃。
玉壁守城曾荐将，颍川斩帅独横刀。
纵然兵败遭俘虏，犹受推尊礼遇高。

高允

性好文章返俗身，仕于北魏杰儒绅。
虽因太子存心救，亦是才贤据实陈。
堪笑权臣争要职，不为劳苦怨低薪。
五朝察吏高功绩，罕有清廉百岁人。

徐陵

齐名庾信德才高，当世颜回笔比刀。
直斥权臣惊国蠹，荐推武将喜军曹。
文颇巧密披鲜羽，家缺经营剩旧袍。
一代词宗朝野敬，玉台新韵汇风骚。

崔宏

清河望族出神童，乱世行来辅魏宫。
初制规章商国号，久司机要改官风。
总裁律令监千吏，班列朝堂作八公。
书法高超精草隶，谦虚谨慎得荣终。

崔浩

姿容若女美名扬，勤勉多谋助魏王。
阅武擅文知战守，谈玄反佛懂阴阳。
依凭汉典崇门第，劝导鲜卑立宪章。
功绩傲人犹灭族，未能明哲学张良。

范晔

满腹才华众共誉，身材黑胖又何如。
或存傲慢同僚厌，犹见孤寒骨肉疏。
珍爱娇妻衣锦缎，不怜老母住茅庐。
妄愚谋反遭诛灭，却有流芳后汉书。

魏收

弃武攻书亦立勋，才能超众杰名闻。
亦难遂意升台辅，唯可专心写史文。
广泛搜罗多创举，私行褒贬起纠纷。
后来评价犹存誉，当下仇人怒掘坟。

李冲

起家男宠无污垢，腹有经纶获展伸。
汉化途中谋略远，南迁路上建言频。
商鞅遗策能参悟，王猛精神未至臻。
突报病危情智乱，国君掩泪失贤臣。

温子昇

陆机曹植乃前生，北地三才有大名。
萧衍宫中褒杰士，匈奴域外敬贤卿。
徐陵片石堪传颂，庾信端言发赞评。
不意衔冤身饿死，江南文界尽悲声。

何逊

坎壈平生咏苦辛，真才实学杰诗人。
范云得遇相交久，杜甫追思诵习频。
景写寒塘堪悦目，感怀夜雨足提神。
辞精句巧开唐韵，山水风光又一新。

刘义庆

少年聪敏皇家子，早作高官忽蹴蹜。
唯恐凶灾求外放，谋来安乐得闲居。
常据世事编新语，每敬骚人用软舆。
满座名贤谈兴足，录成渊博美文书。

邢邵

少年卓越动公卿，每出新文誉满城。
北地三才先后秀，朝堂百诏顷时成。
诗多流彩言词美，室小生香果酒盈。
人在贞途何急逝，丧儿哀痛太伤情。

隋唐

杨坚

篡位吞陈亦血腥，百年动乱暂休停。
边疆外事求和睦，州县官规获定型。
农稼丰收兴畜牧，狱刑严厉震生灵。
辉煌大帝存忧患，废立匆忙欠察听。

杨广

饰貌矫情终夺位，聪明欠德害神州。
运河扩建城乡累，战伐连绵将士愁。
杀戮不休伤国体，荒淫无度积民仇。
论功纵有千秋利，要斩狂君够理由。

杨勇

喜爱诗文酒色陪，未防危险已阴来。
母亲杨素毋相助，老父隋炀合力摧。
忽见废书惊魄散，急攀高树喊声哀。
本尊手下皆庸碌，难敌强雄自落台。

杨素

世代居官富贵身，精文善武志能伸。
攻奸突厥施雄略，扫荡齐陈击要津。
杨勇视为真悖逆，隋炀疑似假忠纯。
荣名虽入唐时庙，屡有批评乃狠人。

高颎

竭诚尽节引贞良，助创隋朝立殿堂。
沁水一桥平北地，长江万舰统南方。
建都喜聚炎黄裔，入漠狂追突厥王。
失宠未能安晚境，牢骚些许竟遭殃。

长孙晟

一箭双雕惊万众，穿行大漠显威风。
马如闪电时巡境，身似骄龙总枕弓。
扶弱锄强赢突厥，怀柔振武控胡戎。
安边卫国凭谋略，流血无多立伟功。

苏威

曾经才德似明珠，散尽家财救妹夫。
亦属一心扶大业，终成四贵立中枢。
虽如杰士功难叙，说是奸臣罪却无。
年迈奔波犹热切，唐王厌弃鄙其迁。

薛道衡

好学专精诗第一，吟哦踢壁入沉迷。
纵观天下能遥识，议论陈朝最切题。
迂阔疏心轻太子，逞强多喙扮雄鸡。
控称讥咏如鱼藻，冤杀鸿才甚恻凄。

李德林

神童惊世引参观，换代无妨侍帝銮。
富有文才吟美咏，自能博学答疑难。
谏规戾气遭嫌弃，造假吹牛被诋弹。
身遇不公何以辩，怅然贬去作州官。

宇文护

临危受命表心忠,总揽朝权缺武功。
建立北周谋福泽,覆亡西魏起腥风。
生前三弑惊皇帝,死后重封谥荡公。
未见乘机行篡夺,实为宽厚有谁同。

张须陀

性情刚直武功精,赈济灾民见义行。
转战黄河追乱贼,扬威东夏镇刁氓。
独穿埋伏挥犀剑,四溃包围救困兵。
战死疆场虽壮烈,何如逃脱更英明。

孙伏伽

史上状元居首位,两朝仕路稳提升。
治才虽未超房相,进谏惟曾似魏征。
司法符规称守职,护民裨益见棱嶒。
一从获誉无骄妄,尽瘁公忠甚善能。

牛弘

满面胡须少出声,恪遵职守属贤卿。
待人宽厚留清誉,为国操劳有直名。
效力开皇通礼典,耽勤大业记恩情。
浅而不俗传风雅,一片忠贞获奖旌。

韩擒虎

魁梧体貌人粗犷,驰骋疆场武艺强。
讨伐齐城降猛帅,袭攻陈国捕昏皇。
纵兵抢掠名声劣,与将争功口舌长。
能得善终堪庆贺,传言逝后作阎王。

贺若弼

出卖同僚犹狡辩,父曾锥舌警轻言。
官升总管征南国,志在高勋夺北门。
得胜争功生气恨,受惩使酒是头昏。
却因议论遭诛杀,忘记狂君最薄恩。

史万岁

知兵擅射敢单挑，早在敦煌展勇骁。
突厥闻名忙撤退，云南办贼有蹊跷。
权臣谗谄阴谋炽，君主偏听怒火烧。
不世战神遭枉戮，亲邻获讯泪飘飘。

刘焯

前额高隆背似龟，读书出众巧才思。
最精神秘天文学，犹是尖端算术师。
性好小贪遭士责，身怀大智受官欺。
总因见识能深远，后世追崇又敬仪。

刘炫

两手挥毫惊众目，通今博古却清贫。
难凭俸禄安家口，便造经书冒圣人。
逐去守门含苦累，转因失路似灰尘。
城关不许衰翁入，旷世名才泪满巾。

裴矩

善变机灵气度优，外交有术擅良谋。
侍承隋帝迎诸国，鼎助唐王控九州。
总可精心呈巧计，从无随意惹烦忧。
尚书老迈犹聪敏，博取勋功属一流。

麦铁杖

疾行似马奇能贼，好酒宽怀悍猛人。
昼在皇宫擎御伞，夜潜州府盗金银。
免刑原为怜囚犯，上阵方知出杀神。
浴血辽东殊死战，南雄墓地祀功臣。

杨义臣

最后英雄保大隋，提刀率众苦奔驰。
朝鲜踏雪催军马，河朔攀城斩敌旗。
按说建功须奖赏，却遭谗蛊受怀疑。
堂堂武将迁文职，猛志难酬甚可悲。

宇文化及

骄横轻薄握权纲，易受挑唆发躁狂。
平日愚庸诚鼠辈，忽然凶狠弑君王。
情危称帝存痴想，兵溃成囚叹灭亡。
休诧蠢材曾得手，病根终究在隋炀。

杨玄感

征朝战事正繁忙，督运监臣叛帝王。
借口生端常断饷，存心犯禁不供粮。
大军无奈还中土，众匪嚣张困洛阳。
世沐皇恩犹反逆，隋廷遭受巨创伤。

王世充

斗筲小器混官场，亦善周旋有所长。
屡战瓦岗赢李密，连攻突阙救隋炀。
帝崩拥主称皇泰，兵败求情跪大唐。
篡国弑君无问罪，仇家剑剁致身亡。

翟让

瓦岗啸众作强梁,樵子渔夫耍铁枪。
练甲扩军招李密,挥兵列阵斗隋炀。
战场飞箭能趋避,酒宴阴刀未及防。
亦已举贤行禅让,犹遭暗算实悲伤。

李密

瓦岗接棒新酋首,马壮兵强气势雄。
献策参谋颇显效,领衔作主却无功。
起凶诛翟人心散,应急降唐术智穷。
再度叛违遭伏击,慌忙逃窜路难通。

窦建德

磨牙摇毒据河朔,假义安民起甲兵。
恰替隋朝诛罪犯,号称夏国召精英。
贸然援郑防穷命,大举攻唐致丧生。
拒绝良谋临险境,只凭悍勇业难成。

单雄信

枣杆马槊丈余长,踏阵冲锋最勇强。
义结懋功生厚谊,恳求李密发慈祥。
瓦岗岁月英雄汉,郑国时期杰出郎。
追杀秦王招怨恨,唯能宁死不降唐。

唐高祖

叛君志决起阴谋,突袭长安抢九州。
逐鹿中原称国是,横尸玄武似家仇。
滥诛降士无仁善,听命秦王失自由。
所幸犹能甘寂寞,生儿拥女享风流。

唐太宗

大帝宏观势浩然,慕追先圣换新天。
文功战事求完备,胆识胸怀达顶巅。
四海升平民乐业,千机条畅吏称贤。
若非玄武门前血,更有真情自信篇。

唐高宗

会藏智慧敢摧坚，貌似昏聩获政权。
前有太宗光耀日，后由武曌势遮天。
尚能振国驱强寇，尤善招才用杰贤。
不说痴情人孝顺，版图辽阔占峰巅。

唐中宗

告别庐陵作继承，时来运转庆龙兴。
母家势力犹强大，妻子雄心正蹿升。
复辟唐朝成壮举，和亲西域免长征。
傀儡皇帝曾勤励，被毒传闻不足凭。

唐睿宗

扮演傀儡渡险流，终登大位再昂头。
智聪淑妹能匡助，果决贤儿主画筹。
为政可观无败着，交权真确不担忧。
或曾偏袒生纰漏，究属明君有睿谋。

唐玄宗

多才多艺李三郎，创辟开元太上皇。
招纳贤能施大政，雇佣丁勇守边防。
丰饶物产兴中国，远播声威出盛唐。
道是宠妃安史乱，江山从此向衰亡。

唐肃宗

太子由来险阻多，玄宗戒备似刁婆。
李林甫诈曾加害，杨国忠横又折磨。
践帝定于灵武府，缢妃即在马嵬坡。
两京收复安根本，留待儿郎灭孽魔。

唐代宗

宇器弘深未战惊，犯危元帅率哀兵。
长安布阵樵楼寂，沣水摧锋鼓角鸣。
再用令公收巨胜，暗诛辅国显精明。
大唐得救高功绩，劫后江山正放晴。

唐德宗

久历风霜盼泰辰，欲营盛世不由人。
京师动乱来仇寇，藩镇强横出叛臣。
赖有三军能讨贼，却加杂税滥伤民。
励精图治成空想，在位长期尚匮贫。

唐顺宗

多年太子耐忧烦，艺术高深有慧根。
苦战奉天曾奋勇，侍陪禁殿少声言。
国家变革方前奏，性命垂亡断后援。
为首二王犹热盼，可怜皇上已忘魂。

唐宪宗

刚强果断富豪情，唐室中兴杰引擎。
任用精英能振作，戡夷藩镇得安平。
前期神武堪称道，后续愚蒙被讽评。
然则朝廷重树势，通观事绩属贤明。

唐穆宗

韶龄接位亦昏童，败度荒淫闹帝宫。
享乐君臣思狩猎，潜藏军阀议窥攻。
衙门冷落常酣酒，脚步飘浮突中风。
万里江山虽在握，危机四伏已虚空。

唐敬宗

礼遇枢臣原可赞，耽于娱乐似顽童。
风流箭上涂脂粉，鱼藻宫中驶钓篷。
懒到朝堂施政务，勤来别馆练球功。
虽无过分能从善，惜被阉官畔弑终。

唐文宗

畏亲女色亦奇哉，志欲维新改未来。
朋党相争人斗狠，宦官霸道帝悲催。
有心布局除凶辈，不意施行缺武材。
勤勉贤良犹塌败，苍天毋佑事堪哀。

唐武宗

笑携奇女体雄恢,发奋图强起猛雷。
擢用名贤摧佛庙,剪除军阀缴僧财。
边师传捷屯兵甲,道士谈仙献药材。
诱使吞丹危性命,青年皇帝又哀哉。

唐宣宗

大中之治显强雄,堪比贞观复盛隆。
驱逐吐蕃收失地,消除朋党奖清忠。
霹雳手段诚冰雪,菩萨心肠又暖风。
睿智贤明犹受惑,仙丹服后憾长终。

唐懿宗

器本中庸流近习,未能承盛振咸通。
亦曾精励崇昭德,却易骄奢鼓陋风。
沉湎娱场长逸乐,奉迎佛骨最光隆。
醉生梦死军民苦,难怪黄巢怒气冲。

唐僖宗

热衷游乐若盲聋，临难方知要讨戎。
报说多州生暴动，却闻诸将不谋攻。
一场赌博分官职，几次逃亡蹿辇篷。
虽灭黄巢安战局，蕴潜灾祸已无穷。

唐昭宗

颇具雄心谋救国，奔波苦斗却徒劳。
未招贤杰施良策，不敌强梁运诡韬。
李克用曾驱圣驾，朱全忠再举凶刀。
审时失计兼天意，终教君王血染袍。

唐哀帝

兵火连天延祸患，茫然听命作新皇。
少年无力谈谋国，老贼存心欲代唐。
白马驿中闻惨剧，洛阳宫里泣悲伤。
情知酒毒强吞饮，隆盛王朝告覆亡。

隋
唐

329

李建成

全家造反一窝狼，内耗争权续血光。
已入东宫迟发狼，不如胞弟早提防。
关中作战犹英勇，玄武临危太紧张。
生父难帮时运蹇，才能品格逊秦王。

李孝恭

性喜奢华好宴游，亦能作战亦风流。
扫平巴蜀安民众，攻破江陵缚敌酋。
敢放空船凭自信，不忧血酒兆凶愁。
李唐宗室功勋伟，名入凌烟最内楼。

李元吉

势力本来非弱小，父皇太子有商量。
既知局面存危险，何以筹谋不紧张。
偶出狼声无动静，突然伏击始惊惶。
下场凄惨遭嘲久，丑事阴行亦曝光。

李道宗

唐朝王室亦英雄，驰骋沙场建大功。
守卫河西驱突厥，出征高丽荡辽东。
支持松赞媒公主，护送文成作婿翁。
不意晚年遭枉屈，流迁路上忽亡终。

萧瑀

出身高贵异常人，登仕长期在要津。
杨广宫中升内史，李渊殿里任司宾。
六轮罢相因憨直，再度还衔续较真。
鼎助初唐多政绩，太宗诗赞是诚臣。

长孙无忌

血腥夺位功居首，朝野皆尊主政臣。
偏爱高宗曾运智，结仇武后足危身。
不收礼物堪违命，未退钱财尚碍人。
休道权奸施迫害，怀私短见亦亡因。

长孙顺德

隋朝逃犯唐朝将，豪气敦忠有勇功。
每率大军驰战地，常提宝剑守皇宫。
亦曾受贿招嘲弄，转变清廉被认同。
老病竟然遭鄙视，凌烟阁上见威风。

高士廉

德范宏深望重贤，随机应变作中坚。
广州助守销兵患，玄武同谋夺政权。
蜀地治民为察吏，朝廷辅国是能员。
凌烟阁内图形在，茂绩良行有杰篇。

唐俭

爽朗事亲能以孝，怂恿造反有条陈。
暗行检举擒奸党，获授权宜任大臣。
棋压君王将送命，口欺突阙得逃身。
疏于公务谁加责，像列凌烟可傲人。

元载

贫困儒生具捷才,累经提拔列班台。
铲除权宦堪明政,荐用名贤重理财。
自恃劳功贪念起,不听劝谕祸灾来。
顷遭赐死殃妻子,虽有追荣究可哀。

裴行俭

师从苏烈俊儿郎,驰骋疆陲护大唐。
西域吐蕃皆附服,东边突阙尽凋亡。
甄才选吏成规范,持论挥毫有特长。
儒将之雄凭智术,文名武业两辉煌。

裴寂

身任监官有职权,赞同造反召兵员。
存心结逆抛杨广,决意输诚助李渊。
偷送钱粮开国库,直供武器到前沿。
献谋督率齐驰骋,攻占长安告变天。

段志玄

无赖青年常犯法，归唐奋发事干戎。
撄锋勇救刘文静，破阵追擒屈突通。
政变建勋升品爵，出征违命扣军功。
凌烟阁上名前列，不愧当年一杰雄。

屈突通

护卫隋朝如猛虎，降唐之际泪横巾。
虽知困境仍忠主，不遇穷途岂委身。
激战洛阳雄悍将，建功玄武智谋臣。
凌烟阁里居荣位，世代传名守节人。

刘弘基

早年落拓识秦王，意合情投助建唐。
挺剑护君先获奖，渡河斩将又争光。
跟随英主安天下，率领精兵守国防。
同列凌烟颇显眼，善终荣葬杰名扬。

殷峤

会写擅书名县长,李渊聘入预谋韬。
擒拿甲士通筹准,改造流氓效率高。
大胜老生功获赏,未赢薛举责难逃。
群英最早身亡故,作悼君王泪湿袍。

张亮

貌如敦厚却非真,应是刚坚锐智臣。
自可摇唇招勇士,最能守口护恩亲。
虽曾出卖侯君集,并未图谋李世民。
冤屈被诛谁愧疚,凌烟阁上若含嗔。

柴绍

辞妻即路启征辕,欲助开唐赴太原。
横扫千军扬武力,穿行万里拥强魂。
急援狼狈房当树,智胜猖狂吐谷浑。
驸马睿聪人品好,凌烟阁上显荣尊。

张公谨

归唐干吏识根源，力助秦王去冗烦。
不卜决疑龟弃地，定谋行弑血喷门。
主张制敌加惩戒，反对欺人自食言。
眼亮心明君敬重，凌烟阁内有图存。

刘政会

附翼李渊功在早，建唐先遣叛隋官。
执行诬告除危险，留守稽防对困难。
一战成囚无异志，多轮报信见忠肝。
元勋地位毋庸议，载入凌烟岂简单。

刘仁轨

身怀韬略名儒将，熟识兵机总备详。
援助新罗堪立足，占据真岘可输粮。
抚安百济兴当地，辅置熊津镇远方。
曾在白江遭遇战，大赢倭国震东洋。

刘文静

怂恿反隋谋大业，尤能慧眼识英雄。
李家究竟谁轻重，县令投机未等同。
不待太宗居宝殿，自成囚犯入牢笼。
纵然才智超裴寂，浮躁招灾万事空。

房玄龄

才称翊佐善推情，附骥秦王护戍旌。
玄武建勋虽冷血，庙廊整治出贤名。
谨防腐吏耽公事，最怕刚妻发妒声。
杜断房谋原有自，初唐宰相乃精英。

杜如晦

房谋杜断共名高，各有千秋得盛褒。
玄武立功成伟绩，贞观致治策文韬。
不辞碌碌牛驴累，甘效匆匆犬马劳。
命世之才逢杰主，光辉史册若萧曹。

魏徵

易主频频两入唐，曾从太子斗秦王。
未于玄武成功业，终在贞观发亮光。
远见深思真智慧，犯颜直谏似明良。
精心表演堪当物，要比贤臣更显扬。

姚崇

救时宰相履艰危，十策申呈动变思。
纠正僧风归佛道，灭除蝗害去君疑。
顾家有愧毋贪陋，辅政无瑕立法规。
勇往直前清积弊，誉如管晏树荣碑。

张说

大节充然不世英，鸿儒博学亦知兵。
任由武曌施高压，力鼎玄宗秉赤诚。
一手词章称杰出，三居宰相显贤明。
品评文士尤精准，却被姚崇死后坑。

宋璟

脚有阳春助盛唐，多年奉职不张扬。
坚心善守亲民叔，秉直良行护国郎。
海内升平官向治，边隅安静将难狂。
梅花咏赋明贞志，碑记昭详赞语长。

苏颋

名相同朝共事唐，善为陪衬亦光芒。
虽无杰策传图史，自具精心守典章。
大智隐功强国脉，鸿才领咏振文乡。
思如泉涌愁书办，诏诰斟裁最擅长。

虞世南

貌懦形销不胜衣，性情刚烈遇良机。
传名书法羲之髓，得誉儒伦孔子辉。
谏与魏徵争上下，诗从徐庾出芳菲。
赫然同列凌烟阁，绝世雕文久耀晖。

褚遂良

书艺精奇属大家，为人耿直驻南衙。
托孤辅宰诚称职，构陷亲王有玷瑕。
捍卫唐祠曾怒目，抗争武后敢张牙。
叩头流血惊天子，谪贬荒州甚可嗟。

狄仁杰

白云亲舍感情长，沧海遗珠立庙堂。
断案如神赢酷吏，谏君讽佛举贤良。
岂唯遵命匡周国，更似存心保李唐。
不逆女皇安社稷，传奇故事满箩筐。

张柬之

暮年赴考未知疲，七十高龄始展眉。
仁杰介推原蓄意，女皇擢拔本迟疑。
古稀吕尚扶周鼎，白发张公助李祠。
纠合潮流驱武曌，男人压抑获松弛。

上官仪

披剃为僧避制裁，仕途渐顺作文魁。
上官之体开殊境，陛下其心蕴曲隈。
设念高宗招大害，无情武后斩英才。
休云君主毋营救，势不由人寸寸哀。

许敬宗

三朝书吏岂无知，位以才升有作为。
舆论批评曾改史，传闻见说欲驱儿。
支持女帝遭抨击，不属贪官被质疑。
挟恨讥嘲难止息，何妨诗酒醉淋漓。

李峤

仕路风光常执宰，文章四友竞交辉。
独攀巢洞夷獠敬，共勉诗坛杰士依。
日月红花皆着笔，山川碧树尽流晖。
休云咏物枯情感，却令玄宗泪水飞。

李林甫

口甜心苦伪良纯，诡计横生擅害人。
君主昏聩多委任，官僚畏惧尽从遵。
善持政务财源稳，可控边防捷报频。
安禄山曾深忌惮，巨奸误国亦能臣。

杨国忠

放荡无行久俭贫，贵妃相助获翻身。
也凭威武陪皇上，且以昭忠作宰臣。
边塞禄山为死敌，宫中太子亦仇人。
未能守国遭兵变，不幸横尸在路滨。

安禄山

久沐深恩体硕肥，图谋不轨待时机。
扮忠装傻蒙皇上，受宠如呆谢贵妃。
藉口除奸燃战火，存心叛国逞凶威。
重创华夏难恢复，从此唐朝渐式微。

史思明

拥兵八万势如虹,造反先锋屡掠攻。
激战已知难获胜,投降只是假言忠。
再行叛国尤生狠,连续屠城似发疯。
威胁亲儿遭抵抗,霎时被缚粪坑中。

张九龄

曲江风度岭南人,名满京都振士民。
大庾凿通增旅运,官场守正斥奸臣。
料知安史将生变,无奈玄宗拒指陈。
文学导师诗赋美,清新冲淡感情真。

郭子仪

匡救危亡急挺身,稳扶唐鼎大功臣。
京师克复凭骁勇,河曲重昌秉政仁。
威震百夷尊杰士,诚维四帝抚赢民。
忠心耿耿儿孙旺,佣仆三千巨富人。

裴度

聪明透顶秉朝纲，正气冲天踏强梁。
平定淮西催壮势，收回成德挟锋芒。
身怀忠义能雄辩，面对奸谗守主张。
奖掖文贤孚众望，一生禀直鼎中唐。

陆贽

文才理论渊如海，韬略英明总切时。
诏告挟情堪感动，疏书蕴智启深思。
终升宰相忧施政，旋贬州官被弃遗。
当是君臣生隔阂，还因激进易偏奇。

王叔文

位卑任重绘雄图，虽占先机却不虞。
藩镇旁观唯冷眼，宦官反抗似狂巫。
顺宗老病如枯草，太子青春若碧株。
只恃文豪无帝旨，轰然倒塌坠凶途。

李吉甫

读书繁杂爱磋磨，图示山川一网罗。
善待谪官传誉盛，拔升贤杰致祥多。
洁身引退通情理，审势当机控战和。
辅佐中兴工要术，强贞名宰自巍峨。

李德裕

大贤名相鼎梁橼，欲救朝廷解倒悬。
党祸缠宫当执锐，边烽扰境遂披坚。
山河重整春回地，政局翻盘雪盖天。
八百孤寒齐下泪，晚唐从此坠深渊。

李绅

晏婴转世短身姿，辅宰英才众所知。
结党成团曾势壮，作文吟赋亦声驰。
权争贬谪生前发，冤狱行凶殁后追。
算是平安荣致仕，盘中餐咏警虚糜。

牛僧孺

硕儒贵胄有廉名，爱石珍藏满库棚。
结党为头持执见，因私误政得差评。
作官显业谋思善，志怪成书笔法精。
经历八皇犹屹立，身怀大智一耆英。

令狐楚

传名孝礼且才雄，学茂该通圣眷隆。
出守地方称善治，陷诸朋党不由衷。
仪容庄重无闲话，骈赋精华有古风。
横绝一时真俊士，效宣文武受人崇。

杜黄裳

惨绿少年前补阙，得升宰相已皤翁。
感知伪诏先查假，笃信真龙早表忠。
力主削藩怀远见，恳谈治国守初衷。
不拘小节难圆稳，虽被污名却善终。

魏元忠

书生析战属良才，一自观听眼界开。
虽讨叛军先后捷，难防酷吏接连摧。
率遵武帝能忠义，叩谢奸臣转爱财。
历劫多端重辅国，谏官尝尿盼栽培。

李勣

狡贼奔投获晋升，冲天而起似雄鹰。
追歼突阙朝穿漠，扫荡辽东夕饮冰。
百战兴唐堪奖赏，一言援武受仇憎。
嗣孙造反遭诛灭，久葬尸身被侮凌。

李靖

大隋名将愿降唐，命世兵神护庙堂。
平定江东施战力，绥宁南粤见柔肠。
出征突厥安中土，捍卫凉州镇北方。
紧闭私门毋结党，小心翼翼保丰康。

尉迟恭

夺槊三轮不落空,面容炭黑更威风。
挺身救主凶兵溃,闭目迎锋刺客瞢。
玄武争先尤显勇,北疆续后再加功。
傲狂却惹君王斥,从此收心学道童。

秦琼

豪迈冲霄义气昭,摧城拔阵见英骁。
身经百战能连射,面对千军敢独挑。
奋勇虽酬金满斗,当先不顾血盈瓢。
门神威武龙王畏,堪守平安度宿宵。

程咬金

三招板斧混魔王,乘乱兴兵占瓦岗。
弃暗投明辞旧主,立诚讨逆效新唐。
领衔出战功勋显,为首分财丑事扬。
晚节虽然难尽保,犹称时杰属忠良。

侯君集

赳赳雄夫扈太宗，邻家小子出尖锋。

几曾温顺如鹑鸟，总是狂嚣似马蜂。

北逐悍胡齐射虎，西征逆国独屠龙。

贪财何以还谋反，上或知情不放松。

张士贵

臂力惊人擅射骑，开唐良将善乘时。

建功立业能如愿，练甲强兵合预期。

常守中枢居重镇，连迎大战率雄师。

上官宰相书碑志，确认忠君勿置疑。

薛仁贵

白衣小将悍如龙，一战成名慰太宗。

高丽单骑冲剑阵，天山三箭夺关峰。

败逃乌海遭除职，取胜云州再犒封。

违纪丑行皆赦恕，念其功绩不平庸。

张仁愿

器宇端庄志透云,雄风赳赳亦能文。
筑城深漠防夷患,伏甲边河逐寇氛。
身总六师贤博士,名跻三杰大将军。
虎臣保境唐廷稳,青史流芳卓冠群。

王忠嗣

年轻奔袭敢争锋,一自麾兵善折冲。
威镇僻疆如卧虎,横穿广漠似飞龙。
不求增秩施强战,宁可无功失上封。
雄卓安边长致胜,未能获奖反逢凶。

李光弼

契丹猛士救京师,勠力中兴显禀姿。
战术专精堪捍御,迹行观望被猜疑。
论功自胜哥舒翰,传誉无如郭子仪。
道德微亏休再辩,荣名终究入神祠。

哥舒翰

发愤从军霸气冲，枪挑匪虏半空中。
力援恩将扬情义，怒破坚城立懋功。
带病失关人有谅，丧师屈膝辱无穷。
战神翻转成驽犬，莫怪批评总不公。

苏定方

军童杀敌早扬名，人到中年又纵横。
扫荡新罗高丽国，踏平突阙吐蕃营。
谨遵前诺诸酋服，开拓边陲万里行。
大略雄才威猛帅，终生不懈守疆城。

郭元振

文经战略腹中藏，灵活圆通一杰郎。
县尉虽曾违法令，将军最善守边疆。
不凭攻伐谋功绩，每以和平促旅商。
手握重兵堪镇慑，能防武后妄移唐。

张巡·许远

叛军十万击睢阳，数月包围杀势狂。
料草用完兵马缺，楼墙残破士民伤。
尸骸剁碎蒸成饭，妻妾抬来煮作汤。
饥卒难当凶悍敌，满城英烈血流光。

娄师德

投笔从戎愿戍边，随征西域且屯田。
军功出众赢封赏，才识超群获委权。
唾面自干怀宥德，荐人不语见高贤。
当时酷吏犹猖獗，喜可平安度晚年。

段秀实

低首迟行语气卑，忠贞义士亦儒师。
守边辅帅多襄助，留后擒凶善主持。
军府治丧严秩序，彬州除暴显威仪。
奋裾夺笏敲朱泚，态势犹如发怒狮。

高崇文

倾情弓马不通文，沉默稀声勇虎贲。
剧战吐蕃驱猛寇，扬威长武斩嚣军。
出征巴蜀除民贼，安顿成都报国君。
讨厌官衙烦政务，乐于守境看边云。

李光颜

精心习武赴前沿，效命河东正当年。
攻伐西川初颖耀，进戡淮蔡作中坚。
退还歌妓明宣誓，营救将军暗斡旋。
节度邠宁惊外敌，怀忠尽职杰勋贤。

李嗣业

一战封神贞烈士，人高七尺猛如龙。
陌刀在手横拦马，矢石当头直出锋。
西域攻据惊众国，京都收复荡群凶。
沙场殂落遗忠骨，闻讯君王恸捶胸。

马燧

贤能刺史勇儒生，戡乱挥师富激情。
家产慷慨酬将士，言辞热烈励官兵。
击攻田悦经年战，进剿怀光一月平。
误信吐蕃虽败损，犹为护国铁长城。

马璘

武将之家生战士，毅然立志亦从戎。
单骑闯阵身无畏，兼职连营势自雄。
威震吐蕃堪制胜，捍防关右已推功。
却疑财富何由得，壮丽中堂压帝宫。

浑瑊

少年勇猛成英将，一向军容最整齐。
长武反攻当隘口，奉天血战毁云梯。
戡平叛逆安京辅，保卫君王抚兆黎。
忽视吐蕃遭伏击，逃身有似脱毛鸡。

杜佑

承荫为官勤诵读，持身有术性平和。
精于吏职能提笔，不擅兵戎畏奋戈。
司政宽松毋皦察，所知渊博久研磨。
巨书通典开新体，影响深长获赞多。

高仙芝

戎马生涯年少始，武功彪炳震区寰。
直穿雾谷攀云壁，横跨冰川越雪山。
率部勤王抛陕郡，奋身招卒守潼关。
贪婪曾使君憎恶，遂致含冤不敌奸。

封常清

人瘦眼斜还脚短，争当侍卫最恭勤。
一封捷报先呈智，百划兵情屡建勋。
虽有雄心除叛逆，却无劲旅助将军。
抉机退守原非罪，犹见昏君斩虎贲。

李抱真

筹饷焚僧心狠毒，抗回力荐郭汾阳。
各乡练武齐安国，匹马盟军共护唐。
戡定乱藩如猛虎，痴迷妖道似愚羊。
腹腔鼓胀犹吞药，两万仙丸服后亡。

严武

应属通文兼尚武，早前豪爽且疯癫。
椎亡父妾狂童子，诱杀人妻恶少年。
调补太原能助战，转衔巴蜀善安边。
资援诗圣怀诚意，几度分忧送现钱。

松赞干布

青藏高原壮硕王，迁都拉萨筑坚墙。
娶回公主心头美，盟约唐朝意愿偿。
改旧政纲军事振，创新文字外交昌。
纯良风俗全推广，后世怀思永赞扬。

禄东赞

喜闻大捷抵京畿，代献金鹅入紫闱。
婉拒太宗酬美女，媒成公主作王妃。
分田改税更朝政，振武增财树国威。
戎马匆匆何识字，亦能立业发光辉。

冯盎

冼母男孙懂世情，擅于簿领有操行。
跟随隋帝征辽域，归顺唐朝统粤城。
杨素曾夸高胆识，魏徵力保足忠诚。
岭南民众能听命，史册由来载好评。

李大亮

卖马助民贤县令，单骑化怨睦周邻。
反攻胡狄英雄将，释放奴婢义善人。
锐智屡能襄主上，良行传已感天神。
一生廉洁轻财帛，亮德高风似圣臣。

裴垍

弼谐军政助中兴,正大光明有准绳。
改革税收安百姓,从严法治举贤能。
事君尽礼殊端肃,谋国公平不自矜。
亦患风症悲早逝,宪宗痛惜失良丞。

刘晏

昔日神童孚众望,主持财政建隆功。
精微观察知流弊,得力筹谋治匮穷。
商业繁荣丰国库,军需足用益边戎。
机灵勤奋人廉洁,犹被谗诬未善终。

杨炎

隐士才高杰画师,获升宰相运谋奇。
分财利国开兴矣,定税凭丁搁置之。
报答情心原可赏,复仇行动则为卑。
但逢过错时推责,其罪难遮被系羁。

王播

孤儿勤奋拥才锋,宰相贤能政绩丰。
虽亦逢迎谋爵位,犹存骚雅在心胸。
笼纱已罩厅前句,题字难忘饭后钟。
美梦果然真实现,寒门小子乃人龙。

岑文本

忠贯雪霜谋救父,文倾江海义高擎。
飞书劝将停兵劫,上谏呈君辨国情。
顺畅仕途忧擢拔,清贫家产欠经营。
虽升宰辅难延寿,相士批其命格轻。

李绛

言锐心忠颇耿直,倾情辅国一良贤。
抚安军阀田弘正,援救文豪白乐天。
谏上立碑含矩范,遣兵谋划欠周全。
休云意外伤身命,性格从来有所偏。

李泌

旷世奇才本属仙，雄谋屡出救危悬。
荡平逆虏能安国，修睦蕃邦可固边。
调解君王和父子，宽容将相护良贤。
古来宰辅居前列，再续唐朝数十年。

韩休

平时言笑挟春风，一旦当权气概雄。
宋璟谓之仁义勇，萧嵩讶矣理词穷。
折磨皇帝能消瘦，维护朝廷怕不公。
漫道明君容耿直，速升速降太匆匆。

高力士

辱祖羞宗作宦公，吞声熬出逆天功。
千官躬拜金街旺，万众争瞻市井空。
势盛端能襄伟主，情危犹敢护衰翁。
不骄不倚无横议，智勇双全显大忠。

武承嗣

身居要职十余年，听命同心夺大权。
武氏门庭呈茂盛，李唐基业向虚悬。
趋承姑母推新政，残害皇宗灭旧贤。
却缺雄才谋篡改，怅然悒死梦难圆。

武三思

时来运盛遇良辰，趁势横行未积仁。
得志姑妈谋国器，开心内侄作枢臣。
奉承面首曾摇尾，谄媚中宗又屈身。
设计夺权虽起逆，一逢强主若穷鳞。

武元衡

美男宰相当潮立，风雨飘摇万事横。
维举政纲安郡府，勘从民意稳都京。
薛涛笺暖游龙晦，韩愈诗回孔雀鸣。
不幸血光销壮志，满朝老少哭贞英。

颜杲卿

叛军欲袭范阳城，紧急筹谋作抗争。
传檄各方招壮士，踞关连夜筑坚营。
羁身只秉忠君义，割舌犹闻骂贼声。
正气凛然如日月，千秋万世播英名。

萧颖士

狂傲行游挂酒壶，兴高饮醉不须扶。
虽因欺老耽官职，总爱携才益仕途。
审势知危呈预见，促文载道斥顽愚。
却曾路遇乡村女，执意怀疑是野狐。

吴兢

热衷撰史性刚强，博识贤明有主张。
敢向君王呈正谏，不为权贵改文章。
扶帮太子阴谋退，历任州官业绩良。
尚简著书求直笔，贞观政要耀光芒。

刘知几

幼习典坟披阅遍,少年博学达峰巅。
县衙淹久居微职,武后终于拔俊贤。
见说三才昭卓识,撰书百卷出雄篇。
史通所述瞻高远,影响深长敢立先。

吕温

永贞朝士乃高魁,鼎革精勤共力推。
出使谁知能避祸,奏劾自料会贻灾。
诗文含蓄名骚客,管治宽明睿吏才。
身没衡州悲不胜,魂萦湘水待招回。

姚合

名场久败忽翻身,不厌官低乐履新。
隔月领薪公事少,每天种菜酒筵频。
经常说隐真文士,到处留题亦杰臣。
诗韵犹能延宋代,四灵一派奉如神。

李晟

一箭扬威震敌营,边关小卒始传名。
出征河朔腰身病,克复长安手脚轻。
和解将军能舌灿,相交文士却心惊。
性情沈肃怀忠勇,为救朝廷愿舍生。

李愬

秉忠辅上欲分忧,自荐麾兵斩贼酋。
暗练雄师当所急,不诛降将用其谋。
寒冬楔进潜淮右,雪夜雷奔袭蔡州。
一举削藩堪报国,战功屡建足歌讴。

李百药

年少才知客不如,出身大族甚谦虚。
先从隋室贤僚吏,复入唐朝杰宰胥。
既著万言封建论,又成百卷北齐书。
偷情之事终无恙,杨素人财两赠予。

杜审言

狂妄惊人放厥词，目无屈宋藐羲之。
只因烈子追彰表，得向明君献舞姿。
五律领行倡近体，七言创始起新规。
由知杜甫诗情炽，或许源于祖父遗。

苏味道

模棱两可颇圆滑，官至荣光宰辅臣。
跌宕几回行贬路，含糊一世叹浮尘。
诗风挺秀超前辈，体韵奇新启后人。
葬处茫茫芳草乱，东坡祭祖倍艰辛。

张若虚

名才千载始传扬，江月孤篇压大唐。
那夜豪情穿地界，其时馀绪破天荒。
适逢丽女同歌舞，还见春花共吐芳。
万象包容开胜境，一诗典美可称王。

沈佺期

满腹文才早显知,并肩之问正逢时。
骄扬双杰呈新赋,骚动群英学丽诗。
七律行吟曾擅美,五言比咏略差池。
虽遭横祸含冤屈,庆幸生前脱系羁。

宋之问

扈从武后暖男儿,气度英姿噪一时。
舞会劲歌三弄曲,酒台高咏五言诗。
斑斑劣迹千夫指,湛湛精文万士师。
竟受牵连遭屈死,骚坛历代有怀思。

刘希夷

玉迸松摧审血衣,青春进士忽西归。
有司俸禄人无与,吟咏才情世所稀。
张若虚疑施暗计,宋之问或发淫威。
年年岁岁花相似,一阕诗联引杀机。

祖咏

洛阳才子有谁知，考试唯交半首诗。
馀雪写来何出色，燕台望去最雄奇。
未登仕路赊村酒，常负薪樵抵饭资。
道是王维真契友，亦难关顾济寒饥。

王勃

风华正茂莅江亭，笔走龙蛇疾不停。
灿烂文思飞彩练，芳菲诗意满魔瓶。
擅书鸡檄丢公职，私杀官奴上法庭。
闻道海波吞杰士，往来骚客竞招灵。

杨炯

从军出塞战城南，气势雄浑笔墨酣。
节律铿锵如鼓角，文心深邃胜渊潭。
官慈始有民怀祭，人傲多为吏不甘。
王后卢前毋计较，唐初四杰尽英男。

卢照邻

多才博学比相如，皇叔衙中作吏胥。
知武则天严法治，从孙思邈读医书。
虽遭疾病摧身命，犹爱诗歌守本初。
描写长安真壮丽，飞扬四杰岂吹嘘。

骆宾王

天生侠骨好施仁，富有文功咏赋频。
半世吟诗堪夺目，一篇传檄最惊人。
英明陛下怜才子，耿直寒儒作逆臣。
事后行踪难确定，闻于寺院久藏身。

王绩

弄盏飞觞夺冠军，能吞五斗广传闻。
有邀哪管须陪鬼，无饮端难力辅君。
亦学刘伶歌酒德，如同陶令写铭文。
诗章意境颇浑厚，大醉依然卓逸群。

王翰

从禽击鼓丽姬陪,歌舞华筵旦夕开。
边塞诗人州长史,琵琶美酒夜光杯。
纵然仕职居低位,犹有旁邻抢杰才。
豪放雄文编十卷,连连轶散亦悲哉。

王湾

微官事迹渺如烟,却有佳诗杰仗联。
张亮裱抄供鉴赏,谭宗评论亦流传。
来观海日生残月,并见江春入旧年。
情景交辉臻美境,课文一再印名篇。

戴叔伦

隐士家风洁介官,跟从刘晏管财团。
精通事务功勋显,悯念民生岁月难。
忍见饥牛愁草料,哀怜劳妇累荒滩。
吟诗不以阳刚美,淡泊柔情甚可观。

陈子昂

弃武从文要转身，自能博学贮经纶。
摔琴进士逢明主，守戍参谋遇陋臣。
洗却铅华怀感寓，领衔风雅是忠仁。
幽州涕下千年见，代有儒生敬若神。

贺知章

四明狂客状元郎，宦海文坛两显彰。
醉眼蒙眬迎李白，挥毫洒脱共癫张。
擅书隶草人珍宝，精写诗词众奉扬。
归钓镜湖隆重别，玄宗咏赠最风光。

张志和

烟波钓客逸思翔，向有文声达四方。
不意宫中拈笔吏，忽成河上打鱼郎。
访求道法寻仙祖，潜隐山林避帝王。
唯美渔歌传唱远，东瀛俳句作标章。

张继

盐官夫妇赴洪州,携手他乡识雅流。
与友论文斟酒后,同妻评赋踞床头。
金辉玉洁能谈道,心静情幽不访侯。
夜泊枫桥诗一出,千秋传诵韵悠悠。

王昌龄

才华超众诗天子,边塞讴吟至热忱。
七绝称王齐李白,三家享誉并高岑。
篇篇是宝传千古,字字如珠值万金。
闻道忽然遭忌杀,亲朋无不泪沾襟。

高适

发奋图雄学圣贤,建功立业勇无前。
精心谋略堪匡主,壮烈歌吟可感天。
的确关怀穷杜甫,竟然不救傲青莲。
有唐骚客谁高出,边塞诗人握大权。

岑参

终究能升四品官,却逢战乱到衔难。
三年守选知民瘼,两度戎行写雪寒。
意境雄浑开视野,文词清秀出奇观。
嘉州刺史虽狼狈,边塞诗评占席端。

王之涣

击剑悲歌易倚栏,县官嫁女喜成欢。
玉门关上神情凛,鹳雀楼中视界宽。
开读自惊天地大,重温不觉字词难。
流传诗赋虽嫌少,绝句犹能列顶端。

韦应物

横行乡曲众心寒,浪子回头作好官。
久在县州长蹭蹬,闲游山水漫蹒跚。
因存诗意灵魂美,真具良知境界宽。
邑有流亡颇疚愧,时来野渡独盘桓。

张鷟

青钱学士忆仙乡,直叙风流有艳章。
步步欢撩香裂鼻,招招刺激玉横床。
圣贤偷读还诃责,百姓争传似醉狂。
日本朝鲜书贩急,巨资抢购运销忙。

王驾

传诗虽少杰名闻,夫妇吟哦卓拔群。
乱世辞官神漠漠,萧关读信泪纷纷。
村民扶醉成风景,蝴蝶于飞化美文。
妙手写来殊可赏,鹅湖偕隐甚幽欣。

张谓

夏口欢声逢李白,考场公道选优材。
贤能从政酬宏志,惬意吟诗出锐才。
构想深微严格律,文风清正任评裁。
动人佳境寻常见,最美桥边咏早梅。

崔国辅

杜甫恩公旷达臣，风云际会遇高邻。
相交茶祖噙香久，逢见诗星赋咏频。
熟悉六朝知出典，擅长五绝善传神。
个中三昧真明察，短小篇章亦感人。

崔颢

年少文章七彩调，妻须艳美几分妖。
转身弃妇传闻乱，竭力为官业绩骄。
游历远方增卓识，省修直性去浮嚣。
诗题黄鹤楼墙上，李白欣然一折腰。

孟浩然

家有资财欲进身，行程万里枉摇唇。
王维本可求皇帝，李白惟能戏酒神。
遂返田园寻逸兴，漫挥笔墨写淳真。
羚羊挂角端无迹，独特诗风气韵新。

裴迪

助救王维结挚情，交逢杜甫获佳评。
辋川酬唱才堪显，巴蜀为官事不明。
失志隐居藏感慨，诚心向佛守坚贞。
跟随摩诘吟山水，句丽词清笔法精。

李白

文星亦是瑶池客，大笑开门上快船。
璀璨花山春放纵，奔腾云水醉牵连。
官场落魄萍身转，武馆扬威剑气旋。
斗酒百篇如浪涌，千秋热烈爱诗仙。

杜甫

漂泊青年献赋忙，河西县尉不甘当。
拾遗实职能呈策，工部虚衔可领粮。
忽报小儿遭饿死，还忧军阀尚猖狂。
家愁国难哀诗圣，长写雄篇发伟光。

隋
唐

375

王维

才华横溢早知名，变节行为责罚轻。
画里有诗心意巧，诗中有画自然成。
佛灯昏暗求宁静，音乐精通奏美声。
不肯续弦长独守，歌吟山水度余生。

白居易

三教精深熟管弦，驻家歌妓美如仙。
悲听长恨真情曲，泪洒琵琶感慨篇。
素口蛮腰齐续爱，君王外域共崇贤。
诗魔奥博兼通俗，酣醉狂吟最乐天。

元稹

俊美英才善讨乖，元和诗体泛天涯。
采春艳舞崔家女，韦氏良缘薛姐钗。
人笑渣男招讽责，其思妻子遣悲怀。
大儒情谊尤珍贵，居易终生乐与偕。

刘禹锡

抱团名士共维新,翻作偏州贬谪臣。
恶水穷山磨笔力,怀才傲物长精神。
举杯向有邀居易,赠妓宁无谢李绅。
病树前头春万木,诗豪意气总超伦。

韩愈

方别阳山贫瘠地,又因反佛贬潮州。
古文领袖开新局,诗咏宗师自一流。
既擅造辞称妙手,且能凭笔创丰收。
成群妻妾难招架,为练男功累白头。

柳宗元

轻取科场一后生,前程似锦自京城。
古文干将难低调,变革中坚易出名。
永柳贬官挥妙笔,山川游记获佳评。
儒家道佛皆欢喜,骚学精深有所成。

张籍

水部官员亦大才,奇思怪想甚多哉。
韩门高手毋雕琢,乐府名家善剪裁。
美妾换花人笑死,诗灰吞腹众惊呆。
但观技法颇精熟,笔阵纵横百韵来。

司空图

屡睹山河起乱兵,默然归去欲毋争。
婉辞荐诏无瞻念,笃爱论诗有巧评。
品以雄浑居首位,文因含蓄益流行。
惊闻唐帝遭屠弑,绝食而亡表至贞。

李翱

反佛微言众不听,谈锋却道合禅经。
谏君偏激求廉直,尊孔忠纯要永铭。
文震士流抨梵国,语讥官吏警朝廷。
访僧松下留名句,云在青天水在瓶。

李颀

县尉长期未改更,交游广泛忌孤行。
善将音乐融诗句,擅以边情入藻声。
七律正宗成例范,五言能手获欢迎。
王维杜甫时相论,不止当年有盛名。

孟郊

由来孤僻那堪羁,懒散员僚恼上司。
隆盛风光难遇矣,穷愁境况易逢之。
用词意狠生寒气,锻句精微见苦思。
笔触多端尤近古,诗囚致婉亦雄奇。

贾岛

削发辞亲求寂静,红尘未断貌崚嶒。
街头踯躅秋风客,山寺推敲月夜僧。
半俗半仙愁易去,无钱无势职难升。
只因吟苦诗奴瘦,却喜文思有继承。

刘长卿

大历清才有杰名,仕途蹭蹬少悲声。
身经战乱劳思炽,诗写苍凉运笔精。
七律人称如巨擘,五言自许似长城。
伤而不怨存风雅,情景交融美韵生。

李适之

名列长安酒八仙,鲸吞碧蚁傲琼筵。
筑堤治水赢抽擢,辅政违奸被谪迁。
退让未能防祸害,悬猜定是受牵连。
或因慌乱真无计,服毒而亡甚可怜。

卢汝弼

末代高才避乱兵,后唐招揽作公卿。
迎君请谒呈良策,收礼通融未裂名。
秋夕一吟牵远梦,边庭四怨发英声。
遗诗八首虽嫌少,俱是精华有致情。

李频

吟咏一篇成快婿，却非由此得攀升。
自求刺史除贪腐，共肃官衔奖德能。
警拔诗风来气凛，清新文境有霞蒸。
建州病故人悲惜，扶柩乡亲踊墓陵。

李嘉祐

才子生平事少知，台州刺史则无疑。
皎然到访谈禅悟，李白招邀论酒诗。
野渡春塘随意写，尘机梵谛用心思。
文风婉靡人称道，下笔非凡遣丽词。

常建

进士荣光沦一尉，骚人惋惜表同情。
盖因性耿无高运，却借诗优得俊声。
意境迂深磋琢出，语言洗炼顺机成。
禅房曲径描幽美，传诵于今尚有名。

章碣

桐庐才子异迂儒，变体新奇众仿模。
犹惧焚书讥帝业，亦怜望幸讽东都。
从文几代生神采，落第连年滴泪珠。
官史未存名雅在，裁诗有似永青株。

耿湋

大历雄才难显达，朝廷计爵未酬勋。
搜书不畏舟车累，造册尤知手脚勤。
吟咏含情人喜读，左迁有故史湮闻。
名齐钱起司空曙，亦见流传美韵文。

李郢

公开招婿抢娇娃，一页诗笺竞得花。
移调多衙非显贵，擅长七律亦名家。
南池渔钓人情美，阳羡春歌景物嘉。
御史官程无劣迹，行文老练出菁华。

赵嘏

爱姬被夺恨悠悠,衔愤传诗恶帅忧。
竟遇还妻心至痛,重行拥女泪双流。
忽惊妇逝哀当夜,不记名扬震九州。
杜牧人前夸美咏,倚楼长笛动高秋。

杨敬之

连州刺史已回京,奖掖青年最热情。
获喜三重欢满屋,吟诗百首示全城。
常推佳作同欣赏,每遇良材自犒迎。
到处逢人都说项,遂为成语得流行。

项斯

逢人说项得名驰,荐誉恩公乃敬之。
苦读曾经头枕石,行吟不觉足临池。
翩翩进士清纯志,碌碌僚员杰出诗。
衣锦未尝归故里,殇魂忽报到家祠。

段成式

一物不知君子耻，博闻强记善吟诗。
官场熟手升迁顺，词祖良朋醒醉迟。
跨水长桥民赞颂，迷人小说众贪痴。
酉阳杂俎奇文出，志异聊斋拜老师。

于頔

横蛮霸道热心臣，扰乱官场亦助人。
戎昱痴情能遂愿，崔郊美梦竟成真。
买山赠币援孤士，筑坝浇田益万民。
敢荐儿男当驸马，果然皇上允提亲。

权德舆

祖德清明入府衙，不仇不党显才华。
但逢争论人无话，每遇宣劳奖有加。
求撰碑铭能满足，管监财政禁浮奢。
朋侪称道君王信，一手诗文亦大家。

张泌

登科进士旅东南，传食诸侯每不堪。
当下先生怜美女，后来鲁迅笑渣男。
词章优秀多荣誉，小说夸张有扯谈。
入选唐诗三百首，寄人一咏半酸甘。

崔涂

若问生涯总不知，流传人世有佳诗。
曾游巴蜀寻新境，久客龙山访旧祠。
凭吊张良从远见，缅怀贾岛感当时。
异乡除夕吟愁绪，一读凄然起旅思。

崔曙

双亲早故犹求学，独步西来少室山。
寺院洪钟雄气度，荒原美景壮心关。
吟成佳句君欣赏，考取廷魁自破颜。
官补小衔身忽逝，遗留孤女泪潸潸。

崔融

文章四友吟诗美，制诏书函笔最优。
进谏君王停杂税，逢迎权宦辱清流。
用词典丽堪联想，立意高深有所求。
官运亨通人羡慕，奈何恶疾忽临头。

杜牧

文坛饮誉大名驰，诗境交辉变幻奇。
称说青楼无薄幸，已忘佳丽抱长思。
翩翩才子娇娇女，碌碌高官瑟瑟姬。
一等十年人已老，满车礼物愧来迟。

张祜

四方游历漫无期，天下传名有逸资。
看去情欢身未累，读来冲淡境犹奇。
唐书不载湮于史，杜牧高评隐在诗。
豪迈歌吟多壮发，江湖骑士独奔驰。

曹邺

勤勉书生久奋蹄，十年苦读步丹梯。
洋州刺史名声好，八桂诗人色艺齐。
来叙漓江仙女下，犹闻阳朔凤凰栖。
敢嘲君主官仓鼠，风气先开振岭西。

杨巨源

致仕蒙恩得永薪，曾经气壮白头臣。
中唐格调谁高踞，盛世神情自展陈。
飞箭取城歌猛将，过桥折柳喻行人。
耽于吟咏当无错，广读诗书远俗尘。

陈陶

三教精通连不第，怅然归去隐烟峦。
坦诚守志辞商女，决意修仙讶长官。
种桔养妻财可获，吟诗赠友梦难安。
悯怜无定河边骨，情状真堪痛肺肝。

韩翃

寒食名诗陛下迷，风骚犹见数峰西。
将军慷慨遗娇妾，才子欣然纳美妻。
战火纷飞相隔绝，痴情急盼再同栖。
万民争说章台柳，皇帝帮忙作御批。

邵谒

衔冤截髻挂城门，再度攻文立誓言。
翁水河边忘鼠辈，书堂石上锻诗魂。
词宗欣赏传佳作，才子登科谢大恩。
释褐不知何处去，辞章芳迹久留存。

孟宾于

孟家独子究何如，进士应该食有鱼。
工部侍郎虽照顾，同窗宰相只唏嘘。
身担县令趋荣显，人起贪心被革除。
归隐青峰堪益寿，题诗怀旧感当初。

李涉

曾隐庐山避战争，朝廷搜访用书生。
侍臣转眼遭迁谪，闲职长期未变更。
失意十年伤蹭蹬，逢僧半日出欢声。
江中遇贼何须惧，博士交诗即放行。

顾况

红叶传情事又奇，千年不断助谈资。
夸张画用惊心笔，含蓄诗吟出色词。
求职盐田看海景，漫行双幛访仙遗。
云闲浪静人生路，犹自风流得美眉。

顾非熊

智多凌轹寻欢乐，科考连年运不开。
幸有君王传指示，终成进士止徘徊。
乍临小县羞刑杖，即隐深山伴腊梅。
从此江湖随老父，世间少却滑稽才。

许浑

七律精工善琢磨，由来评论究如何。
明朝杨慎称卑陋，唐末韦庄唱赞歌。
走马青原春咏美，横舟碧海水吟多。
若同老杜争长短，亦有佳诗比大峨。

郎士元

天宝登科报至亲，淋漓诗酒闹良辰。
比之沈宋同传誉，谓曰钱郎共傲人。
官职曾为州刺史，文坛当是国词臣。
尤能视觉生通感，闻笛知桃出巧新。

钱起

才华飘杰正韶龄，送往迎来乐不停。
供职翰林名学士，吟诗宴席大明星。
文风流利飞思绪，韵律清奇蕴空灵。
最是魔氛江上景，曲终忽见数峰青。

李端

驸马歌筵又喜临,诗超钱起值千金。
闻筝忽起英雄志,即赋终赢粉黛心。
从此仕途能顺路,比之仙道更披襟。
有才也要依公主,世事教人感慨深。

方干

三拜先生忽缺唇,雄才胜貌品尤醇。
受惊官吏成朋友,相敬乡贤结赘亲。
高榜能登虽喜悦,有司不禄总清贫。
诗名万里津途逝,哀痛绵绵哭众宾。

张仲素

潜耀不官无接引,科场再考中宏词。
翰林学士供闲职,艺苑文星掌大旗。
善写桑姑春雀跃,尤知戍嫂夜幽思。
秋闺燕子缭山鹤,细腻传神尽好诗。

张乔

咸通之哲不平庸,韵律驰声志在胸。
遗憾名途徒一进,慨然遁隐对千峰。
曾吟皓月秋中桂,尤爱高山雪里松。
雅藻巧思如贾岛,赋诗精妙蕴机锋。

刘方平

才貌双全来塞北,从军求仕两无成。
快然归隐淮河侧,忙碌穿梭颍水浜。
下笔穷神如着色,谋篇寓意似闻声。
哪需拐偪图财物,诸艺随身胜钓耕。

施肩吾

钦点状元奇志向,未曾除授即来归。
但查族谱多尊贵,却隐泉林探杳微。
老不龙钟存道骨,诗能高格有仙辉。
澎湖一去千年别,西望家山热泪飞。

陶翰

考场高手拔三关,赋得冰壶岂一般。
才有裕如谁擢用,志无卓异自清闲。
苍凉韵意思边塞,遒健豪情振刃山。
看去精神真盛世,胸襟爽朗少忧颜。

储光羲

因任伪官遭鄙弃,贬流岭表续文声。
韵追陶令含澹写,魂逐飞蓬拔徒行。
山水风光开手笔,田园美景出诗情。
史评良好多嘉赞,清骨灵心有雅名。

来鹄

乡校小臣怀浩志,精通鬼谷有经纶。
曾投军阀为书士,归顺朝廷作佐宾。
戡匪中原平乱局,赋诗山馆写新春。
梨花遍地遮阶草,犹见含愁旅梦人。

綦毋潜

仕隐两难犹豫久，终归庄老再毋疑。
即行弃职随辽鹤，只欲轻身比寿龟。
吟咏风光多旖旎，徜徉山水叹雄奇。
一从别去无消息，或已升仙未可知。

卢肇

苦读诗书无昼夜，终随名相驾犀轩。
祗勤辅国升官职，谨避营私结党援。
闲作新文劳画室，喜还故里振家园。
当年太守曾轻看，未料寒门出状元。

罗邺

才高家富称诗虎，赴考全输亦可悲。
踉跄北征人已老，回头南顾志毋移。
身亡荒漠从优恤，名举文坛得广知。
应赞心雄多热血，夕阳西下不言迟。

罗隐

寒窗苦学逐科班，见识机灵不一般。
讽刺当头官讨厌，讥嘲入骨众开颜。
诗多锦句传人世，卷或胡言困考关。
运去英雄谁借力，纵为俊杰顶难攀。

许棠

性情怪僻难相处，却有佳词咏洞庭。
久困名场逢显贵，始成县尉已高龄。
诗精可赏还传诵，官小堪辞再化零。
此去休云人潦倒，欣然湖畔筑新亭。

李商隐

牵涉权争滞骋驰，才华出众亦愁眉。
双方示好明亲近，两党生疑暗陌离。
当有苦衷难意表，还猜暧昧隐心仪。
无题七律成神品，绝后光前赞大师。

温庭筠

才华横溢八叉飞，损己帮人乱试闱。
赢得浮名羞未擢，纵情声色醉方归。
玄机艳丽难相爱，商隐深幽致共辉。
耀眼词宗挥妙笔，花间所集尽春晖。

李贺

通眉瘦爪着风襟，每喜搜罗入野林。
类比屈原能浪漫，如同李白爱狂吟。
虽经坎坷犹追梦，为写神奇总呕心。
幻境妖魔皆灿烂，果然诗鬼擅仙音。

秦韬玉

尚武能文赋咏工，附权得宠入皇宫。
逃离乱国随行在，流散危途似转蓬。
对偶构思含巧想，勾描意境起雄风。
珠联璧合多佳句，贫女完篇显厚功。

李益

腹有文功薄幸郎,忍抛美女震街坊。
一从辣手公诸世,屡缚娇妻困在床。
边塞诗人千彩笔,故乡思妇九回肠。
莫如艳事娱民众,小说刊行演戏忙。

李华

胸中向具云霄志,倡古先锋睿哲人。
济世真诚怀抱负,坐禅安静欲修身。
求存性命为胡职,悲染麻症与鬼邻。
苦病纠缠犹振拔,战场凭吊见精神。

郑遨

背琴携鹤小童陪,隐入青山谓快哉。
谁诵酒诗还转录,自烧家信未撕开。
喜逢高士逍遥去,遗憾娇妻不肯来。
闻道君王曾诏请,微微一笑竟辞推。

王季友

破落家庭百事愁，上街卖履被妻休。
攻书发愤勤耕作，赴考潜心勇拔筹。
柳姐愕然知后悔，状元终究释前仇。
但闻杜甫吟长律，尤使奇情播九州。

黄滔

惊天重考犹登榜，又遇山河再祸殃。
弃却京都闲博士，来投福建智闽王。
忠贞匡主谋长局，着力招贤守正纲。
文学大师尤圣洁，海滨邹鲁领头羊。

欧阳詹

福建贤才历百辛，首登金榜喜亲邻。
官居清职通三教，人具高名振八闽。
灿烂文乡尊作祖，庄严学界敬如神。
忽闻遭遇情刀割，一陷红尘竟丧身。

徐寅

乱世英才涉激流，易临险境惹烦忧。
朱温生气催删赋，唐国寻踪想报仇。
曾望闽王升职务，终归故里筑书楼。
莆田寿水风光美，诗似长溪写不休。

薛能

治政从严拒徇私，封疆大吏爱吟诗。
郡州出守曾多地，京兆权知管一时。
已慰愤兵消祸患，未防凶将占城池。
全家遇害无情甚，哀惫军民不胜悲。

卢纶

科场屡败事堪悲，幸有高朋力挈持。
宰相介推为小吏，君王致意赞名诗。
春风欲暖寒云鸟，夜雨先摧病树枝。
早逝冠才人惋惜，唯留雄咏到今时。

周昙

咏史分门亦透通,推敲立意出新衷。
既评君主成同败,犹论官臣逆与忠。
历历抨弹明教训,悠悠思辨比英雄。
直陈往事裁千古,见识相当有笔功。

胡曾

留滞长安落榜生,针砭弊政敢相争。
漫搜往事求原本,细析情由看变更。
以地作题言智钝,因人成咏论枯荣。
讽今托古颇明快,广泛流传获好评。

郑谷

末代情怀困雅儒,遭逢战火泛江湖。
篇中州县愁离乱,海内朋侪叹失途。
和尚拜师更一字,家乡讲学振千夫。
晚唐诗咏寻清婉,端是宜春郑鹧鸪。

翁宏

不胜疮痍学采薇，荒涯淡月掩柴扉。
吟成美韵由孤坐，烹就香菇待众归。
初见落花人独立，又逢微雨燕双飞。
流芳佳句谁援用，晏子词中再炫辉。

韩偓

少童即赋获扬声，末代繁劳累上卿。
联谊宦官齐救国，忤违军阀独离京。
早年偏爱香奁体，乱世常思细柳营。
虽有奇才精道学，未如诗咏出雄名。

殷尧藩

身姿雅美迷山水，杯酒寻欢乐得酣。
释褐未能行塞北，吟词曾有忆江南。
闻筝或起从军志，纵饮常关隐士谈。
澹淡诗风尤练达，流传佳作似清岚。

唐彦谦

博学鸿才七律精，当年后世众心倾。
仕途坎坷难伸志，诗赋成功起誉声。
怀古沧桑多警策，讽时优雅少雄鸣。
连城烽火如横炽，便向山间自隐行。

司空曙

家无担石又何钦，尚未心酸住陋庐。
一遣爱姬双落泪，常迎谪吏共唏嘘。
昔邀同榜催加酒，今盼迁官食有鱼。
灯下诗中黄叶树，感情亲切只如初。

王朴

不同王猛能挥剑，胜似隆中论用兵。
动武筹谋多实现，修都设计已遵行。
地方管治生高效，学术推求有杰名。
刚烈状元如健在，赵家夺国事难成。

聂夷中

登第何嫌为小尉,囊无余物入官门。
悯时伤俗悲穷命,感事怀情写恸魂。
当是虚靡思朴素,亦非冶艳即庸昏。
心头剜肉疮难补,此乃长贫未断根。

雍陶

一越龙门傲气横,辞行大舅训狂甥。
过桥改字传闻远,入座谈诗喜色生。
自许才华追古杰,人评风韵见新晴。
踌躇满志还家老,不在江湖乱出声。

陆龟蒙

幕僚随主到苏杭,厌倦恭卑返故乡。
买地开园常鼓棹,种茶养鸭好炖汤。
每提平淡农家乐,不说英雄国政纲。
道是诗词偏怪僻,实如光耀烂泥塘。

皮日休

进士新登就小衙，颇能诗赋笔生花。
天留一目明如镜，国破千城乱似麻。
虽若宾王从叛道，却无武后悯才华。
官方追捕词章手，传在潜逃匿老家。

吴融

亲历李唐濒覆灭，兵荒马乱救沦亡。
方行受命收残局，又要逃身避死伤。
素有切情忧社稷，不无洒泪写诗章。
惯吟七律称能手，描叙当年若割肠。

张蠙

生而颖秀俊名驰，寺壁留题主已知。
几拟擢升当侍吏，因传盛誉显诗师。
擅长韵律描边极，善蘸浓情写别离。
同列咸通跻十哲，才华终得耀其时。

李群玉

湖南才子入春闱,一试无功即欲归。
金殿献诗吟万字,陶窑属咏耀千辉。
依稀梦里黄陵柏,灿烂花间舜帝妃。
说好两年仙国见,果真赴约未相违。

韦庄

暮年进士哭唐亡,蜀地三天泛泪光。
只视朱温为伪主,力推王建作真皇。
匆忙襄政犹提笔,间隙题诗有感伤。
辞调响扬多典雅,一吟秦妇见才长。

杜荀鹤

末唐写手出寒门,拜谒狂王老眼昏。
一自颂诗收奖品,终于登榜近皇轩。
乍成显贵方持笏,忽报凶症已断魂。
休笑曾经卑贱甚,文人哪个不求恩。

戎昱

游历山川何汗漫,愁心到处累乡思。
荆州几度陪诗圣,江浙曾经失爱姬。
笔下虽描雄壮境,文中总见泣啼词。
不能改姓从京兆,婉转宣陈有智辞。

薛逢

宦海风云变幻新,逢时吟咏总来神。
纵无特意讯同学,每似藏锋讽故人。
直可歌台携美女,亦能酒宴作佳宾。
何须比贵当知足,乃是丰饶自在臣。

杨复光

宦臣慷慨怀忠节,挽救朝廷力治戎。
督战总能施警策,劝降尤善作沟通。
谋诛宋浩虽卑劣,剿灭黄巢有硕功。
将士受恩堪用命,同心讨贼振雄风。

张承业

自幼净身成侍宦，督军助剿赴河东。
情维晋室能添力，心盼唐祠可再雄。
覆灭朱温多贡献，支持存勖立勋功。
十年重见萧何业，忠眷前朝鲠骨公。

李敬业

怀忿聚谋真举事，檄文惊世甚嚣张。
或攻河洛能驱武，却伐江南欲代唐。
正义假充韬有失，军心浮动将无方。
未遵祖训殊盲目，一败崩倾即灭亡。

王建

贼王八遇朝廷乱，保驾曾经伐四方。
檄斥后梁将国灭，泪流巴水祭唐亡。
护民敬士临天府，称帝招兵守蜀疆。
史末厉评犹赞赏，不同朱晃老豺狼。

王衍

物富田肥不易侵，荒淫失却蜀人心。
竟无将士能迎敌，惟有官衔可鬻金。
千里关山全弃守，廿年邦国即颠沉。
抬棺自缚求延命，昏主娇妃泪满襟。

柴荣

出身茶贩一雄魁，把准时机展杰才。
破郡取城犹拾芥，分田拆庙似驰雷。
文兴中土如期盛，武迫江南指日摧。
天不假年人痛惜，宋家吞国亦悲哀。

郭威

游荡孤儿成大帅，功高震上涉危津。
雄军拥戴非全假，悍主谋诛信是真。
立国抚民崇俭德，兴文尊孔鄙奇珍。
运权短暂根基稳，薄葬衷言足感人。

李克用

九州震荡逆流汹，救国还凭独眼龙。
剿灭黄巢除大害，缠攻朱晃斗群凶。
虽憎画士无收命，但祭唐廷有抙胸。
乱世枭雄形势急，儿男接手不轻松。

李存勖

为唐雪耻振神州，击灭朱梁报国仇。
万阵交锋当矢石，十年对垒率黑貅。
勇超老父端能战，身死优伶却可羞。
虽属英豪夸五代，算来帝业未三秋。

李嗣源

壮武随王数十年，似无争夺接皇权。
文盲异族成英主，质朴明君出杰篇。
息马束兵消戾气，抚民安境见晴天。
血腥五代人间苦，缔造和平即圣贤。

仆固怀恩

望重功高一杰臣,满门忠烈感军民。
雄男上阵能拼命,娇女和亲愿献身。
却遇猜疑谁化解,骤行反逆自沉沦。
休云处境难分说,叛国终归是罪人。

郭崇韬

善于谋战犹悲剧,免死丹书不当真。
攻灭后梁良策士,踏平前蜀大功臣。
避嫌未有除危计,遭忌何来解救人。
一向粗疏埋隐患,竟同五子共亡身。

石敬瑭

竟成负耻儿皇帝,出卖幽云十六州。
可以送金和狄国,何须割地跪胡酋。
中原从此无屏障,汉族因之受踏躁。
纵使功多遭压迫,千秋难辨丑名留。

杨行密

昼夜能行三百里，从戎率旅得封王。
苏州激战驱吴越，清口扬威阻后梁。
境内安民传厚意，军中抚卒慰残伤。
大唐溃败当难救，据守江淮亦俊郎。

钱镠

称雄五代智婆留，夺得苏杭十四州。
不与中原争帝主，甘于江浙作诸侯。
筑堤投石能封浪，浚水开湖可放舟。
军阀割据虽黑暗，保安一地亦无羞。

李昪

孤另茕茕名将哺，能文善武器轩昂。
饱经战火思仁俭，长望和宁悯毁伤。
养父弄权持国柄，义儿乘势作君王。
南唐建立无风浪，数载休兵被赞扬。

李璟

好文也敢舞刀枪，审势相机辟战场。
福建用兵闽国灭，长沙动武楚朝亡。
却求强敌能宽限，已缺良朋可助防。
割地称臣颇惨痛，江山逐步致灾殃。

李煜

运势衰微对恶邻，谋求守国倍艰辛。
亦由佛学诓民众，犹以儒才选辅臣。
无那阵前逃将帅，彷徨殿后泣妃嫔。
回天乏力堪原谅，凄婉诗词最感人。

韩熙载

佯狂善画擅文章，百万家财尽败光。
夜宴愁陪骚美女，春游笑着烂衣裳。
昏朝忌用雄才士，末世因来放荡郎。
后主虽曾加赏识，半疑半信有提防。

刘知远

曾侍疯君石敬瑭，责其割地作儿皇。
虽然立国如天启，亦有居心欲自当。
痛击契丹收胜利，建成后汉却沦亡。
休云暴戾惊人世，恩爱夫妻故事长。

朱温

背叛黄巢麾虎旅，连年征战势雄强。
争城掠地攻藩镇，弑帝屠妃灭李唐。
虽建梁朝谋大业，难吞晋国占中央。
贤妻早已倾全力，未料愚儿发恶狂。

徐温

贩盐成盗多心窍，吴主营中作智囊。
因使计谋除宿敌，为安政局立新王。
杨家失国无声息，义子承权得显扬。
五代诈奸称第一，比如曹操或相当。

徐铉

弱国凄凉强国霸,行经两地不言忠。
南唐殿上愁心士,北宋宫中闭口公。
幸有诗章颇杰出,擅长书法甚精工。
保全品格犹低调,乱世无虞白发翁。

马殷

青年木匠亦雄男,得荐为头自不惭。
劲旅遂行侵桂柳,大军早已占湘潭。
中原诏令能恭对,吴粤山河未敢贪。
谨慎一心谋达顺,民丰国富守湖南。

刘䶮

岭南地域富如油,盘踞称王已占优。
曾授文人司府县,又搜珠宝饰宫楼。
条规藩镇能收效,和睦邻邦忌结仇。
聚敛凶横难自信,经常向客炫金瓯。

王审知

强盗回头谋作吏，占据福建不嫌偏。
缮兵敬士修城郭，围海开田炼铁铅。
船出远洋沽货物，人来中土送金钱。
八闽见富民安定，后世怀思说是贤。

高季兴

家奴习武立军功，节制荆南扼要冲。
虽已用心除弊败，犹难如愿致兴隆。
乘机打劫惊侯国，冒险输诚谒帝宫。
蕞尔小邦殊不易，行为时似乞怜公。

冯延巳

五鬼之头获擢登，专横跋扈被仇憎。
灵牙利齿能巴结，蠹国欺君未受惩。
超越时空舒郁闷，勾描景物遣佳兴。
诗情画意阳春集，推动词坛上顶层。

姚思廉

接父遗篇有应承,太宗夸奖杰才能。
绘书地貌图形合,披写梁陈笔力胜。
朴实文风成典范,繁多资例作依凭。
兴亡缘故从深论,二史流传获显称。

李延寿

家学熏陶笔路深,君王擢拔甚称心。
要将北国诸分纪,对比南朝两共斟。
或论贯通多变例,端能删补少违禁。
广闻鸠聚菁华在,终获高评耸史林。

刘昫

优美仪容二十余,君王欣赏赐琼琚。
固知典故人嘲笑,留守京师众不如。
决意查官除弊政,牵头召士撰唐书。
广搜史料颇真实,纪述诸多合本初。

马戴

接连落第尚和冲，登榜扬名绽笑容。
进士此时当酒醉，诗人何日不情浓。
含思端似囧途意，格调浑如古刹钟。
有论若同摩诘比，自然秀朗可争锋。

刘沧

生自山东酒量宽，放谈今古最神欢。
满头白发题金榜，一片雄心作县官。
诗赋苍凉怀往事，胸襟寥廓蕴波澜。
登临每有阑珊意，秋过昭陵似鼻酸。

宋夏辽金

宋太祖

武艺高强掌禁城，叛周计划暗形成。
陈桥举事谋轻取，杯酒收权欲共赢。
保护文人留密诏，削平军阀出雄兵。
怀仁崇圣安华夏，不杀功臣最有名。

宋太宗

斧声烛影乱听闻，好读诗书识绝群。
数度南征除百寇，两轮北伐损三军。
选才放量添和顺，传位繁忧起纠纷。
终究沈谋功炳焕，心存仁义属贤君。

宋真宗

澶渊盟约销烽火，破费无多得偃休。
天下获安虽可贺，泰山封禅却应羞。
屈尊王旦非良策，信任刘娥乃对头。
已使咸平成盛世，中材皇帝复何求。

宋仁宗

财安边境胜兵殃，屡拔贤良作栋梁。
裁冗曾经如猛火，谦恭尤致起辉煌。
丈夫其志兴华夏，妇道之仁主庙廊。
情义昭昭身忽逝，辽王落泪国人伤。

宋英宗

大位将承犹固让，终归无奈作新皇。
长期压力疑成病，短暂施为有所倡。
安定国家谋富裕，喜欢苏轼爱词章。
弥留之际强提笔，颤抖遗书立帝王。

宋神宗

励精图治有追求，变革风雷振九州。
兵出熙河曾致胜，法颁天下欲兼优。
军情反复难如愿，舆论疯狂易积仇。
内外经营皆受挫，腐儒愚将毁雄谋。

宋哲宗

少年天子自悠哉,远瞩高瞻展智才。
保守官僚遭罢职,鼎新志士再登台。
边疆战事连连胜,国库钱财滚滚来。
却说后宫无节制,忽然早逝实堪哀。

宋徽宗

靖康之耻千秋问,究是传承伏隐忧。
精武军师犹有失,擅文天子自无谋。
金廷到底多蛮勇,宋国由来缺伟筹。
秀丽江山输一半,再高艺术亦蒙羞。

宋钦宗

临危接位见惊魂,大难当头续乱昏。
不信李纲能守土,偏听何栗要开门。
营前将士齐呼号,狱内君王自泪奔。
北押途中尤惨痛,金兵一路辱妃媛。

宋高宗

烽火连天接帝王，偏安立足选苏杭。
既由武将行攻伐，又派文臣暗协商。
秦桧主和堪保守，岳飞要战或危亡。
但能留得东南地，半壁江山亦不妨。

宋孝宗

赵构终于解玺章，仇邻却出智高王。
隆兴征伐诚浮躁，乾道和盟可赞扬。
监控宰官从惕厉，关怀黔首以慈祥。
史称大治多功绩，百业繁荣国运昌。

宋光宗

获选当年尚未疯，操权理政郁忡忡。
父亲甩手如蛇尾，皇后横眉似蝎虫。
逃避问安知所自，暗行禅让谓因公。
忽闻失位殊难受，病入膏肓挟恨终。

宋宁宗

资质庸常怀理想，不甘臣服振兵威。
须平民愤批秦桧，欲聚人心祭岳飞。
嘉定和谈诚耻辱，庆元党禁又乖违。
未赢北伐虽遗憾，奋勇精神耀烈辉。

宋理宗

意外承权强震撼，有心欲写壮雄篇。
未能如愿清奸党，少见排难用俊贤。
共覆金朝销旧恨，独当蒙古陷深渊。
倾情理学倡高德，却与安安结暗缘。

宋度宗

胎期被毒又何妨，长大躯身有异常。
不畏嫔妃宫内闹，只忧阉宦座前狂。
维匡国政无贤士，传达军机用丽娘。
赵宋将亡毋远虑，纵情声色续荒唐。

宋恭宗

京师崩溃祸灾连，孤幼成囚实可怜。

触目伤心悲故国，低头皈佛度愁年。

虔诚翻译潜经室，郁闷吟哦写什篇。

抒发情怀遭处死，羁魂衔恨向西天。

宋端宗

江山已碎欲回天，泣血遗臣捧少年。

眼里将军多股栗，跟前文士易呜咽。

城关尽失平安路，海面残存绝望船。

纵有忠良犹死战，不堪累病两熬煎。

宋末帝

锦绣龙袍裹幼身，蹈危听命别童真。

梦中慈母犹含笑，船上官兵尽蹙颦。

只见君臣同陨坠，未闻稚子有吟呻。

三军恸哭皆投海，大宋王朝告灭泯。

赵普

熟知论语性恭虔,处事精明欲万全。
设局陈桥谋国鼎,支持杯酒释兵权。
南征开战休推后,北伐交锋勿在先。
忌刻为人虽被讽,功施社稷属高贤。

曹彬

畏谨清廉乃顶桩,知兵善战跨河江。
联攻北汉监军勇,共伐南唐后主降。
取蜀怀仁城未劫,征辽致败责须扛。
缘何历代皆封赏,不杀无辜益造邦。

潘美

并驾曹彬从陛下,效仁履善品端芳。
一言救护垂危裔,匹马存安抗命乡。
兵伐中原匡宋主,律违北国失杨郎。
徒然见罪千秋责,屈被污名似鼠狼。

杨业

金刀在握擅弓骑，智勇俱全赛猛狮。
归顺宋廷担大任，出征辽域率雄师。
明知艰险身何畏，为证忠贞死不辞。
力尽无援沦绝境，一头撞向李陵碑。

杨六郎

六郎星宿作雄名，公主为妻似丽莺。
挂帅征辽曾败绩，领兵屯垦守安平。
向传大摆牤牛阵，果是扬威铁遂城。
人慕杨门多女将，有儿文广继英声。

李昉

历旧从新到宋朝，总能平步立云霄。
鸿深著述勤编写，卑劣污诬懒接招。
只以词章居相位，还因和气睦同僚。
谥称文正殊难得，青史留芳可不凋。

薛居正

其人如玉乃名豪，性直心仁不告劳。
重审良民罹罪案，叫停恶吏动屠刀。
以宽辅国苛求少，守正尊贤信遇高。
按说擅文怀卓智，奈何亦服毒丸膏。

王曾

八岁孤儿寄叔门，考场连胜中三元。
眉如笔画殊清朗，貌似铜雕属寡言。
忠奉君王扶秀木，力驱奸宦拔疵根。
立朝正色端严厉，宵小闻风远帝轩。

王旦

面貌生来虽丑怪，宏才大器是精英。
昌言一见知良德，寇准终身逊品行。
愧领贿珠羞嵌口，暗升贤俊不开声。
竭忠扶鼎倾心血，勋阁流芳有杰名。

吕夷简

临危不惧率朝官，融洽宫闱挫万难。
边境有功存隐患，政坛未乱罚从宽。
正言太后刘门福，归位仁宗举国欢。
纵使专权非至善，匡扶大宋渡平安。

寇准

纯亮雄才禀性粗，澶渊怂帝涉危途。
迫和辽国安天下，贬谪雷州对海隅。
既有功勋为俊杰，亦曾骄傲似狂徒。
京师一别难归返，身殁南方失勇夫。

毕士安

清慎端方若古贤，艰危时刻力周旋。
促成寇准升高位，亦致真宗涉险渊。
认可约盟非辱国，赞同封禅乃求天。
刀枪入库何其急，河北营房野草芊。

王安石

下笔成文写妙诗，始行变革获支持。
裕民强国推新法，拓地增财胜往时。
虽有迷人千种好，未能服众万般疑。
却因才德优隆矣，政见相违亦敬之。

司马光

事业荣光崇古圣，公忠孝友远奸臣。
领抨新政言词凛，构撰雄文学问醇。
疏忽妻房疑变态，关心吏禄是真仁。
夫人未育毋收妾，保守思维困国民。

范仲淹

正色立朝高品格，先忧后乐起雄声。
文风豪放情怀烈，治绩优评底气生。
抱负虽然称壮远，革新惋惜未完成。
贬书一下群僚静，不足三人敢送行。

范纯仁

保守施为固所倡,却能灵活看朝纲。
虽憎介甫新汤剂,又厌温公老药方。
曾在御前抨党锢,每于私下荐贤良。
布衣宰相超其父,若论诗词亦内行。

范祖禹

沉默孤儿登进士,所交良友尽名人。
王安石赞贤能者,司马光称智敏臣。
宰相东床无怗恃,国君师傅有淳真。
自书唐鉴成佳作,漫卷雄文笔意新。

范镇

钢牙进士敢嚣张,立嗣危言扰帝王。
涉及革新皆反对,但凡乐律可商量。
关心君实真亲戚,佑助坡仙未结帮。
刚正不阿人品好,奈何守旧误兴昌。

晏殊

天资聪慧受恩深，宦海风云少晦阴。
建校尊师求实务，忠君敬后缓焦心。
助襄政局销邪气，耸立诗坛出美吟。
万首佳词多婉约，柔情流播到如今。

晏几道

奢华岁月逝如烟，故宰之家逆水船。
玉食锦衣无落后，冷言白眼有提前。
满腔幽怨心关出，百卷诗词泪恨填。
才艺相承谁作比，南唐二主可连肩。

富弼

挺身出境度河津，先后三方息战尘。
财送契丹毋割地，敕封党项使称臣。
关心边务诸多策，推动和平第一人。
反对革新谁责怪，晏殊将女嫁男神。

李沆

没口葫芦岂畏谁,敬崇道法静无为。
违心圣旨真烧却,卑鄙奸人要弃离。
直当和平如梦想,宁谈灾祸惯忧思。
深谋远虑君追信,大器悠然守宋祠。

李光

历经州县事兼明,足智能谋任纵横。
谈笑从容擒悍将,挺身发愤守孤城。
料知敌寇严防备,屡斥奸臣敢构争。
鼎国虽难如所愿,有功有力有威名。

李弥逊

冀州坚守的英雄,瓦解凶兵又立功。
持论上疏常剀切,为人处世欠圆融。
议和已定犹争阻,落职归还尚恪忠。
抒写诗文尤独秀,新鲜轻巧似清风。

李纲

深忧救国不成功，主战依然占下风。
贬去县州人蹭蹬，回观社稷泪朦胧。
再谋善策劳心力，犹遇谗言困赤衷。
辅宰匆匆三两月，便遭罢斥作闲翁。

李允则

审时度势握机宜，特别期间策略奇。
整治湖南除弊政，经营河北立明规。
筑防隐蔽难加责，练武公开不可疑。
守约且能筹战备，安边卫国智军师。

包拯

转世奎星乌黑面，坊间竞说似青天。
名扬故里人持敬，威立开封誉广传。
待制包弹惩罪恶，龙图有奏荐良贤。
精心断案如神探，隐秘凶邪被揭穿。

赵抃

携鹤怀琴称铁面,威严御史镇贪员。
连劾权贵能擒恶,数守成都善励贤。
变革曾援王拗相,伸冤共赞赵青天。
所担郡县皆模范,书法诗词有美篇。

文彦博

四朝亲历秉公忠,长寿精勤矍铄翁。
剿匪挂心曾请战,传权出力不居功。
名闻域外留佳誉,德耀民间获敬崇。
或说贿妃求晋进,查来杳渺事朦胧。

杜衍

向有能名一俊才,清廉低调不贪杯。
官员错案常更正,皇上偏私敢驳回。
保护贤良曾尽力,推行新政免明催。
百天宰相无嗟怨,驿舍栖身实可哀。

种师道

转武抛文担主帅，深谋远策律严明。
宋廷若以专军事，金国当难起战争。
抗夏曾经呈卓识，救京又见退强兵。
忽亲忽弃雄才老，愚帝庸官自毁城。

种师中

生在营房识阵场，捍防西北属英强。
应知出战须嘉赏，竟至麾师少备粮。
为救太原宽圣虑，被围熊岭致身亡。
盖因兵饿无援助，失误心焦共造殃。

种世衡

种家子弟守边疆，军纪周严士气昂。
掘井寻泉翻石板，劳身冒雪访毡房。
诚心一片交朋友，智计连环伏虎狼。
青涧城头飞热泪，喜能报国获荣光。

种谔

凶残雄杰冠当时，狡诈行为不易知。
青涧迫降西夏将，铁城击败鬼章骑。
横山计划堪强国，永乐师亡可怨谁。
但论怠援观望事，应能入罪以鞭笞。

章惇

才高德正智超人，权柄曾经集一身。
强国富民兴伟业，开疆辟土镇周邻。
措施得力千秋仿，效果佳良万象新。
改革先锋招怨恨，形同公敌大奸臣。

章楶

状元雅帅熟边情，对夏攻防获大赢。
据点筑城拦悍马，途中伏卒袭疲兵。
连年奋战呈威力，趁势谈和显睿明。
赵宋朝廷原善武，并非软弱不堪争。

曾巩

文坛宦海两相宜,才识宏深有智思。
未抱浮心谋显贵,推求奥义慕先知。
为官务实多收效,运笔穷精足振奇。
唐宋八家名在列,诗章灿烂立高碑。

曾布

喜同曾巩共登科,改革时期变化多。
姿态原先颇激进,立场续后有迁挪。
鼎新人士称为贼,保守官僚视若魔。
得罪两边难度日,贬来贬去自蹉跎。

吕蒙正

赶出家门住破窑,月娥招婿用心挑。
状元乞丐殊贤孝,宰相贞妻甚美娇。
辅主岂能无度量,为官总肯荐英骁。
太平年代真君子,三赋流传可咏谣。

吕 端

姿秀雍容器度殊,胸藏喜怒立中枢。
开帘拜主为敦慎,让位推贤忌苟图。
若遇闲情堪放过,如逢大事不糊涂。
守成宰辅安当世,亦属难能似俊驹。

吕惠卿

领率革新为副帅,经风历雨志凌云。
但逢旧党常争论,竟与恩师起纠纷。
司牧用心时有见,理财贪腐未曾闻。
文功虽逊王安石,变法推行立硕勋。

蔡确

意气舒扬齐变法,欲为天下去壅淤。
革新岁月欣提擢,复辟时期被撤除。
曾助王韶援勇士,敢劾沈括斥奸胥。
衔冤诗案凭谁救,贬谪南行苦蛰居。

丁谓

五鬼名歪智足夸，擅诗善画最知茶。
用心著作如经典，辅政功劳傲袤华。
趋奉君王能恰巧，溜须寇准出偏差。
并无罪恶堪诛戮，犹在传流说佞邪。

王钦若

江右才男升宰相，亦称五鬼谓奸臣。
揭穿寇准原无错，提醒真宗自有因。
册府元龟堪汇识，泰山祥瑞乃装神。
乖邪险伪情虽假，究是遵规守法人。

王禹偁

多才奥学人宗仰，鲠介名臣闪亮光。
政治主张含广远，戍边对策寓深长。
诗崇子美称流畅，文比昌黎有发扬。
世俗不容遭摈斥，壮年身故更堪伤。

王韶

三奇副使特聪明,献策精思遂带兵。
辟地开疆征部落,解围焚寨固边城。
夹攻西夏居优势,捍卫中原得泰平。
百载以来谁大胜,书生用武获雄名。

韩琦

卫境有年兵总败,当权十载守无为。
曾援范相行新政,却阻王公去旧规。
两帝三朝安社稷,一生全力护宗祠。
荣归故里心情好,顾命元勋获敬仪。

韩侂胄

皇亲贵戚少谋身,内禅完成续鼎新。
斗赵禁朱生压抑,贬秦崇岳长精神。
宋军北伐丢盔甲,金寇南侵起战尘。
痛恨议和遭暗杀,却称误国似奸臣。

韩世忠

半壁山河战火飞,美男猛将发雄威。
黄天荡里迎锋去,禁卫宫中救主归。
携手英妻收失地,改良兵器破包围。
惊闻岳帅遭冤屈,悲愤而回独闭扉。

韩驹

读书为乐异凡夫,偶趁机缘入仕途。
涉足党争犹北宋,转身诏赦在南都。
官场似海无奇誉,艺苑如花有美株。
炼字改诗臻化境,绝尘超轶动江湖。

童贯

皮肤似铁奇阉宦,手握军权控吏卿。
出使契丹能至察,用兵西夏未真赢。
联盟金国前程诡,共灭辽朝后患生。
轻战燕京遭惨败,再增罪状得污名。

高俅

苏轼仆佣人睿智,棋琴书画尽能通。

风流潇洒精球艺,意气轩昂懂武功。

训练禁军多取巧,奉承皇上最玲珑。

梅州小子成奸贼,正史查来有不同。

蔡京

臭名昭著似瘟神,究实精勤善立新。

救济规模夸后世,兴文力度胜前人。

亦因奉上图肥己,尤敢花钱滥害民。

南宋却曾追赞赏,誉攀武穆谓能臣。

史弥远

官场老手智高人,大胆专行善保身。

谋杀权臣蒙宿敌,废除太子立旁亲。

诸家理学重尊敬,两国和平已作真。

治绩从来称劣等,却无显恶似忠仁。

张叔夜

要地修城合守邦,使辽比箭世无双。
官场跌宕知州府,水浒施谋破宋江。
救驾孤军犹奋战,惊心皇帝已投降。
君臣被虏囚车锁,泪洒边河恨满腔。

宋江

身材短小容颜黑,名震江湖绰号多。
敬惜英雄帮晁盖,恼憎泼妇杀阎婆。
行来水浒交朋友,逼上梁山旺贼窝。
总对招安怀热望,终遭欺骗奈之何。

洪皓

赈廪扬声洪佛子,情如苏武滞他乡。
忠贞不改传消息,使命完成获表彰。
触犯权臣遭报复,贬迁僻县又凄惶。
儿孙历代多名杰,天父金田起义忙。

洪迈

亦使金朝功不立，归来沉稳续贤行。
纠偏建策谋君事，兴学修桥益众生。
搜列百端勤作记，撰书万象获成名。
容斋随笔如渊海，资治消闲有誉声。

吕公著

沉静雍容多学问，殷求正直对强横。
洁身似玉言辞简，和气如春义理明。
辅国老成唯守旧，为人公道见廉清。
焉知逝后生波折，屡夺还褒几损名。

吕本中

青葱时代志悠悠，秦桧曾经与合流。
得罪巨奸丢翅帽，沦为小吏守仓楼。
诗风转见加雄厚，词作依然主婉柔。
赐谥文清堪耀祖，闲情咏赋有名留。

范质

乱世寒儒笔力雄，诏书急就获成功。
托孤宰相心悲恸，兵变陈桥火怒冲。
痛责宋王虽愤慨，胁从同事要输忠。
欠君一死犹含愧，不刻碑文表隐衷。

宋庠

腹藏才学笔含锋，科举扬名耀祖宗。
刑院居官曾劲厉，平章执宰转凡庸。
厌憎新政君难护，放任家风法不容。
却有弟兄长睦爱，状元两塔纪双龙。

宋祁

状元兄弟名天下，平步青云志自雄。
满桌宾朋皆纵酒，成群妻妾不争风。
为官亦敢呈严谏，吟咏尤能见巧功。
红杏枝头春意闹，惊人妙句百年逢。

向敏中

身材伟岸腹多谋,民政精通措置优。
伏击叛兵声悄悄,荣升宰相静幽幽。
独将赃物归公室,自备医囊任远州。
淳厚温和人敬重,光前裕后属名流。

刘安世

牛高马大作言臣,是否担当问母亲。
殿上虎威犹惧帝,七弦琴古未娱邻。
终生忠直趋完节,两袖清风敢认真。
元祐党碑名在列,晨星一见乃贤人。

刘光世

中兴四杰共扬名,伐夏曾经捣寇营。
纳叛招降闻有效,调兵换帅事无成。
将军对敌常逃命,帝国临危要死撑。
甘愿交权犹可贵,善终牖下获哀荣。

宗泽

暮年守备面危情,赵宋存亡一帅擎。
奸宦营私军变贼,忠公正气盗为兵。
虽如祖逖高声望,唯缺张良大胜征。
却敌筹谋终未决,徒怀壮志困残城。

狄青

面戴罩铜披散发,深沉威武熟兵戎。
身先拼杀伤疤叠,人后评功气度雄。
鏖战昆仑凶猛虎,擅居寺殿可怜虫。
欧阳永叔还加奏,火上添油害狄公。

秦桧

原本仇金敢抗声,息争倾向渐形成。
倡和代表常奔命,主战英雄竟丧生。
半壁山河君接受,万车财物敌欢迎。
但观岳庙夫妻跪,试问谁能作变更。

岳飞

文武双全久事戎，坚持北伐显精忠。
反攻兀术先锋勇，挺进中原后劲雄。
却遇庸君生谬妄，更兼奸贼煽阴风。
朱仙镇上金牌急，无敌将军抱屈终。

岳云

是否亲生何碍事，铁锤一对勇难当。
麾师御寇如龙捷，疋马摧锋似虎强。
累有大功常忽略，断无纤罪竟冤亡。
英雄年少悲歌浩，千古怀思总激昂。

朱弁

奋身报国诚贞士，出使遭羁十六年。
齿剑如归申气节，断餐取死显忠坚。
诗衷羽洁吟风雪，思念川流望雁鸢。
苏武精神长不灭，军民感动赞良贤。

杨再兴

一柄缨枪众将愁，岳飞俘获愿归投。
四方出伐雄兵疾，百寇遭歼悍目忧。
匹马欲擒金大帅，万弓狂射宋蛮牛。
商桥再战终亡殁，殓见浑身是箭头。

王贵

长枪嵌斧虎风生，所向无前悍敌惊。
平定吉虔除乱贼，收回襄汉退侵兵。
每当犯寇能迎斗，唯遇奸臣畏力争。
陷岳是谁终大白，英雄幸得复清名。

张宪

从小相随崇岳帅，金枪闪闪起飞鹰。
郾城恶战赢宗弼，贺郡狂追捉再兴。
万丈豪情携壮士，一身忠骨恼奸丞。
衔冤正是年华茂，泪洒神州痛拊膺。

牛皋

在乡屡战已丰功，岳帅招来作主攻。
先缚王嵩襄楚震，又擒杨太洞庭通。
抗金勇猛承宣使，携手情深总管公。
笑死传言无确证，实由奸贼毒英雄。

曹玮

练甲驰军大将风，三都一击证英雄。
深沟连寨防胡马，磨剑强兵备汉弓。
应战从来无败衄，安宁未必尽干戎。
平生守境多谋计，杰出犹如李牧公。

李彦仙

举家搬入守孤城，誓与金师作抗争。
十万兵攀针蚁附，几千车撞火鹅擎。
樵楼大将身当箭，垛堞残军血染缨。
断臂突围长痛号，满门老少已牺牲。

吴玠

抗金英帅施雄略,器械精通重地形。
利箭纷飞如暴雨,石檑奔滚似雷霆。
岷川得守东南稳,秦峡回安陇蜀宁。
大战迹痕超六十,可知惨烈血风腥。

赵鼎

上书尚在抨新政,究是中兴杰出臣。
固本营谋堪利国,媾和筹酌总愁人。
窘骑箕尾犹怀志,迁贬穷边亦遁身。
看去虽曾成盛势,惜无王导韧精神。

胡铨

博学壮行忠袭月,拒和疏论九州扬。
宁从赴死投东海,岂以贪生立殿堂。
金国有闻停急进,江南无处不高昂。
山河半壁犹存守,嘉赖坚贞砺志郎。

张齐贤

相貌堂堂多策术,关心刑狱守公平。
善除政弊瘳民瘼,牢控军机拔敌营。
坐累不言生信望,衔恩必报有贤声。
历游宦海波澜少,致仕还家夕照晴。

王十朋

拦诗巷里事当真,太子良师正气纯。
力阻议和推老将,坚持抗战逐奸臣。
奉公廉洁清寒吏,爱国忧民磊落人。
更有贤妻肝胆照,相濡以沫不嫌贫。

陈尧叟

与父同升本足夸,弟兄魁首振中华。
口才流畅英姿士,智力超伦盛旺家。
牧郡逐巫兴药石,率民求富引桑麻。
难忘最是宫廷夜,天子邀餐享醉虾。

陈升之

四相簪花小意思，居然应验太神奇。
来劾恣肆惊权贵，阻断营私废陋规。
面对罢官无抗辩，心疑变革有微词。
重逢若问从前事，当再弦歌举酒卮。

周必大

身高面瘦嘴无须，积德书生入宦途。
经历四朝贤宰相，精通诸艺雅鸿儒。
内修实力谋和战，博选良能助寡孤。
事业文章双照耀，江山半壁暂安虞。

沈括

百般科技至精工，变法曾经表赤忠。
武器改良强国士，诗文构陷害人虫。
丧师有日真心愧，惧内长期诈耳聋。
运笔梦溪成巨著，万千奇异载书中。

曾公亮

四相一门家族旺，昭勋阁上列英名。

老成辅国无疏躁，谨慎裁支察细情。

厚道仪颜犹咨咨，深沉性格蕴精明。

曾经暗助王安石，致仕拖延被讽评。

李继隆

骑射皆精书饱读，少年志壮勇名高。

排军布阵谋兵势，破寨安营合武韬。

力战辽师开胜局，剪除逆匪立功劳。

皇亲国戚无骄色，屡建殊勋足自豪。

赵秉文

五朝六擢正纯儒，品德文章耀目珠。

诏告真情弥郡县，诗书秀美动江湖。

常怀报国图强意，每指安邦治乱途。

兴旺金廷贤杰士，要同大宋一争驱。

宋慈

法医鼻祖先驱士,谨慎求真不一般。
四任提刑监典狱,独书专著益锄奸。
几多冤屈由昭雪,无数凶行露罪斑。
业绩炳辉传诵久,千年黑夜亮光环。

张元干

江西才子擅诗章,老迈依然具热肠。
怒怼议和言诤激,主张抵抗论文长。
终身指斥奸秦桧,竭力支持直李纲。
波折不停词壮烈,感人最是贺新郎。

张珏

虽亡蒙主军心振,胜势依然未构成。
败退险关彭水县,守牢坚堡钓鱼城。
巴川蜀地愁粮道,重庆泸州困箭棚。
壮士苦撑终殉国,汉家气尽万灾生。

张俊

曾经擅射显英豪，百战将军奋大刀。
一荡逞雄期北进，两淮抵抗止南逃。
坐观岳帅成冤案，转助秦奸着血袍。
半世荣名生秽迹，惊天巨宴丑声高。

张浚

战乱南逃欲避凶，扬州谒帝作随从。
经营川陕根基固，安定江淮卡扼重。
叛帅动刀屠吕祉，朝廷决策乃高宗。
虽难将罪归于己，引咎辞官郁积胸。

魏了翁

理哲根深通易术，谏停北伐属知兵。
江湖劣习毋沾染，学究愚迂敢议评。
河洛有图精辨义，边关无事早经营。
巴山蜀地奔波久，满腹真才总被轻。

谢翱

勇气超人呼救国,毁家纾难起南方。
土崩瓦解犹迎战,日暮途穷始匿藏。
越水捞骸求帝骨,西台洒泪设灵堂。
苍茫天地如闻泣,许剑亭旁葬义郎。

文天祥

毁家救国倔书生,腥雨飘空冒死行。
江浙警师扬大纛,岭南挺剑守残城。
狱牢难夺英雄志,咏赋能闻热血声。
正气铮铮心底出,流芳万古最坚贞。

张世杰

匡扶末宋在途穷,一路逃来伏舰中。
波浪摇天难握守,楼船栓链易遭攻。
此时缴械能饶命,当下沉心抱死忠。
可泣可歌尤可叹,雷州海面殁英雄。

陆秀夫

举目苍茫浪涌天，崖山兵败更忧煎。
欲驮幼主藏鱼腹，先逼妻儿坠海渊。
不屈将军船首搏，哀伤贞士藻床眠。
风涛滚滚如悲啸，诉写忠情血泪篇。

谢枋得

掀髯扼腕辩才强，国势濒危愈激昂。
僻地谪迁犹气壮，沙场受挫甚神伤。
重逢太后怜囚妇，怀念天祥敬烈郎。
决意尽忠行绝食，曹娥碑侧报身亡。

陈康伯

语不妄言真宰相，坚强抵抗挽狂澜。
江淮寇犯军情急，采石班师战局安。
劝止南逃频建策，未能北伐又辞官。
病身应诏重谋国，一片雄心对万难。

史浩

盘居枢要只求存,力主和安缺壮魂。
平反岳公诚卓识,撤回吴帅是愚昏。
从无浩志收边域,亦少良谋保底根。
应愧昭勋名在列,老衰循吏负君恩。

吕颐浩

使强刚愎有经纶,救国奔波不顾身。
抗虏筹谋为智伯,勤王茂绩见忠臣。
曾驱秦桧收权柄,急济朝廷拓库银。
后世何须讥混乱,缺钱战事最愁人。

葛邲

五世登科族望雄,十年台谏守初衷。
跻身执政疏公允,出掌州衙好自躬。
学洞古今为国器,行依法度警官风。
英名亦列昭勋阁,相业非凡获认同。

韩忠彦

徽宗初政任朝臣，措置堪称利国民。
盛世转衰唯怯懦，官场跌宕也伤神。
靖康耻辱无担责，勋阁遴登有具陈。
道是谨恭尤守职，塞私忠鲠亦贤人。

石熙载

在家遵礼无违忤，入殿忠勤出意诚。
剿匪自能驱大盗，居官每以荐贤卿。
孝亲继母传佳话，奉侍君王结厚情。
莫道功劳难列举，昭勋阁上载荣名。

吴潜

名师家教育青年，榜首堪扬祖逖鞭。
振武主张何泛泛，理财方略又篇篇。
抗蒙战事心头石，文学闲情笔下泉。
惜与君王生隔膜，贬迁至死失高贤。

贾似道

浪子回头拈进士，仕途顺畅掌枢权。
公田变法存功绩，边境庵师有负愆。
血战鄂州堪犒赏，身逃鲁港要答鞭。
荒淫误国须承责，显赫奸臣被贬迁。

赵汝愚

皇室精才揽状元，临危迎立获殊恩。
招还俊士充邦本，疏忽奸臣隐祸根。
刓印不封增怨望，贬官无悔发豪言。
衡州得病遭摧辱，逝后方能一洗冤。

虞允文

澶渊淝水帅旗红，采石犹如赤壁雄。
摇舌督师军圣似，齐心丁勇虎龙同。
弱兵大胜完颜亮，速计悬超李懋功。
一战扬威安社稷，流芳千古获尊崇。

魏胜

骏饶胆壮集乡兵，抵抗金军善斗争。
涟水夺门据要塞，海州逐巷占雄城。
绣名旗帜惊夷将，带甲轮车碾敌营。
陛下诏书褒勇悍，沙场却已泣牺牲。

杨亿

身怀壮节性纯真，倡率西昆俊秀臣。
咏物留心添彩色，评人着意重精神。
开台斗酒吟诗妙，潜室搬书比典新。
本是消闲娱乐事，漫成高雅别凡尘。

钱惟演

富足不骄家治俭，庸常政绩属忠良。
嗜书若命愁其贵，拔士如亲荐所长。
酬唱西昆为主力，钻营王室逐浮光。
敏思丽咏当时誉，谥赐铭言有表扬。

刘筠

鸿才名气动京都，献策中丞不媚谀。
册府元龟欣共撰，西昆美韵乐同趋。
为何心性憎丁谓，竟可情形吓晏殊。
调署真来神往地，庐江边上享莼鲈。

欧阳修

金榜题名闹洞房，龅牙近视又何妨。
上司结纳邀花酒，皇帝关怀有表彰。
宋代骚坛诗领袖，东坡师傅史才郎。
虽憎变革风流党，文学巅峰耀亮光。

苏舜钦

健美姿容怪伟哉，名贤快婿众来抬。
读书佐酒传佳话，依例筹钱惹祸灾。
复古精文思邈远，入诗议论气宏恢。
遣词用韵稍粗糙，究是当年大俊才。

梅尧臣

也属朝廷五品官,未能馆职亦恬安。
黎民雅士同尊敬,文采风流众喜欢。
要改浮靡从古朴,还由平淡出斑斓。
开山诗祖教全宋,挈领骚人启万端。

张先

宦路平和欠显扬,资财却可享安康。
索诗宫妓临门槛,偷爱尼姑隔水塘。
早已传名三弄影,老还买妾再怜香。
东坡笑说新风景,雪白梨花压海棠。

林逋

性好清幽世所闻,孤山栖隐避尘氛。
不时走笔来青岸,随意游湖卧白云。
官府偏怜遗酒米,骚僧相伴论经文。
梅妻鹤子长传美,书法诗才卓出群。

黄庭坚

自幼精书不守常,苏门学士久相将。
仕朝禄少能闲散,咏藻名高获显扬。
供职京都愁字债,谪迁巴蜀旺文场。
江西诗派尊师祖,一度风行遍地芳。

秦观

婉约词宗擅论批,坡仙介甫早提携。
仕途坎坷临穷壤,著作丰收起彩霓。
豪放老师神赳赳,幽忧弟子意凄凄。
苏家小妹深欢喜,逗以三难出妙题。

苏洵

二十七时方发愤,焚烧旧稿志凌云。
弗提双子惊天誉,自具奇文举世闻。
拥抱圣贤崇道教,创修族谱载宗群。
三苏光彩人间少,唐宋名家有此君。

苏轼

卓越仙才百代称，诗文书画具全能。
革新志士曾排斥，守旧官僚亦厌憎。
治水修堤留故事，闲游美食领时兴。
承唐振宋词豪放，诡辩经常胜老僧。

苏辙

志追兄父赴文坛，政务兼通有可观。
诚指革新多困扰，深知旧法更行难。
高明论史存真见，洒脱吟诗起漫澜。
总说道家能治病，痴心不改炼仙丹。

张耒

飘然羁独挈妻孥，苏轼门徒亦硕儒。
穷匮还追花季妓，胃寒犹好蟹炖瓠。
却凭诗发如流水，未觉词腴似叠珠。
文采终该称甲冠，为师供奉不悭帑。

晁补之

坡仙崛起驾新车,最早投奔共物华。
方喜苏门能宝器,又悲元祐变泥沙。
沉浮宦海仍微禄,推动文坛是大家。
好运忽来升太守,却因老病奏哀笳。

姜夔

科场屡失奈之何,不仕从游咏赋多。
县令媒姻亲侄女,文豪赠送美妖娥。
才思赡富神如鹤,书画精通艺近魔。
誉满江湖财却少,火灾犹使泪成河。

陈亮

腹有雄才意气扬,谈兵慷慨状元郎。
君恩不薄行嘉赏,祸事殊多总触殃。
交结稼轩颇特别,驳批朱子又相将。
文风豪烈兼幽秀,家国忧愁每似狂。

陈师道

鸡飞狗避已情知，吟榻狂儒要产诗。
不愿拜苏成一派，声称学杜更相宜。
傲刚教授人怀敬，金贵裘衣自弃遗。
虽致赤贫难下葬，文名高节有偏奇。

柳永

接连落第近沉沦，留滞青楼一洗尘。
麻辣美姬争雅士，风流香店驻词臣。
春花秋月缤纷梦，夏暑冬寒体贴人。
才子身亡谁下泪，捐钱歌女葬男神。

王若虚

国破北潜归故里，泰山初看尚如常。
曾经出仕孚民望，有见诗文杰主张。
旷达或超金好问，悲情应似宋天祥。
困来静坐盘青石，魂魄飘然没远方。

周邦彦

末世浊风如未见，醉心韵律乐耕耘。
娇娃床下藏才子，名士诗丛觅妙文。
既具豪雄兼婉转，不分雅俗共欣闻。
词中老杜人崇敬，传唱真情美逸群。

辛弃疾

燕赵男儿侠义深，由来英勇见丹心。
奈何大宋犹株守，遗憾中原久陆沉。
负志诉声如虎啸，抚时感事作龙吟。
词风豪迈多丰采，谱写当年最烈音。

陆游

大江才识海洋情，胸有雄师百万兵。
欲复中原酬壮志，临戎川陕请长缨。
讴吟浩汗忧残国，感触良多老故城。
遗作示儿无限憾，遍传华夏播心声。

杨万里

广师博学厚根基,沧海横流志不移。
一县署衔称善治,四朝以辅总相宜。
由衷进谏呈多策,倾力从文写万诗。
辞采丰豪犹透脱,诚斋之体甚新奇。

范成大

事业文章两建功,一生顺利得荣终。
为官政绩人称杰,出使风波路转通。
江表考巡呈见颖,西南览胜赋诗工。
田园吟咏尤精彩,退隐轻松夕照红。

刘克庄

少年异质胜朋侪,作讽吟梅被屈埋。
虽附奸邪遭诟病,亦从正义斥阴霾。
心忧国运难安定,面对山河易感怀。
仿学陆游辛弃疾,诗风豪壮震天街。

戴复古

承父迷诗赴远门,漫游苦读眼昏昏。
初行紫陌真如志,邂逅芳姑竟骗婚。
官府果无供职务,江湖闻有领骚魂。
一时新意频繁出,亦得文名获记存。

严羽

终身不仕儒门敬,启迪文思有盛名。
擎示性灵新见解,推崇形象重心声。
逞才议论遭严斥,逸艺精描得美评。
仰赞离骚能助咏,沧浪诗话受欢迎。

张孝祥

状元钦点岂盲撞,笑对媒人不搭腔。
崇敬英雄为武穆,督师采石是同窗。
历知州府谋民政,要伐中原复国邦。
若未芜湖身早逝,必提青剑过长江。

尤袤

少有精才前路顺，官声良好忌风头。
为人处事思孙绰，辅国寻贤荐陆游。
吟咏自然兼晓畅，抄书勤奋广搜求。
筑园巨大遭焚毁，万卷诗文寸不留。

陈与义

洛中八俊具真才，诗引君王笑口开。
由此入宫参政事，总邀吟咏共芳杯。
苏门四士名无矣，杜祖三宗实有哉。
悲壮雄浑如鼓角，词章风格动春雷。

贺铸

青面鬼头常使酒，豪怀狂放似诗仙。
官场失意难收拾，侠义柔情易夹煎。
缱绻绵思方抑止，激昂长啸又牵连。
贺家梅子词成后，来和骚辞百十篇。

赵师秀

永嘉山水堪增寿,俊士云来有四灵。
人谓鬼才文迸发,官居闲职事消停。
晚唐姚贾心中贵,大宋苏黄眼里泠。
选集竟然抛杜甫,江湖诗派出奇星。

徐玑

小官业绩不堪夸,祖上荣光属世家。
峒里逋民三罚止,营中冤案再清查。
但观湘水春风扫,犹见梅坡夕照斜。
野逸诗心端可取,却悲命运落低洼。

徐照

喜作吟哦爱苦茶,遍游天下走荒涯。
清贫但说因诗瘦,艰楚何妨得赋华。
亦学晚唐迷乐府,犹怜末宋咏农家。
飘萍至死谁安葬,落泪良朋伴墨鸦。

翁卷

岩边茅屋绕高粱,便是骚人隐蔽乡。
山水有怀皆所托,田园触景总宜狂。
终生未仕清泉伴,立志唯书野菜香。
陌客门前如遇见,即邀酣饮享茶汤。

唐庚

亦似坡仙贬惠州,依凭巧笔遣烦忧。
精通事务无耽阻,热爱词章有讲求。
一字推敲常反复,全文条畅再加油。
果然锤炼收良效,政论吟诗获卓优。

王令

不善营财轻举试,孤儿生计近饥荒。
时同骚客斟词句,长作西宾赚口粮。
诗赋雄浑衔愤嫉,病贫绞结写凄凉。
娇妻莫怨王安石,谁料奇才会早亡。

汪元量

宋廷供奉善弦琴，身历江山海底沉。
悲愤奸臣曾误战，未怜太后更揪心。
跟随北去陪胡笛，终得南归戴道簪。
诗咏犹如元好问，情伤亡国赋哀音。

方回

仕宋曾经在惠州，品行有说辱清流。
媚权逃命人多耻，从隐归家自不羞。
赋菊或难为子喻，评诗却可显才优。
瀛奎律髓鸿文出，即便高贤亦点头。

周密

末世仍能遇大师，雄才学问冠当时。
鹊华秋色邻相赠，过眼云烟自录之。
绝妙好词难共赞，武林旧事未多疑。
通今透古如苏轼，代有名贤致敬辞。

吴文英

一支文笔比清真，委婉词坛作上宾。
周密当时曾并驾，纳兰其后亦称臣。
妖红斜紫风光异，剪意裁情耳目新。
却道骚人无福禄，晚年困踬殁于贫。

叶梦得

家传渊博久陶熏，仿得东坡六七分。
狂逸英雄三股气，清新奔放百披文。
官衔微小难申见，经学精深有所闻。
归隐石林曾大意，藏书十万竟灰焚。

王应麟

多才博识撰编勤，考证渊弘向有闻。
总是逆奸难报国，怅然归隐远离君。
搜罗故事甘孤独，潜伏书丛渐失群。
三字经成传百代，谁曾不读此佳文。

戴表元

末朝进士竟何如,辞职还乡只藉书。
辗转招徒居有屋,奔波教授食无鱼。
每抒理学凌唐韵,欲遣诗情涤宋淤。
雅秀文词江表诵,清风淡淡似春初。

周敦颐

哲思自古皆难得,稷下遗风起冻雷。
传导程朱生玉水,兑勾道佛共泥杯。
情心隐约如泉歇,义理朦胧似病来。
还看爱莲多美意,引人赏叶等花开。

程颢程颐

追源可见是敦颐,影响朱熹两硕师。
天理长存尊主律,人情忽略作旁枝。
力倡洛学成深海,激荡儒风举大旗。
皇帝借之拴俊杰,说来休怪老书痴。

朱熹

叶茂根深耀德华，继承孔子再开花。

宣扬天理囚情欲，探索人心逐妄邪。

学贯古今渊博士，名闻中外大儒家。

却曾逼拷青楼女，还把尼姑匿在车。

张载

横渠四句震坤舆，独到思维释本初。

视气万能堪贯串，见知三教善诠疏。

如牛勤奋筹关学，似日光华照洛书。

逝后家贫难落葬，门生帮凑尽唏嘘。

陆九渊

多代连绵数百年，名门望族确如渊。

雄深已可通三教，雅博端能贯九乾。

试看明心千览后，要同朱子一争先。

鹅湖大会群儒斗，智慧交锋乐万贤。

邵雍

苦读专心毋考试，精研易理获扬名。
慈祥面目悠闲士，旷达胸怀快活卿。
千首诗歌吟美景，独轮车驾享新晴。
如云才俊常陪伴，不必纷争度一生。

叶适

榜眼英才多智吏，亦精易理擅文章。
缓行伐北毋轻进，先事安南善备防。
济世依然凭稼穑，裕民开始重工商。
诗风追慕唐时韵，吸引门徒满学堂。

夏太祖

党项后人崇勇悍，奔驰瘠地使千招。
情危事急求辽主，苦大仇深拒宋朝。
愈挫愈强如虎豹，时凶时媚似狐猫。
奠基建国踞西夏，跃马横戈敢弄潮。

夏太宗

器度深沉知养晦，依辽和宋保江山。
两家封赏凭空受，四处通商满载还。
驱逐吐蕃开国境，攻歼回鹘守边关。
兵强马壮安西夏，使得儿孙好接班。

夏景宗

断然称帝耻为藩，武备文兴战鼓喧。
扫荡边城能遂意，对攻强国却愁烦。
沙场得胜农耕敝，财库空虚物价翻。
始悟宋辽须睦好，最愁茶饼缺囤存。

夏崇宗

仇宋亲辽虽变化，契丹犹似是强龙。
妻须北国求公主，文赏中原作正宗。
乘势挥兵收沃土，临危背信换尊容。
金朝已盛成新霸，当以弯腰望犒封。

夏毅宗

少年夏帝才华杰,迅速收权肃政门。
未以深交亲北国,曾消宿怨睦中原。
举兵还似来胡寇,送礼犹思作汉藩。
难使宋廷明究竟,更因早逝复何言。

夏仁宗

宋迁辽灭金朝盛,西夏图存又险情。
遂向女真求友善,愿同汉族享和平。
迎来佛祖愚民众,赞赏儒家聚学生。
数十年间疏战事,国安地阔属英明。

夏神宗

独有状元虽夺位,看来俯仰总随人。
择从蒙古充前卒,夹击金朝溃弱邻。
不意转头围本国,怆惶推子率残民。
烽烟滚滚吞西夏,逃难君王丧病身。

耶律阿保机

建国契丹如汉制，取消公选独裁狂。
挥兵北伐通沙漠，秣马南征逼海疆。
飞箭定京呈武艺，拼音创字起文光。
中原无奈签和约，岁岁筹财进贡忙。

辽太宗

改称辽国获丰收，石敬瑭呈十六州。
兴盛契丹囤马铠，摧残华夏斩人头。
灭亡后晋雄心振，病丧栾城硕志休。
遗训三条思过失，胸怀足可鉴王侯。

辽世宗

仪观丰伟射骑精，众望归趋共迓迎。
祖母凶横须锁禁，仇家矫黠未分明。
人憎征伐酣杯酒，贼乘疏防袭帐营。
汉族契丹双体制，犹难守业祸灾生。

辽穆宗

貌似荒唐一睡王，实堪守国疗创伤。
能和大宋无开战，不敌强周有撤防。
内外既安除压力，身心生病起癫狂。
杀人取胆尤邪恶，竟被厨师虐弑亡。

辽景宗

韬光养晦获尊崇，把握时机占禁宫。
援救河东曾致败，反攻北宋属成功。
宽容政敌堪安众，擢用贤良尚秉公。
推动革新抛旧俗，中兴辽国展雄风。

辽圣宗

国号重称大契丹，发兵开境域辽宽。
保留习俗兼唐制，融合民风用汉官。
回鹘猖狂须扼镇，宋朝已败得和安。
久居帝位多谋略，百载兴隆稳若磐。

辽兴宗

尚战精文有卓才，继承大业势如雷。
母亲性悍须囚执，胞弟情深暂作陪。
榨逼宋廷扬武力，袭攻夏国获钱财。
兵戈不息难长盛，纵属贤能亦酿灾。

辽道宗

凛严刚毅纳良言，治国曾经得敬尊。
却见骄妻遭屈死，任由太子抱冤魂。
倾情道佛新风起，酷爱诗词古韵存。
压迫女真难奏效，危机暗伏害王孙。

天祚帝

天祚运穷天不祚，更因政德出偏差。
劝和夏宋休兵革，未料金人启战车。
莫说宴鱼生怨恨，早经谋国伏阴邪。
连场动武难收效，葬送江山自叹嗟。

耶律倍

太子低头让政权，出奔国外泪潸然。
契丹禀性堪从武，赤汉熏陶欲效贤。
吸血鬼狂能绘画，藏书家富善裁编。
儿孙争气重登位，可慰当年受苦煎。

耶律休哥

贵胄皇亲勇建功，反攻大宋亦时雄。
能驱猛将刘廷让，却畏军神李继隆。
受命勒停流战血，驻边开始构和戎。
异于羊祜藏阴计，守约谋安忌引弓。

韩德让

婚约遭除自有悲，欲圆破镜异前时。
儿孤母寡难兼顾，叔壮人多易作欺。
遂展英才扶旧好，建倡公义焕新姿。
繁荣辽域盟南宋，百载扬威立大碑。

完颜阿骨打

个性凶横氏族强，单挑群殴总称王。
未加集训仍如虎，遭遇交锋尽是狼。
辽国当年原可胜，宋朝其后本能防。
不凭善策堪赢取，对手愚庸自灭亡。

金太宗

武力文功共奋扬，进攻华夏展横强。
联盟瀛海辽朝灭，抢渡黄河北宋亡。
制度革新堪辟土，税源扩拓利征粮。
违规偷酒遭廷杖，屁股开花笑断肠。

完颜亶

能咏诗词学汉儒，群英推拥秉钧枢。
空前新政抄中国，宏伟蓝图筑首都。
突失辅臣人恍惚，妄诛皇后事糊涂。
咎由自取遭屠弑，变态君王遇贼夫。

完颜亮

雅歌儒服善诗文,借势同谋弑暴君。
好色固然多罪恶,迁都却属建功勋。
欲征赵宋擒皇帝,孰料长江遇虎贲。
兵败智昏生内乱,巨魔横死疾埋坟。

完颜雍

亡妻之痛心中隐,谋位成功日未斜。
力振女真存血性,只从汉族学精华。
外和敌国签盟约,内抚黎民重稻麻。
大定时期称治世,终生节俭戒骄奢。

完颜璟

明昌之治势如虹,人口增加物产丰。
率领女真尊律法,仿模赤汉重文功。
资财渐觉无宽裕,武力犹能占上风。
一手瘦金追赵佶,不分缓急欠高聪。

完颜永济

危机四伏庆登基,十载经营未得宜。
战事本来曾小胜,用人纷乱受深疑。
外交失误仇加剧,粮饷殚空力不支。
发奋图强难逆转,一腔悲愤泪淋漓。

完颜珣

争权得手亦仓皇,遍地烽烟预不祥。
屡战蒙军难取胜,再凌宋土易遭殃。
人心丧失无援接,大敌当前缺主张。
四面楚歌谋破局,光阴似箭日催亡。

完颜守绪

蔡州禅位岂宜迟,仪典方成遇敌骑。
十载为君无过恶,百般逊政抑伤悲。
五行妖异传天意,万丈狂澜撼国基。
自缢身亡哀不胜,残存将士泪淋漓。

完颜承麟

骁果忠君救蔡州，难辞禅让泪横流。
急行大典逢兵甲，遂率余师举战矛。
狭巷交锋亡陛下，长途扶柩葬貔貅。
女真壮士殊贞勇，亦可怀思一作讴。

金兀术

悍烈凶残似虎狼，灭辽击宋杀人王。
驰行攻掠长施暴，遭受包围尚逞强。
以战迫和低付出，乘危勒索倍追偿。
休云粗鲁无文墨，鼎定金朝伟栋梁。

完颜陈和尚

爱文尚武守贞诚，蒙古逃回率勇丁。
手练如珠毛笔字，指挥似虎重骑兵。
昌原完胜先锋将，禹县全师殿后营。
就死从容惊敌寇，金朝失却铁长城。

武仙

资深道士止修仙，抵抗蒙军执铁鞭。
真定袭攻寻里应，开封捍御守前沿。
蔡州赴难尤拼命，金国崩亡续奋拳。
逃逸途中遭伏击，英雄末路最堪怜。

元好问

江山破灭系囚笼，犹缅中原念正宗。
诗汇百家情的的，文彰万彩恨重重。
身经烽火愁河浸，目睹凋亡血浪冲。
末世大师哀丧乱，行吟悲咏起高峰。

韩延徽

出使契丹遭押扣，美妃招纳得能臣。
运筹帷幄开辽境，建筑城池住汉民。
偷返中原颇隔陌，重归北国复恩亲。
死心塌地离华夏，从此甘为异域人。

党怀英

终于去宋不迟疑,求仕金廷欲展眉。
获任翰林挥史笔,迁升承旨刻圭碑。
艺坛盟主诗丰茂,通宝铭文字颖奇。
中土同窗辛弃疾,各奔前路默相离。

元朝

成吉思汗

称雄大漠似鲨鲸,见识超群结血盟。
火炮建军摧堡垒,旋风冲阵运骑兵。
休云挟箭专攻掠,亦以兴文促变更。
举指欲平金夏国,后人灭宋续横行。

窝阔台

性格温和唯好酒,出乎预料作汗王。
远征中亚亡金国,横扫欧洲伐宋皇。
始重文明修法政,减轻残暴益农商。
大方赏赐谁能比,千万钱财一夜光。

贵由

西征在路羽书催,为夺王冠勒马回。
幸有母亲能拉票,还据银库可分财。
休云举选无遗嘱,亦是磋商定上台。
治国两年贤智矣,却罹重病忽哀哉。

蒙哥

夺位成功势若雷，用心征战展雄才。
围攻赵宋生狂气，扫荡波斯起劫灰。
上帝之鞭随地舞，人间梦魇盖天来。
忽闻中炮灵魂散，万唤千呼召不回。

铁穆耳

听从祖父毋贪饮，利舌滔滔胜长兄。
拔用贤臣轻武业，加尊孔子益民生。
扬威北漠居雄势，安定南方发锐兵。
虽可守成无废坠，却因不嗣引纷争。

泰定帝

血脉说来原正统，得机称帝亦为雄。
缉拿凶犯无犹豫，平反冤情属秉公。
表面尊儒明敬奉，内心向佛实卑躬。
五年管治交功绩，官史居然不认同。

元武宗

捍御边陲具大功,弟兄合力占皇宫。
守成先帝留僵滞,锐进新思要变通。
行政安排怀主见,传承践诺抱初衷。
英年早逝谁加害,酒色淫僧误圣躬。

元明宗

掌权大梦总难圆,时假时真几失缘。
叔起贪心曾毁约,弟寻借口又争先。
得迎践位方欣悦,遭遇行凶太突然。
事实分明知篡弑,无人作主去深研。

元文宗

喜爱围棋犹善画,乘机占位忌人言。
却难让座归兄长,总欲争权益子孙。
短暂会亲疑用计,经常礼士以施恩。
临终愧悔谋偿补,或证行凶事不冤。

元仁宗

政变功成待所钦,推崇儒佛鉴知深。
重开科举符民意,广集条规振士林。
品性斯文休武事,为人礼孝抱仁心。
传承背约虽无赖,究属英明有朗襟。

元英宗

年少承权欲有为,决心变革展高姿。
提升贤士能当命,制定严规以适时。
急躁国君常大意,温文宰相不知危。
双双遇害惊天下,无敌王朝始寖衰。

元惠宗

逃返家乡别北京,多年执政事难明。
并非识陋还残暴,岂是昏庸或任情。
可镇奸邪惩逆党,亦修法制有贤卿。
虽然一去无回转,大漠犹能续纵横。

耶律楚材

金廷俘虏出牢房，愿助元蒙作智囊。
要转温和施教化，减轻掠杀立规章。
搜罗文士充官署，鼓励农渔补牧商。
亦善诗词多雅藻，流传吟咏韵追唐。

脱脱

天资聪颖识多臣，借助鸿儒愈向仁。
论史至精常学圣，察情有术总凭真。
良谋不断扶元帝，善政频来惠万民。
道是英明重试举，书生欣喜似逢春。

刘秉忠

未视蒙军是恶魔，进身高位立狼窝。
每将文化传蛮殿，逐减凶屠敛血河。
改字称元删陋习，筑都抑汉制新科。
纵然本族成低等，犹自功巍杰作多。

姚燧

生在名门博学臣，满床象笏聚鸿宾。
深知民瘼襄皇帝，时恃才雄藐佛神。
耻颂嚣王抛宝礼，救援孤女择良姻。
文崇韩愈多佳构，气度非凡硬朗人。

虞集

汉廷老吏足精神，镇殿儒师学问醇。
修史成功含卓识，选才尽力拔贤臣。
优容宦海风波静，练达人情眷奖频。
著作等身跻四杰，擅长经济却家贫。

揭傒斯

美女簪花誉盛传，未经科考得高迁。
只从坐论知优越，再看行文识浩渊。
撰史精心成准范，吟诗清简出雄篇。
积劳殉职人深惜，无愧朝廷一俊贤。

杨载

百战无疲喻此公，未登进士仕皇宫。
科场再启居高榜，山水常临咏大风。
文有荣名官欠显，人非少壮赋犹雄。
亦尊四杰群英赞，一读其诗景象洪。

范梈

唐临晋帖是虞评，揭氏为之抱不平。
检视公心勤国事，追查腐败护民生。
词章洗炼无脂粉，书法精微获赞声。
孝顺母亲哀未节，紧随身后亦埋茔。

郝经

理学精通擅六经，敢怀愤怒谏元廷。
人来南宋为和使，身在江苏陷圄囹。
一统思维成政见，多年囚禁守心灵。
仁慈建议祈依纳，著写诗书笔不停。

张养浩

少有文才存远志,奉公勤勉称贤良。
开科取士功劳大,拆庙除邪力度强。
递进谏言遭贬逐,救援灾难又担纲。
殉身任上殊悲惋,词写潼关获誉扬。

白朴

生于战乱历风尘,喜爱勾栏艺一身。
写就唱词供乐社,裁编杂剧馈官民。
墙头马上多情女,秋夜梧桐夺命人。
表演非凡传美誉,戏坛巨子梦成真。

郑光祖

巨擘居杭创意喷,精华百剧旺梨园。
梅香有似西厢记,文举终知倩女魂。
可看爱情生死恋,能明历史报仇恩。
纷纭戏曲迷观众,千载长存美丽痕。

关汉卿

宛如铜豆老行尊,编剧登场闹戏园。
雪恨报仇西蜀梦,惊天动地窦娥冤。
爱情故事堪迷恋,花旦歌喉总断魂。
元曲大师居首位,感人节目永传存。

钟嗣成

官场落魄不弯躬,活跃梨园百事通。
拜月亭中非主角,蟠桃会上作琴工。
黄公望到谈歌曲,关汉卿来借斗篷。
录鬼簿间留记载,传流元剧建勋功。

王实甫

风月营中如将帅,莺花寨里起雄名。
真情一出西厢记,热泪千行不夜城。
地老天荒痴小姐,海枯石烂倔书生。
自由恋爱何其美,鼓舞人间要敢争。

马致远

热爱梨园笔力精，高超圆熟广传名。
世人笑说神仙事，才子真迷道士情。
典雅戏文称圣手，绝伦散曲压群英。
断肠小令描秋色，夕照昏鸦似鬼城。

萨都剌

雁门骄子几蹉跎，体弱官低调职多。
亦爱搜奇如李贺，或曾探秘访湘娥。
雄词出色追诗鬼，浮想烧春比笔魔。
万里和融南北韵，文思奔涌似川河。

刘福通

家庭巨富人豪迈，痛恨凶朝起抗争。
假借白莲兴教会，托称弥勒结同盟。
颍州首义春雷响，华夏连心烈火生。
一束红巾天下赤，元廷崩溃入坟坑。

陈友谅

兵逐中原起血光，赢输互见似无妨。
未曾立志争天下，只是流军累战场。
决斗鄱阳悲命蹇，突围湖口惜身亡。
抗元壮举犹须赞，当有碑文作表彰。

张士诚

地富财多势力强，人和天助占苏杭。
胸无大志随心意，事欠长谋缺政纲。
果是匪兵临世界，不如盗贼抢银行。
纵然民众能援手，一遇雄争即覆亡。

冯道

宿吏耆臣善揣摩，总居高位获金多。
表忠听命能邀奖，避险旁观不背锅。
迎丑弃贤心淡漠，朝梁暮晋意平和。
休云圆滑兼卑劣，亦有名人唱赞歌。

明朝

朱元璋

譬若刘邦率万方,乘时应运踏强梁。
英明擅武堪亲众,简俭能文善举纲。
奋逐元蒙摧暴虐,再辉赤汉奏华章。
功臣虽见遭屠戮,亦属威雄伟帝王。

建文帝

仁厚天生禀赋优,顺承继位遇焦忧。
削藩不果权威失,守国无方战血流。
一度革新除暴法,频传罹难匿深幽。
好牌打烂人悲惜,真相追寻尚未休。

朱棣

一生欲证是雄英,尚武知人善用兵。
夺位凶残开内战,拓边果敢启亲征。
郑和渡海航辽远,永乐编书集大成。
纵使建功称卓越,德心有憾损荣名。

朱高炽

心宽体胖敏思维，大略开明有作为。
摈弃暴残还理智，引归仁厚释悬危。
力推内阁文官悦，停拓边疆武事羁。
国势起飞唯寿短，太多遗憾令人悲。

朱瞻基

盛如文景似开元，融洽君臣众感恩。
武振兵强边辑睦，政通市旺国殷繁。
管严官吏轻租赋，怜悯军民减屈冤。
放弃越南为失策，蟋蟀天子惹闲言。

朱祁镇

少年天子挽檀弓，御驾亲征战血红。
土木被拘千将溃，南宫复辟百官瞢。
废除景帝非民意，冤杀于谦负上穹。
却起慈心停殉葬，一生亮点积阴功。

朱祁钰

丛林规则古来同，常以威权得逞雄。
况有立勋伤虎爪，当能执政主龙宫。
时机错失因心善，策略平庸叹力穷。
本可安然长踞位，竟遭逆乱未成功。

朱见深

恐怖童年阴影暗，万妃独宠用情深。
擢升贤士舆声好，安置流民怨气沉。
平反于谦收赞美，重尊景帝有良心。
虽留后患遭非议，已属难能可贴金。

朱祐樘

古来仁帝难寻迹，弘治中兴见孝宗。
年幼藏身经雪掩，青葱承鼎解冰封。
英明谋远招贤士，宽厚图强振巨龙。
只娶一妻无嬖妾，巍然熙国耸高峰。

朱厚照

天性无拘皆本色,胜如残暴杀人魔。
狂欢闹市将军府,窃喜渔舟虎豹窝。
立败蒙王亲上阵,急诛刘瑾暗传锣。
忽来皇帝全家乐,期望情留大帅哥。

朱厚熜

少男意外成皇帝,大展雄风振九州。
百业兴隆添互利,万邦交往忌相仇。
逢迎方士夸谈脉,发怒宫娥突锁喉。
天子原来迷道学,仍能治国运筹谋。

朱载垕

执政犹如立宪章,任由内阁闹朝堂。
海关开禁渔商盛,边塞和安旅业昌。
术士歪风遭扫荡,贤臣正气得高扬。
英明皇帝知民疾,休说平庸缺主张。

朱翊钧

幼冲登位聪明帝，信任名臣守殿堂。
三次戍征赢胜仗，一条鞭法旺城乡。
外交扩展升威望，文化繁荣盛剧场。
闻道不朝如懒汉，纵然有病也荒唐。

朱常洛

登基一月即身亡，曾引清风振纪纲。
锐意革新除矿税，用心督促饷边防。
擢升诏令诚佳讯，进补红丸起祸殃。
天不假年殊震憾，满朝臣子共哀伤。

朱由校

鲁班转世心灵巧，举国闻名木匠痴。
政事交由奸宦党，身躯托付假仙师。
澳门一路能优胜，东北三军已敝疲。
病体难支犹理智，传权令弟不迟疑。

朱由检

风雨潇潇困九城，煤山槐树证哀鸣。
本该缓斩袁崇焕，惜未先歼李自成。
两面受攻宁不败，一边和议或能行。
宵衣旰食犹亡国，时有同情叹息声。

朱由崧

逃命王孙遄出京，江南迎立起纷争。
领头反对钱谦益，改口支持马士英。
家国有仇犹有望，自身无计且无兵。
力穷体胖群魔乱，尚率忠良苦抗清。

朱聿键

大明崩溃众奔逃，敢作担当着衮袍。
却遇鲁王相鼓斗，犹遭郑氏狠煎熬。
憾无亲女酬名将，仅有儒师举竹刀。
兵败长汀唯绝食，凛然气节比天高。

朱聿鐭

临危践位甚匆忙,官服龙袍借戏装。
两处朝廷争主导,四家海盗助军防。
交锋肇庆曾行险,失陷羊城即灭亡。
却有忠良陪死难,君臣合葬一坟堂。

朱由榔

再继残明举大旗,西南逃窜誓坚持。
外军助阵曾延日,清国围追止几时。
纵有缅王留喘息,奈何三桂不班师。
鸡鸣桥畔人惊醒,末帝身亡逼死陵。

朱标

广收宠爱待承纲,勤习规章识宦场。
监督官员趋至治,协调兄弟向和祥。
满怀仁义兼心善,十足雄才有眼光。
正值英年惊早逝,大明国体受深伤。

朱以海

逃出生天历楚酸，复明壮志上云端。
未跟隆武成和议，每与清廷作硬拼。
弃马登舟开海战，犒兵督将踞礁滩。
金门无米供监国，番薯长期当饭餐。

刘伯温

元朝小吏若先知，投顺明王正适时。
攻占江山奇智士，放怀诗咏大宗师。
民间传说留神谶，人主询谋立国基。
有似子房诸葛亮，身遭毒害或存疑。

汤和

甘居人下真英杰，北战南征立上功。
入漠攘夷催战马，筑城御寇挽强弓。
早交印绶防灾祸，速启归帆示赤衷。
谨慎缩头堪睦顺，当年将帅有谁同。

常遇春

大盗归投率甲兵,周身杀气善遄征。
西攻友谅焚千舰,北扫元蒙破万营。
斩将固能惊敌胆,屠城却已坏贤声。
忽然殁没朝廷震,后世长传壮勇名。

李善长

得时智士拜军师,夺鼎争锋屡造奇。
议决伐谋颇稳重,供应粮饷不耽迟。
功高震主尤招忌,苛刻为人更受疑。
绩似萧何犹遇害,沉冤历久事堪悲。

徐达

土中刨食一农民,赤脚投军作虎臣。
对待敌兵如暴雪,侍陪陛下似晴春。
灭元布局良谋士,护国麾师大战神。
不爱色财零过失,君王赞叹若完人。

朱升

三谋九字称良策,奏献成功起秀名。
因作幕僚奔战地,犹专文诰得前程。
求辞官职陈词恳,乞讨丹书老泪横。
不向故园寻住处,径来东海葬盐城。

李文忠

战地相逢悲喜集,舅甥协力气干云。
当初还是穷孩子,转眼雄为猛虎贲。
大器深沉能将帅,虚心好学识诗文。
谏君太直虽招怨,殁后诛医起骇闻。

朱文正

扈从叔父赴疆场,保卫洪都显勇强。
万箭射来伤悍将,千车撞到塌高墙。
耐心埋伏寻机会,果断鸣攻发火枪。
死守孤城终获胜,却因谗害致身亡。

邓愈

承继父兄兵过万,年方十八虎威生。
投奔贤主明忠胆,剿灭顽凶播杰名。
奋逐元军搜大漠,斩除蕃将筑边城。
班师路上无常疾,太祖惊闻哭出声。

冯胜

并非嫡系握雄兵,兼有丰功祸易生。
未学汤和谋隐退,犹跟女婿起纷争。
只存小错飞灾重,一减隆恩老命轻。
为保江山君毒辣,旁观不救任冤情。

廖永忠

智迈雄师匾额红,鄱阳决战只前冲。
西南征伐勋劳显,岭表怀柔信望隆。
得势未曾心敛锐,系囚方晓命悬空。
追根兼及交杨宪,瓜步沉船亦怨公。

耿炳文

善于防御乃能员，固守长兴十几年。
攻击士诚称勇悍，支撑太祖作中坚。
燕王有忌停兵伐，明惠生疑撤帅权。
由此输赢形势变，果然老将可擎天。

沐英

乱世孤儿小智童，多年磨练守初衷。
中枢督御操繁务，四处挥师立显功。
三段击攻獠族象，百关追逐洞蛮骢。
苍山洱海长蕃卫，代有忠贞柱国公。

蓝玉

出征北漠大英雄，转战西南再立功。
帐里奸妃行丑恶，关前辱将耍威风。
多收义子如谋逆，独对君王似假忠。
作死频繁遭灭族，剥皮揎草有谁同。

傅友德

降明添勇展豪雄，征战无休建巨功。
坐见群英成死犯，愁为同类入囚笼。
提刀杀子消疑虑，刎剑亡身证竭忠。
残忍君臣惊世界，野蛮制度伴腥风。

胡美

两雄作选久彷徨，终拣明廷弃旧王。
出力多多流血汗，建功累累得荣光。
未知皇室严规在，或恃勋臣不警防。
私访宫闱惊获罪，手持铁券亦诛亡。

周德兴

帝乡老友谊坚牢，显赫勋功足自豪。
平蜀骋驰多报捷，征南跋涉久操劳。
楚湘经略民心稳，沿海关防士气高。
不意砍头因子秽，欲加之罪总难逃。

高启

明初四杰大诗人，名动东吴结好亲。
模仿前贤颇熟稔，婉辞显吏太天真。
未谀皇上遭猜忌，犹似文词触逆鳞。
判决切腰成八段，暴君监斩不分神。

姚广孝

病虎神情三角眼，能文知武甚英明。
只从天意催兵变，不顾人心敢战争。
始矣挥师攻北镇，突而策马捣南京。
功成再拒名同利，回寺犹闻念佛声。

杨荣

熟习兵戈卓智卿，五随朱棣作长征。
四朝辅国筹谋善，百事临场决断明。
通达人情多锐敏，私留赠物欠廉清。
总观应属贤良相，放弃安南要批评。

宋濂

谦谦君子乃英儒,名满文坛璀璨珠。
思想多维含卓见,词章渊博作师模。
逢迎当世难加责,粉饰元蒙可论诛。
晚境凄凉谁致此,算来自是老糊涂。

胡惟庸

得升主辅运亨通,端有才能政业丰。
迫害功臣存实例,结交朋党属歪风。
审成造反灵魂散,刑以凌迟血刃红。
从此朝廷无宰相,弄权皇帝势如虹。

杨维桢

崩塌元朝不痛心,大明殿上面阴沉。
霾封虽望殃灾远,光复犹疑幸运临。
老铁雄吟崇乐府,文妖奇体震诗林。
放舟纵酒迷歌舞,山水游来自抚琴。

施耐庵

鸿才元末隐江东，骚动文思默用功。
叙写吏官如罪犯，歌讴贼盗似英雄。
奔来水浒情虽异，逼上梁山意尽同。
残暴过头伤美感，猛男悍女若雷公。

罗贯中

奔波乱世类飞蓬，小说行销忽大红。
高拔孔明如术士，贬低曹操谓奸雄。
汉家血脉须纯正，刘备胸襟可主中。
一统情怀由此炽，神州分裂憾无穷。

徐贲

至善诗书绘画精，抗元并未顾前程。
岂能轻易投明祖，当记曾经傍士诚。
以艺谋财原乐轶，求官就禄竟悲生。
犒师失责翻成罪，判语含糊看不清。

方孝孺

缺谋乏武失城池，唯有忠心死不移。
叛逆自然须掩饰，梗顽未肯讲权宜。
京中清吏皆投伏，刀下迂儒尚秉持。
十族屠诛难确认，君王暴恶则无疑。

杨基

按察山西亦俊英，吴中四杰有文名。
为官当识新形势，吟咏犹怀旧感情。
不意被谗拘役所，溘然殒没在工坪。
填词作画诗纤巧，春雨莺花见美清。

张羽

明初俊杰大名驰，太祖征来再逐离。
纵使未符皇上旨，犹须撰写庙中碑。
吴兴八景精华境，笔下千姿绝妙诗。
岭表召还怀瞩望，忽闻江面水浮尸。

章溢

文未惊瞻武不奇，安民弥乱去伤痍。
挺身代戮羞蝨贼，振臂高呼集义师。
处事适情收效率，除烦究理得机宜。
总持纲要分轻重，名杰当时一宿耆。

叶兑

皓首乡绅学识丰，天文地理了于胸。
一纲三目能图国，匹士奇军可破凶。
献策不曾谋禄俸，劳心只欲息兵烽。
君王采纳安邦计，证得英明似卧龙。

杨士奇

丧父童年已睿明，终成首辅率三卿。
掌枢运作超房杜，进谏温良胜魏徵。
长有春风推帝业，力防暴政冷民情。
彬彬醇相为公论，教子无方累盛名。

杨溥

为君入狱十余年，默读诗书论百千。
新主承权登御座，老师归位走墙沿。
安贞履节怀高德，怯懦中庸有积愆。
何以称贤犹见责，盖因逝后祸牵连。

夏原吉

理财大吏智居中，周转当时见巨功。
水利除灾由计划，民生兴业善疏通。
不凭颖慧谋思巧，只事勤劳算术工。
治世能臣皇上爱，历朝最缺赚钱公。

蹇义

质朴淳良望顺祥，出迎朱棣作君王。
得陪太子称师傅，亦犯绳规睡狱床。
庆幸皇恩犹浩荡，总因笃实获褒扬。
核心大吏求安稳，密奏银章久锁箱。

胡广

忽顶状元狂喜久，惊逢政变尚吹嘘。
守贞小女宁投井，临难朝官只问猪。
夸嘴仁兄升要职，无言蹇士写遗书。
街坊休笑人卑下，逝后生前尔不如。

解缙

雄才敏锐早扬声，亲近君王太实诚。
供职翰林勤进谏，编修大典广传名。
关心立嗣身危险，摇舌评人怨暗生。
仇恨至深遭冻杀，唯凭文赋永葱菁。

黄子澄

落选廷魁亦不妨，官升宰辅护中央。
虽知往昔刘邦侄，误判当时永乐王。
所荐将军如笨鸟，放行人质助凶狼。
丧师灭族深悲戚，却有忠肝可赞扬。

郭英

济济一堂皆猛士,春风满面尽功臣。
升官序爵无千日,灭族抄家剩两人。
莫道姻亲能佑福,亦由律己得全身。
子孙兴旺平安度,愈见忠诚有孝仁。

李景隆

仅凭文学得高名,竟领三军伐北京。
启始以为堪取胜,最终选择要逃生。
兵临城下低头颈,身列班前辣眼睛。
绝食十天犹不死,家中软禁属留情。

张辅

将门后代早扬名,靖难冲锋忘死生。
三伐安南皆报捷,重征漠北共横行。
有听王振夸疯想,得伴英宗踏大坑。
人忆咬心交趾梦,更悲老帅枉牺牲。

齐泰

谋辅精勤亦宿儒，建文麾下掌兵符。
削藩有意收王印，讨逆无功失国都。
拒授景隆原睿智，看轻朱棣太疏粗。
忠肝义胆人虽赞，领护朝廷却近愚。

郑和

徐福东瀛去访仙，大明三保向西穿。
乘风万里人昏浪，破雾千重水涌天。
内地惊奇长颈鹿，远方敬畏巨楼船。
君臣上下心欢喜，为看新鲜夜不眠。

况钟

擅于刀笔得机缘，接管苏州乃干员。
整治衙门行酷罚，严查冤案使威权。
降租减役兴多利，倡学疏河芸杂捐。
十五贯中真主角，民间称作况青天。

刘大夏

操场白首扛戈卒,竟是迁流老尚书。
襄辅君王多擢拔,未阿宦贵被抛除。
孝宗礼遇为贤士,正德疏离谓蠹胥。
却抱忠心从不怨,任凭风浪志如初。

金幼孜

长随朱棣即精英,横溢文才智谏卿。
静默宽容常退让,谦虚厚道善平衡。
四朝学士千书读,一代名臣百事明。
品味春秋多见识,闲吟诗赋抒余情。

于谦

巡抚多年御史身,亦因土木剧伤神。
急推登殿新皇帝,要斩迁都建策人。
力保京师排壮阵,未防祁镇系忠臣。
救亡救国犹冤死,哀悼军民泪湿巾。

怀恩

幼遭阉割心虽苦,犹认男儿志未泯。
耿直性情通典故,超凡胆识辨人神。
扶持太子存贤杰,拦阻贪官荐俊臣。
待到孝宗登大殿,再归原位伺昏晨。

王恕

面对啰叨大谏官,君王到底算姑宽。
宪宗虽令归乡下,弘治重邀返政坛。
贤士以为能庇护,贪臣总怕被刁难。
年超九十仍持禄,却道操行若菊兰。

严嵩

政绩斐然恩宠久,多才多智谓奸臣。
得机都是逢迎者,相比谁非狡猾人?
论错何曾深误国,营私的确有侵民。
却无大恶堪加罪,晚况凄凉似赤贫。

刘健

身历四朝名宰相，端严恭敬立高堂。
守成称职宏图起，创意无多小鬼狂。
能助孝宗谋盛世，难防正德出荒唐。
清除阉党心焦急，因欠慈悲反被伤。

徐文长

九回自杀或真狂，天马行空放彩光。
无事欢欣喧画苑，闻风发狠入牢房。
一身艺术凭抽拔，百结愁肠隐痛伤。
殁后生前人敬佩，诗文字绘永流芳。

徐祯卿

竟因貌寝官衔小，早逝英才令众悲。
诗论发微成独识，吟哦清丽见丰姿。
魏唐神采铿锵韵，江左情怀巧美思。
浩荡春风吹越水，时称文藻最雄奇。

何景明

刚直操行耻俯躬,疾仇权贵不通融。
曾尊炎汉文为圣,转悟初唐韵愈雄。
有怒梦阳伤旧契,欲抛老杜探新风。
当年七子扬名远,沉醉诗书著作丰。

王阳明

格竹验求曾大病,龙场悟道得明思。
麾兵戡乱擒凶寇,讲史修书作懿师。
天理在心无外物,知行合一是根基。
虽称学说流传广,顾怪船山痛斥之。

沈周

太守装修来巧匠,实为画界一尊神。
同情谪宦温文士,逃避官场豁达人。
致敬老师如乃父,所收徒弟有唐寅。
明朝绘艺天花板,书法诗词亦绝伦。

李梦阳

解元进士轻松取,满面春风欲上扬。
登仕即呈追命奏,转头屈入用刑房。
文称骄傲须秦汉,诗作高端必盛唐。
莫道此公言过激,三袁未出的光芒。

李东阳

学问才情两浩之,优容柄国已长期。
总跟贤杰同声气,偶与奸邪共置词。
遭遇横行无退缩,力争蜕变有坚持。
得闻谥号封文正,激动难言热泪垂。

康海

鏖战名场中状元,春风得意喜临门。
救施污德人犹傲,遇害丢官友未援。
忿弃衙庭抛鼠辈,情倾瓦舍筑桃源。
声明不再辞章事,辉耀秦腔艺术园。

杨慎

才多奥衍冠明朝，初入官场性亦骄。
顶撞君王遭重罚，弹抨理学现高超。
迁滇泛读如吞海，居蜀讴吟似涌潮。
最是感人恩伉俪，往来酬唱泪飘飘。

杨善

自愿北行空手去，坦然放胆坐蒙帏。
虚中有实谈形势，怒里还欢辩是非。
多诡胡酋开口笑，久囚明帝得身归。
休云背后藏原故，当下谁曾似此威。

归有光

中年丧子贤妻逝，唯望登科一展眉。
早岁称才传已远，白头进士叹来迟。
佳文开始迷公众，高手终归赞大师。
花甲县官忠职守，藻名绩业两声驰。

李如松

徐渭高徒勇武官，一门四杰抱忠肝。
能降哮拜兵威壮，不畏辽东雪水寒。
平壤箭楼晨突破，龙山粮库夜烧残。
却因追击遭埋伏，犯险将军血染冠。

陈璘

惯事干戈偶斗诗，反嘲嚣士广传知。
美妻诱敌攻山寨，宝岛栽林筑水陂。
黔播扎营平逆贼，露梁踏海破倭师。
朝廷庆贺加褒奖，起建龙田太保祠。

戚继光

威镇边疆久叱咤，戚门将士跨骝骅。
军刀锐利鸳鸯阵，虎炮精良拒马车。
北逐胡骑英勇帅，南歼倭寇大赢家。
名扬后世阳刚汉，却遇谗言不敌邪。

俞大猷

戚虎俞龙共显声，终身不悔乐扬旌。
征防江浙传兵法，应战骑乘建柳营。
攻北逐南甘困苦，平倭却狄愈豪情。
陈师鞠旅如方叔，棍术精强有杰名。

沈万三

石崇不敌金银岛，出手修城帝国惊。
耕稼身勤先积累，通番胆大更繁荣。
经商自古明牵制，贸易时常暗获成。
未料风波平地起，遭逢暴政祸横生。

刘谨

犯罪之身曾判斩，再为显宦又横天。
亦推变革生功效，总以营私乱政权。
隐患已经成大害，除奸应不作奇偏。
凌迟惨烈难称好，本有倡谋可两全。

商辂

三元及第尚谁人,行正慈仁眼有神。
祁钰时期升内阁,夺门之后作平民。
贵妃请托常疏忽,同事相求甚认真。
再任高官长辅国,尽忠守职乃贤臣。

谢榛

眇目不官犹汗漫,炽情若火爱红颜。
娼门聚醉如疯子,书院开吟作领班。
诗带唐风仍可辨,体兼宋韵总相关。
美姬得赠还惆怅,身老无钱买佩环。

汤显祖

满腹才华熟典经,弹劾时政触雷霆。
遂辞公职潜歌队,抒写心灵旺戏庭。
残月晓风人鬼恋,良辰美景女魂泠。
牡丹亭奏深情曲,夜夜开场演不停。

李攀龙

少年任性一狂生，诗赋宗工集大成。
品耀清辉升太守，楼称白雪筑泉城。
也携七子承唐韵，犹拒群宾蔽宋声。
劲鸷才思常执异，当时隆盛远扬名。

王世贞

遭遇奸臣害父亲，坚强应对未伤神。
官场葱茂经霜树，艺苑雄豪领队人。
不肯逢迎张太岳，乐于鼎助李时珍。
贤能大吏勤披写，诗笔飞英秀万春。

李时珍

辨分药性忌偏颇，搜索艰辛类别多。
涉涧攀岩尝百草，煮铜试汞烂千锅，
观今验古时删改，去伪存真费琢磨。
伟著虽成谁肯印，数年推介苦奔波。

李贽

奇谈怪论迷男女，动地惊天播九州。
颠倒是非无止境，混淆黑白有原由。
帝王将相皆能斥，道佛儒师尽可羞。
激烈言文堪搅乱，官方着急禁传流。

张居正

改革方针不动摇，强兵富国术高超。
来侵边敌能驱逐，抵触朝官可谪调。
多向思维增效力，一条鞭法统租徭。
若逢背运王安石，或被通红妒火烧。

海瑞

刚烈孤忠震大明，罢官镇恶有威声。
备棺进谏惊皇帝，减税查田益野氓。
贪腐朝臣齐忌恨，善良百姓永欢迎。
三妻两妾虽真确，无碍清廉狷介名。

袁宏道

奇才美藻早传扬，不爱流行复古章。
亦喜递思交李贽，犹怀孟浪赞文长。
人崇净土参禅意，诗写童心发妙光。
要以性灵遮七子，公安成体出新妆。

叶绍袁

娶亲娇美善文章，儿女成群育养忙。
厌倦官场辞职事，感怀山水返家乡。
凄然悲恸妻先逝，潸慨忧伤国又亡。
遁入空门遗日记，分湖见证百愁肠。

张岱

荒诞风流怪癖齐，自嘲墓志逝前题。
所邀死党皆携妓，同饮骚人喜斗鸡。
小品奇章谁等比，诗魔书蠹可相提。
高端笔墨空灵气，一读文妖便着迷。

顾宪成

不从流俗立朝堂,荐吏名单恼帝王。
建社东林言政事,传声天下汇词章。
批评心说无宽忍,触动阁臣受中伤。
实学闻能开境界,纵遭诬谤亦贤良。

高攀龙

立朝大节有雄篇,流畅文风尚自然。
接领东林犹忿慨,悚惊阉党又纠缠。
儒生洁亮哀书院,腐吏贪婪护贼船。
末世蒙冤难辨白,愤而投水殁才贤。

冯梦龙

疏放不羁穷吏属,才华另类杰儒生。
登台两拍人同赏,下笔三言众共鸣。
八卦新闻添教义,千章故事说风情。
传流爱恋恩仇记,一塌糊涂味道盈。

徐霞客

朝临碧海暮苍梧,立志环行赴远途。
跋涉江河经险地,攀登山岭觅平湖。
详观秘境心情美,探索源头景象殊。
游记大书堪品读,伟人连赞不含糊。

湛若水

复持兵印老贤卿,再证多谋属俊英。
祭酒登台开讲座,西樵把饮伴泉声。
力穷理学通三界,广探身心究六情。
忠孝两全成楷式,大兴书院立雄名。

徐阶

欲扳严嵩若蜇虫,一朝发力似雷公。
虽曾趋奉颇虚伪,终遇良机建显功。
拔正沉冤驱术士,冒传遗诏扫歪风。
盖因目的称高尚,由此阴谋获认同。

袁崇焕

焦躁君王已近疯，五年之诺记心中。
曾闻策略颇周密，久见将军未奏功。
双岛杀毛情可恕，京畿受敌理难通。
若能御寇关门外，离间高明也落空。

魏忠贤

流氓赌棍自阉身，娱乐君王日日新。
肆虐后庭谁见怪，争操国柄众生嗔。
促成富户多交税，迫使狂儒少骂人。
覆险崇祯心忽省，此公或许是良臣。

冯保

用心交好张居正，侍奉神宗更认真。
通达权谋称内相，支持改革是功臣。
人前臭美能精艺，家里藏污有贿银。
日久结仇遭报应，一朝被贬即沉沦。

郑成功

东瀛慈母海滩生，为保残明起抗争。
精锐舟师惊悍寇，辽宽水国聚哀兵。
包围建业三军振，收复台湾万炮鸣。
誓不降清唯死战，千秋百世播英名。

陈子龙

惜别美人心欲碎，编书结社汇千歌。
京城陷贼难留发，山海招兵怒奋戈。
举目凋零忧救国，满怀悲愤竟投河。
殿军诗士殇魂散，大节光辉映碧波。

陈邦彦

末世书生志尽忠，抛家抗虏出英雄。
已知有敌抄行在，只恨无兵守要冲。
偷袭羊城尝败绩，急防清远未成功。
亡妻丧子心流血，就义昂然震广东。

陈子壮

应谶如诗中探花,名扬粤海众齐夸。
事君耿直忠新职,抗虏坚强战老家。
愤矣催攻擂大鼓,悲哉被捕戴长枷。
锯刑惨烈惊天下,南国英贤血染沙。

张家玉

方庆寒门题进士,忽惊闯贼灭明朝。
欲投大顺酬心志,却见清兵夺路桥。
闽赣抗凶登艇舰,惠潮起义举梭镖。
十天血战身穿箭,宁赴深塘不折腰。

朱舜水

人品清高拒作官,山河破碎甚心酸。
无从哭殿求霜剑,有似衔枝斗海澜。
流落东瀛尝苦涩,悲怜故国叹凋残。
风吹浪打船头立,怅望神州泪不干。

张名振

满门殉国血淋漓，遂拥亲王率义师。
进逼长江曾势壮，退还台海未神疲。
矢忠刺背心毋死，孤愤弥天志岂移。
忽报乱中亡勇士，泪飞如雨湿军旗。

张煌言

血雨腥风悲祖国，辞亲挺剑赴沙场。
乘机夺寨千军振，无处安营万虏猖。
时势既穷犹困斗，忠贞不减咏忧伤。
坐而受刃从容死，亦葬西湖永发光。

凌濛初

赴考有年连落第，县丞微职累高龄。
谁人又看琵琶记，观众长迷拜月亭。
套印彩书销杰作，刊行曲艺捧文星。
精描小说多情趣，拍案惊奇刻不停。

徐有贞

天文地理全知晓，释老巫医尽贯通。
不见夺门遭指责，但闻拜相显威风。
精明善断能成事，奸猾如忠复落空。
或害于谦收报应，还因多诡乏和衷。

罗伦

状元万字写谋筹，笔意飞扬志得酬。
切责太师惊陛下，左迁闲职贬泉州。
舶司纳谏留原地，提举教书旺道楼。
刚直鸿才多事迹，一峰遗址记风流。

郑洛

办案精明多胆略，北疆守战大名扬。
施恩收服三娘子，借势盟和顺义王。
分化敌酋经贸易，追歼匪类用刀枪。
洮河平定功勋著，犹被庸官说短长。

李贤

满面阳光可暖人，同僚陛下沐晴春。
奸邪顾忌常收手，贤士欢欣获进身。
君德高扬增策效，国情安定仗经纶。
绵绵正气端朝政，器度犹如古大臣。

高拱

得宠帝师名宰相，文儒梦想喜成功。
强兵富国边关静，旺市兴农海路通。
禀性横蛮生霸道，恣情措置失威风。
临终忽忆当年事，开骂权臣要反攻。

徐光启

一自韶关逢教士，大开眼界识新途。
兴农延命凭番薯，绘算知天懂地图。
铁炮威风交将帅，历书先进恼顽愚。
虚心接纳谋华夏，不畏辛劳智丈夫。

史可法

贤士临危任督官，提兵救国挽狂澜。
陆川防备增强慢，文武争端协统难。
拥主存疑违意愿，挥师失利痛心肝。
扬州困守毋逃弃，拼到城崩战血干。

夏完淳

年少奇才带楚颜，抗清兵败被囚关。
深情啸咏怀师友，严厉高声骂汉奸。
曾睹父亲身殒没，犹怜妻子体羸孱。
从容就义人挥泪，光照千秋振海寰。

苏观生

急推绍武厄重重，尤缺兵丁扼要冲。
曾拥唐王朱聿键，看穿海盗郑芝龙。
赢于三水虽欣喜，失守羊城却预凶。
一众英贤皆殉国，精神不屈似青松。

瞿式耜

金榜题名末世临,慨然救国不消沉。
满怀梦想撑隆武,四处招兵守桂林。
触景生愁犹砺志,成仁取义未伤心。
尽忠殉节从容死,闻讯乡亲泪湿襟。

黄道周

精神矍铄老忠良,博古通今尽热肠。
指责权臣人执拗,匡规皇上话铿锵。
起兵抗虏雄心在,挥笔抨奸正气扬。
大敌当前何所惧,凛然就义永流芳。

刘宗周

儒哲大师人耿直,弹劾阉宦犯龙颜。
宜于学海寻收获,难在官场效附攀。
探索良知求悟彻,倡扬慎独得心闲。
杭州陷落深悲愤,绝食身亡义比山。

明
朝

张同敞

名贤后代志毋移，拯救明祠奋骋驰。
湖广抗清逢悍敌，西南护国率残骑。
城空人去无军士，衙静门开剩老师。
遂与恩公同赴难，吟诗饮酒似平时。

也先

北漠荒原出杰郎，振兴瓦剌势横强。
穿行蒙古争汗位，活捉明皇当宝藏。
或未周谋宽拓土，但求繁盛广通商。
却因内乱遭凶杀，一代枭雄忽覆亡。

祝允明

京兆高官生六指，吴中四杰乐呵呵。
科场不及亲儿好，酒量焉无伯虎多。
曾作兴宁贤县令，后成华夏大书魔。
挥毫种种皆精彩，道是明朝第一哥。

文徵明

哑巴十载诚天意，九考皆输亦不愚。
大器晚成能作画，雄才勃发会教徒。
良朋求字欣挥笔，美女来亲要跳湖。
一手书功称绝世，诗章也未逊鸿儒。

张定边

追随友谅打江山，孔武贞诚岂一般。
跃马攻城多胜仗，摧锋斩将夺雄关。
挥刀直入冲天出，流矢横飞护枢还。
遁隐空门忠不改，寿长百岁未颓颜。

叶梦熊

征战才能获好评，君王调任领雄兵。
加轮改架车装炮，筑坝成湖水灌城。
大漠杀俘文吏责，公堂论敌武臣撑。
边疆事了还家去，放弃高官不入京。

杨起元

童年伐鬼以文驱,进士才高似宛驹。
升至尚书司礼部,串联乡党浚平湖。
通儒敬佛开心境,证道工诗耀眼珠。
家在东江河岸筑,归来讲学聚千徒。

韩日瓒

青年进士无城府,展显才华拔尚书。
大节凛然轻宦党,贞心淡泊似樵渔。
倡言平远成新县,修护罗浮复旧庐。
滚滚东江流不息,名贤风采壮如初。

清朝

康熙

依凭华夏傲苍穹，若论君王亦杰雄。
才伟能教诸国敬，勋高可致众人崇。
罔知世界兴民主，紧护皇权仗武功。
陈旧思维无进步，终归势尽失昌隆。

雍正

康熙乃父子乾隆，青史存疑有曲衷。
手黑大兴文字狱，心虚每禁汉家风。
摊丁入亩宽财政，改土归流使铁弓。
冷酷察情多善策，朝兢夕惕守清宫。

乾隆

智慧才华谓十全，朝廷实力达峰巅。
闭关锁国真愚见，拓土安边有杰篇。
恃武逞凶除反抗，将文阉割作宣传。
思维落后难明悟，犹望江山万万年。

光绪

帝位忽承疯乃父，塘鱼摆尾跃龙池。
侍陪太后原恭顺，变革朝廷总犯疑。
百日维新犹告败，千年立宪更难期。
心焦卧病唯流泪，断送江山或预知。

溥仪

当年登位小男孩，历见清廷遇抑摧。
紫禁城中犹少主，满洲国里是傀儡。
归来战犯颇孤独，开释囚徒望伴陪。
妃后离婚谁落泪，唯同新妇紧依偎。

多尔衮

定策侵华扶幼主，受封理政率雄兵。
及时利用吴三桂，坚决摧除李自成。
席卷残明经百战，肃清流寇夺千城。
不期身后遭污抹，历久方予复誉名。

范文程

比明似骨清如肉，尴尬心情复杂身。
出自家奴非将士，不同叛贼乃平民。
力襄满族操劳子，志夺中原建策人。
妻受奸污犹忍辱，枉为宰辅大功臣。

洪承畴

进士升迁授上卿，身膺阃寄率雄兵。
千场苦战能忠国，一袭裳衣促跪清。
席卷中原谁建议，调和满汉出章程。
纵然功绩堪夸耀，青史流传是丑名。

吴三桂

临危受命守江山，陷阵摧锋铁剑弯。
曾预联兵歼悍寇，忽行剃发献雄关。
盖因君主悲仙化，还报亲人遇野蛮。
即刻转身攻大顺，投降兼为夺红颜。

尚可喜

十载时雄成叛贼，充当鹰犬毁英名。

投降渡海朝廷震，请赏侵关百姓惊。

湘水逞凶封紫绶，羊城喋血染红缨。

重创祖国如流寇，后代长闻诅咒声。

张廷玉

显耀家庭足智身，天生禀赋俊贤臣。

万机条畅知松紧，百事盘查识假真。

四季敏躬无谬错，一朝衰朽遇艰辛。

横遭弘历欺耆宿，负杖惊心欲失神。

龚鼎孳

痴心缱绻娶横波，风雨飘摇历折磨。

忍贼投降人耻笑，助贤救难众扬歌。

自羞失路曾伤感，因爱随身得暖和。

毁誉当年称对半，于今更愿赞情哥。

钱谦益

鸿儒末代起千愁，举止惊人震士流。
沿路折声携美女，登衙剃发比阉牛。
仕清休说权宜计，恋旧真怀逆转谋。
饶是乾隆加诽谤，无妨风采耀神州。

吴伟业

明末清初振藻多，两朝皇帝重诗魔。
崇祯下旨销争议，玄烨吟讴示护呵。
人事百艰哀世道，才情几度误娇娥。
铺陈壮丽梅村体，笔法雄奇起浩歌。

冒辟疆

天际朱霞千里马，秦淮娇客恋情狂。
柳娃喜嫁钱谦益，小宛欣陪冒辟疆。
才子诗歌心不老，佳人茶点齿留香。
遗民名士轻官禄，恩爱绵绵筑梦乡。

施闰章

通才循吏好吟诗，北宋南施盛一时。
殿上解经当侍读，江西督学驻儒师。
裁员有份曾丢脸，考核圈留复展眉。
著作等身称俊杰，文风典雅出佳词。

陈维崧

翩翩才子好男风，示爱张扬脸不红。
休笑娈情追海角，亦凭文学震江东。
家门鼎盛吟柔美，驴背霜寒赋壮雄。
三凤同鸣谁首杰，论词齐说属陈公。

朱彝尊

青壮游踪遍九州，将临天命着官裘。
词坛巨子名声大，经史专家品格优。
舟楫送贤多咏赠，村园接驾有文留。
抄书获罪悠然去，诚意拳拳好老头。

赵执信

违规看戏丢官职,郁闷难言漫奋飞。
万水千山观景去,六男四女盼亲归。
诗情有论关人事,神韵无形乱是非。
盲目犹能年八十,时时小酌赋斜晖。

陈廷敬

山西才吏称房杜,手腕高超德且仁。
谏治贪官多卓见,撰编字典亦功臣。
吟诗最爱从优雅,论职经常掌要津。
历算一生无过失,君王眼里近完人。

顾贞观

少小多才结笔缘,飞觞发藻爱争先。
惊天营救能倾力,瞩目相交属忘年。
皇上行巡挑敏士,京华吟咏看高贤。
缠绵词作堪称绝,痛快淋漓若吓癫。

侯方域

名才末世望嘉勋,不料仓皇遇乱军。
并未提刀如武士,幸能以扇赠香君。
低头赴考成羞耻,献计开屠亦丑闻。
壮悔堂中常伫立,追怀情爱写精文。

梁佩兰

花甲题名似太迟,县官以授亦诚辞。
京都誉盛因佳咏,岭表情深起暗思。
结社羊城归智士,扬声粤海见诗师。
谁还嘲笑南蛮地,代有文星续树碑。

陈恭尹

满门抄斩只身逃,国恨家仇尽记牢。
驱虏艰难悲义士,复明无望放军刀。
书功秀美含秦隶,诗律工严带楚骚。
筑室羊城长隐伏,挥毫吟咏泪沾袍。

柳敬亭

面麻异相扬名远,摇舌滔滔佼不群。
岂只开言如博士,亦曾升帐拜将军。
眉飞色舞评新事,石破天惊说秘闻。
老去神情犹壮茂,登台豪气逼青云。

洪升

久战科场皆不第,傲狂落魄度艰难。
娶回表妹深欣喜,侍奉双亲抑苦酸。
心境低沉临谷底,激情喷发起波澜。
迷人大戏长生殿,地北天南乐聚观。

宋湘

诗书双绝亦交娱,人到中年入仕途。
论智堪居枢要阁,为官总在瘠贫区。
妙联随口吟多副,绿树连山植亿株。
才力岭南称第一,未能致富乃穷儒。

王士禛

豪宦出身颇早慧，文坛仕路两交辉。
四吟写柳传天下，百赋编书奉紫闱。
神韵论诗如秘境，风流不字蕴灵扉。
羚羊挂角难寻迹，鼓励骚人任发挥。

归庄

名齐顾怪亦称痴，曾守昆山召义师。
亡命他乡行鹤径，藏身故里着僧缁。
众贤可贬挥椽笔，诸子皆精写杰诗。
最是豪情长旺盛，昂头笑骂不知疲。

顾炎武

家国情怀见大儒，也能商贾赚金帑。
忠心义士仇清寇，急性先生砍忤奴。
抨击陆王尝误导，赞成私有要匡扶。
诸门学术开山祖，思想超前作准模。

王夫之

烽烟四起愿皆违，战事之余笔又挥。
诗以抒情增美感，论常比较出权威。
史文哲理深无底，子女妻心望有归。
坚守尊严毋剃发，采薇气节再光辉。

黄宗羲

举锥拔发拽奸人，报父冤仇不顾身。
抵抗清廷英侠士，撰书明史杰遗民。
宣称专制行为恶，分辨君臣构想新。
先进哲思惊古国，辉光闪亮若星辰。

谈迁

鸿才大志性真初，博古通今集众诸。
自立雄心勤撰史，贼图财宝误偷书。
重编虽有新知见，再看犹难掩漏疏。
却可昂扬鞭励矣，从头开始又何如。

全祖望

仕路维艰辞县令,专心著述度余生。
高端品德扬华夏,平静胸怀看满清。
治史周严崇气节,吟诗精彩溢豪情。
力倡治学新方向,绝顶聪明笔有声。

金圣叹

嘴利牙尖且躁狂,文章评点有专长。
精批水浒摇骚笔,细辨西厢发蕴藏。
一说宋江神厌倦,每提杜甫意飞扬。
临刑幽默人伤感,不世雄才竟屈亡。

孔尚任

胸怀远志亦奇材,赴考曾经中秀才。
闯荡官场难出彩,潜形艺苑易争魁。
扬名最是桃花扇,惊艳还凭大忽雷。
乱世香君凄壮美,令人感动叹悲催。

李颙

缺食脸青称李菜，名扬全县一书虫。
关中人杰恭勤士，海内鸿儒博学翁。
拒去作官身告病，赶来讲课步如风。
无师自立闻于世，亦是非凡品可崇。

李渔

卖文演戏亦财源，遂入梨园别宦门。
写剧娱人销路好，印书防盗版权存。
闲情偶记堪消遣，特艺双姬可醉魂。
中国莎翁何所望，老来得子笑喷喷。

余怀

顾盼自雄曾鹤立，名家珍捧日中天。
文坛聚会才贤悦，沧海横流战火延。
秉志若山参义举，守身如玉赋佳篇。
诗风尚有初唐韵，瑰丽凄清别样鲜。

吴兆骞

万里流迁宁古塔，深忧从此老冰营。
白山黑水熊掀帐，冻地寒天雪盖城。
戍将邀茶生暖火，诗人洒泪止悲声。
归来不惯江南雨，又想边关角鹿鸣。

宋琬

父辈抗清谁信任，骄人进士自扬声。
南施北宋诗才显，陇使川官吏治清。
一展忠贞亡眷属，三遭冤枉屈书生。
情长千咏如春甸，芳满文坛得令名。

于成龙

辞妻别子中年汉，远赴穷衙斗志昂。
幸有贤能交业绩，还因廉洁得褒扬。
当时饮誉于青菜，可比名高豆腐汤。
建设两江多惠政，蜚声岂只靠包装。

汤斌

大明崩溃国消亡,入职清廷自不妨。
欲毁淫祠颇有力,想扶太子已无方。
御寒每赖羊皮袄,进膳长煲豆腐汤。
理学名臣虽可赞,谥称文正却超常。

吕留良

悲愤遗民本不奇,文庸武弱似残枝。
算来只有毋温语,查去何曾带刺诗。
竟致抄家犹喋血,汹然掘墓再鞭尸。
牵连广泛殃多代,雍正阴心实可卑。

方苞

江南乡试曾居首,亦遇灾殃陷圄圄。
名吏施援离狱室,君王礼聘入朝廷。
桐城立派彰文脉,唐宋为依益艺经。
高士笑他才力薄,不妨影响似魁星。

刘大櫆

体长口大胡须美,落第蜗身教谕台。
师拜方苞同契意,徒携姚鼐共呈才。
文章豪迈千辉启,情致纯真百韵魁。
风靡九州传海外,桐城一派起春雷。

姚鼐

桐城主将笔生雄,文爱前贤好古风。
推究词章尊义理,考量证法避疏空。
还乡治学千家奉,授业收徒万士崇。
快意不唯凭仕禄,书楼著作乐无穷。

毛奇龄

救明义士本神童,归顺清廷不内衷。
挟博放言常事发,因狂致祸几途穷。
诗中取境存争议,笔下传情获认同。
虽被后人加诋论,浩繁著作见才雄。

杨宾

深怜老父戍荒营，欲代辛劳事未成。
急去省亲行碛漠，哀求归葬哭宫坪。
常闻壮志悲时灭，少有诗情逆境生。
北国风光多诡丽，骚人抹泪写边城。

厉鹗

治贫乏术有文名，瘦削龙钟病不轻。
金榜难题真俊杰，佳人偏恋弱书生。
笔中景象关春色，心内柔情放晚晴。
炽痛念思怀爱妾，诗章持续写悲声。

邓汉仪

虽是无衔一廪生，满廷入主总关情。
拒求仕路难伸志，欲上科场畏讽评。
曾去应征存愧赧，还来从隐复清名。
畅游天下诗文茂，杯酒吟哦有杰声。

尤侗

真才名士奋登攀,写剧犹能旺戏班。
倡导吟诗须懂曲,履行责罚未藏奸。
恪居史馆欣挥笔,归退园林乐赋闲。
忽报家中来圣驾,满头白发跪当间。

明珠

阴冷如蛇笑面郎,聪明机智立朝堂。
捣平藩逆从鸿议,攻占台湾有远光。
外退沙俄扬国力,内营奸党饱私囊。
晚年失势颇能忍,终得安康免大殃。

索额图

贵胄豪门亦笃勤,良谋善策辅明君。
助擒鳌拜扶新主,平定藩王进锐军。
严约遏俄齐守境,蝇营利己自挖坟。
还因太子遭连累,宠失恩消泪湿裙。

鳌拜

未似亚夫羞嘴笨,满洲勇士战功彰。
阵中猛虎伤疤老,殿上威龙口气狂。
因恃怀忠能获谅,有妨令旨不应当。
康熙阴术擒蛮汉,牢饭充饥日月长。

施琅

再行归顺决心真,清国欣然用贰臣。
衔怨催船攻宝岛,装慈祭郑骗斯民。
禁通海陆端无义,私夺田园复不仁。
最后残明遭扑灭,忠贤永久咒仇人。

李光地

勤读寒儒获进膺,旋由险境转高升。
似非卖友求荣望,确定忠君献智能。
要击台湾曾荐举,来监直隶善科惩。
有官诋责全无效,为与康熙若挚朋。

高士奇

高才杂学苦书生，闯荡奔波到北京。
人世三哀灾具致，帝王一赐运连行。
逢迎有术还多趣，补救无缝似妙成。
莫道伴君如伴虎，君臣厚谊比坚城。

熊赐履

一封疏奏符君意，由此高升屡建言。
吞稿原为争薄面，罢官确认减深恩。
恭良唯上求功显，媚骨欺心致理浑。
儒学独尊称正统，又除诸子奉朱门。

阿桂

弱不胜衣超猛士，救时抢险显英雄。
金川血战边陲定，西域擒凶大漠通。
治水繁忙消滥患，惩奸较力逐邪风。
忠贞致福犹高寿，长辅朝廷立杰功。

隆科多

拥立新皇有大功,宠深位要藐王公。
自身跋扈生诸恶,家眷嚣张起贿风。
父子争权常博弈,舅甥夺利欠沟通。
奈何不悟其中昧,转眼囚牢万事空。

年羹尧

阴鸷君王放肆臣,岂能长睦得全身。
功称显著加恩爵,行缺贤良涉险津。
政见含糊疏忌讳,锋芒毕露欠温醇。
千秋教训曾多少,或是无知害死人。

和珅

逐富贪如无底洞,八方虹吸汇金河。
弄权上瘾逢迎妙,聚宝成山僭越多。
唤雨呼风图爽乐,瞒天过海使奸讹。
才高兼得君呵护,日渐疯狂出巨魔。

纪昀

阴平阳足寿龄长，博学诙谐运笔强。
四库全书朝汇总，六房美妇夜来香。
满盘肉饼肥雄汉，一把烟枪胜丽娘。
独到文星虽宠久，晚年谨慎敛锋芒。

方以智

决志不能降反寇，骨髅打裂未低头。
宁从一死挑冰刃，岂跪群凶选暖裘。
谨守良知担日月，欲传正义写春秋。
金陵公子精三教，年迈吟哦入梵楼。

查嗣庭

恃才傲物擅吟诗，传与贪官属故知。
忽起风波张密网，丞来血案判凌迟。
考题周纳成凶证，日记诬夸作犯词。
穿凿多端文字狱，妄诛儒士夜无期。

庄廷鑨

盲人欲学左丘明，编史修文出大名。
旧稿买来忙印刷，新书未核便销行。
连篇犀语评时事，偶寓精神发汉声。
巨案惊天开杀戮，屠诛近百血尸横。

戴名世

放纵狂谈不避人，酒酣胆壮敢摇唇。
转潜史学忘时事，搜集遗文究故因。
钝角攻书登榜眼，收心守法作乡绅。
忽遭追罪深周纳，花甲之年亦杀身。

孙嘉淦

明知雍正人刁厥，不顾安危上谏笺。
秉直逆鳞遭斥陋，却能转眼得称贤。
一身土袄愁丢脸，满箧砖头扮有钱。
半路拦查惊陛下，真金置换作盘缠。

屈大均

四下奔劳续反清，不辞艰苦久穿行。
未驱鞑虏心难死，放弃僧身志又生。
转纪残明英烈史，漫书新粤壮雄情。
深怀故国诗如诉，铁骨铮铮怒汉声。

沈德潜

耳顺仍然续用功，终登金榜笑皤翁。
伪君挽臂行宫路，老伯低头跪地中。
诗赋多为歌盛世，闲文偶见悯贫穷。
身亡已久遭追案，犹把褒荣尽剥空。

袁枚

七年县令辞之去，修筑随园早转型。
倡导性灵为领袖，喜欢断背乃明星。
伺机兴办农家乐，顺势还开卖货亭。
诗话畅销人气旺，财源广进不消停。

赵翼

状元资质名声好，沉病交缠止擢官。
史树一家成大作，诗评十子有通观。
性灵学说称佳境，神韵流风谓末端。
论与袁枚相契合，共扬江左振文坛。

叶燮

家哀国变犹年少，身似萍飘百事艰。
治县坐衔来宝应，为师讲学在横山。
吟诗杰出人称好，理论持争互说顽。
创作始终崇杜甫，主张独特有斑斓。

吴敬梓

酒肉豪奢速败家，一无所有剩才华。
考场只见愁挥笔，小说流传喜吐葩。
暴露儒林闻笑话，揭穿名士现浮渣。
公心作讽抨时弊，漫卷文开不朽花。

彭端淑

处分积案月三千,南粤官方奖上贤。
坠海几乎丢性命,还乡专职辅生员。
果能桃李盈天下,更有诗词比涌泉。
巴蜀时才排第二,为人勤奋自扬鞭。

张问陶

仕途平顺俊才贤,赵翼袁枚共比肩。
诗韵铿锵如老杜,情思浪漫若青莲。
性灵阐发追求远,书画同辉实力坚。
蓬勃遒豪勤抒笔,倚天拔地耸巴川。

李调元

浑纯无意犯官箴,幸遇乾隆作叙钦。
守职未能酬夙愿,隐归依旧抱雄心。
对联疾出如云涌,著述包罗若海深。
万卷楼高书库伟,珍稀善本胜黄金。

蒋士铨

父母栽培不一般，翰林供职擢升难。
未明暗地谁为敌，但见公开自弃官。
亦赞性灵追古韵，犹精戏曲出新澜。
忽闻境遇君王问，热泪盈眶鼻发酸。

戴震

满腹经纶犹落第，算来赴考六连输。
早年名气惊私塾，老大才华震国都。
学问精微超博士，门生勤敏有高徒。
源于荀子成先哲，后世群贤敬硕儒。

于敏中

生自簪缨名望族，聪明博练状元郎。
文通蒙满工书法，治利官民熟典章。
公务殚心功至伟，隐私有术迹深藏。
亦须记得殷豪祖，未必雄财尽犯赃。

洪亮吉

屡战名场登榜眼，直言进谏犯龙颜。
招灾判死拴枷锁，减罪为流戍雪山。
通易正堪量僻地，消闲恰好咏边关。
伊犁诗赋如春发，垂首迁来满载还。

刘统勋

屡登进士名家族，代有书香受益多。
治理江河亲历险，助襄军政未偏颇。
君王因此堪酣睡，腐吏忧他举利梭。
刚直不阿长辅国，谥称文正自巍峨。

刘墉

簪缨世胄契机多，一路攀升少折磨。
刻毒深挖文字狱，逢迎巧唱肉麻歌。
蹉跎泼墨临名帖，奋发生威捉大魔。
廉洁奉公身壮健，传言却说是罗锅。

傅恒

皇亲国戚知军事，力鼎安边出猛龙。
挂帅金川收大胜，挥师西域斩元凶。
马行林地蛇虫毒，兵困山营瘴雾浓。
继善谏言君不纳，果然生变失尖锋。

陈世倌

奉抚山东谨慎臣，任前稽察独游巡。
灾情报告常加泪，河曲量规细选人。
拟旨误差遭免职，受恩重起得嘉银。
金庸特意传机密，说是乾隆老父亲。

尹继善

满族雄才好运连，封疆大吏任多年。
两江总督防洪患，云贵高原辟棘田。
雍正推恩长有赞，乾隆挑刺谓加鞭。
袁枚知己群儒友，心系东南一俊贤。

骆秉章

闻道凶兵卷地来，急修城垛马衔枚。
长沙炮杀萧朝贵，巴蜀追歼石达开。
固守粤湘招勇士，驰援川楚送钱财。
齐心合力除邪教，花县名贤展大才。

田文镜

深明事理熟规章，勤政劳心貌肃庄。
秉性刚强能碰硬，追求高效擅圆场。
摊丁入亩民沾益，火耗归公吏向良。
峻刻成风诚过分，叙功显著振朝纲。

李卫

学历不高书少读，察情机敏未粗疏。
管盐有术通州县，缉盗无间镇井闾。
治水去淤知险要，理财警策致丰余。
经常收敛如憨直，善奉君王若始初。

鄂尔泰

徘徊仕路盼东风,一遇春晴即泛红。
熟悉朝纲知缓急,深谙世态识穷通。
兴修水利从长计,改土归流立巨功。
方面重臣关大局,曾为鼎柱冠三公。

福康安

亦似卫青深得宠,能同将士共冲锋。
金川疾袭如雄隼,巴蜀摧坚若劲龙。
总督陕甘平暴乱,急临台海息兵烽。
麾师保藏功勋著,纵有骄横也庇容。

曾国藩

其才卓拔罕难逢,拯救清廷建巨功。
筹组湘军除教匪,促兴洋务唤人雄。
修身律己怀高洁,奉主求安抱赤忠。
三立垂辉光灿烂,齐贤继圣获尊崇。

曾国荃

扬师驰救显英雄，铁桶围城用硬功。
地道进挖埋炸药，江流箝锁列艨艟。
踏平安庆抄逃路，爆破天京起暴风。
抢掠狼巢谁有宝，千船舱室满箱笼。

彭玉麟

强攻川泽雾朦胧，一战成名气势雄。
再击洞庭迎逆浪，复穿溧水显威风。
深知领海存危患，新建舟师镇要冲。
勋列前茅何在意，梅花欲画万株红。

胡林翼

才超曾左亦捐官，湖北扬威稳若磐。
粤匪势头遭压制，湘军困局获翻盘。
协调战将殊难得，供给钱粮不简单。
烛照无遗人敬佩，大贤其品胜如兰。

李鸿章

立功擒贼向高攀，焦虑山河久病孱。
鼎助破船浮大海，欲从新路过难关。
外交军事开洋务，铁舰银行建艺班。
甲午战争谋善后，媾和得力未藏奸。

左宗棠

策划筹谋最用功，计完粮草点刀弓。
剪除洪贼钱犹有，戡伐回凶炮更雄。
收复新疆开省府，布防南海创军工。
古今将帅居前列，百世流芳耀碧空。

胡雪岩

信誉攀升似帝王，脏银军事助雄强。
能融国库谁堪比，可益官民众乐帮。
慈善虽多如广告，投资浩大未严防。
商场政局须兼顾，失误英豪亦溃亡。

僧格林沁

最后苍鹰护满蒙,横冲直撞马刀红。
抚民善策收奇效,驭下真情获死忠。
相遇洋兵毋退避,遭逢土匪受围攻。
纵然智术犹偏少,战没沙场亦杰雄。

沈葆桢

处事从容善始终,朝廷赏识运如鸿。
反攻乱贼初传誉,扑灭残凶再建功。
船造福州争上进,兵巡台海示威雄。
办查教案胸襟旧,闭塞思维待启蒙。

郭嵩焘

东方绅士使英伦,风度翩翩洽万宾。
知识丰饶成贵客,文明礼貌恼愚人。
无端指责常迎面,有辱污闻总绕身。
纵获北洋军阀保,犹难承认是忠臣。

曾纪泽

条约重修多险阻,神情忧郁上征途。
千般斗智更文字,百计相谋改地图。
世界得闻皆佩服,朝廷见报即欢呼。
勇凭舌战还丰利,青史留名大丈夫。

容闳

最早海归携伟志,险成匪贼入洪帮。
转身戡伐开洋务,通力维新策庙廊。
当下时艰同厝置,未来构想共提倡。
终生劳碌无停息,亦属英贤可颂扬。

段玉裁

固辞县令踏归途,贫病依然抱壮图。
立定总纲编巨著,专于治学累耆儒。
说文解字持端见,训诂标音剔杂芜。
成就辉煌传后世,垂垂老者亦英夫。

蒲松龄

考场鏖战累多年，花甲犹难得禄钱。
茶店瓜棚闻野鬼，竹窗灯下写狐仙。
满筐故事能消夜，万段真情可感天。
古典短篇称第一，精神财富几千船。

曹雪芹

刻骨勾魂三角恋，绵缠暧昧漫牵萦。
巅峰高手神奇笔，精雅瑶篇孟浪卿。
宝黛风流迷众女，玉钗取舍困群英。
一从披读红楼梦，如醉如痴万种情。

纳兰性德

兼修文武侍皇宫，国戚恩殊仕路通。
富贵家庭才子社，上流朋友女神丛。
其人如玉诗称美，有笔生花力未雄。
凄婉词风追李煜，情深不寿去匆匆。

吴趼人

笔名称我佛山人，报馆谋生采访频。
只爱从文工小说，未由科举作官臣。
动情故事连篇发，丑态奇闻扩版陈。
巨著粲然评现状，犀言谴责亦来神。

龚自珍

官绅门第文声早，六战名场得展眉。
己亥杂诗词美雅，丁香花案事离奇。
老身忧国怜娇客，亲子焚园带路骑。
扬誉晚清优异士，思维先进有良知。

刘鹗

家学养源融现代，目光犀利有奇才。
深知士类藏奸兽，每觉仁慈实罪魁。
揭露伪情垂鳄泪，撕开假面显猴腮。
老残游记掀波浪，谴责之声响若雷。

李汝珍

微官八品精音韵,妙手围棋奕四边。
梦想忽逢奇女国,惊情漫写镜花缘。
娇妻昂首当家长,壮汉低头作雇员。
颠倒常规多乐趣,读来神旺一时鲜。

李伯元

领先报界出菁华,消遣闲闻第一家。
嘻笑诙谐谈妓院,吟诗作对论舟车。
讽嘲小说方登稔,内幕奇文竞发芽。
肮脏官场谁暴露,雄才利笔揭阴邪。

吴承恩

泛读奇文还落第,县衙小职老来担。
乐交名士精诗赋,辞去微官养茧蚕。
曾有成章申所见,亦能运笔不空谈。
西游是否吴公写,鲁迅声言确此男。

曾朴

污卷出场毋再考，捐官却未入公衙。
虚夸实业风流子，真爱诗文冒险家。
革命东兴催壮志，维新西化激才华。
一篇小说藏深意，天下争传孽海花。

严复

精通西学识超常，天演思维布四方。
翻译宗师开范例，启蒙校长立新章。
却停进步成遗老，无惧批评保旧皇。
当下谁人能理解，于今看去尚迷茫。

翁同龢

两代帝师翁阁老，遭逢甲午亦惊弓。
身非将帅堪推责，时任军机或误戎。
荐举康梁求变革，支持光绪欲图雄。
平生名绩存争议，书法精新近鬼工。

张荫桓

抛弃科场攻外语，欲从浊世觅前途。
译传专业称能手，辅助高层入要枢。
变法英才遭忌恨，维新队伍被赃诬。
天山脚下屠贤杰，南海乡亲哭伟夫。

张佩纶

清流主将口才雄，弹劾朝官总激衷。
反对议和心特急，粗疏战败脸通红。
含羞贬戍虽愁死，致美新婚要笑疯。
但说天津兵再溃，忧伤吐血满瓷盅。

张之洞

风雨飘摇末世光，忠君辅国甚繁忙。
骤开实业雄心起，引领清流意气扬。
洋务弊端难抑止，维新败谢总�惶。
名臣重节怀高义，鼎革深思主改良。

奕訢

争位无缘叹奈何，慈禧麾下建功多。
秉持大局除邪教，希望长安主媾和。
洋务领头催发展，外交为首息风波。
维新立宪颇消极，漠视君王受折磨。

冯子材

出自寒门身短小，武功扎实斩凶顽。
江淮逐贼枪排阵，岭表麾兵剑劈山。
援越记勋藩属国，守边大胜镇南关。
荣归老将人惊叹，白发飘飘纵马还。

丁日昌

未登进士亦无妨，术擅工科制炮枪。
首任江南军火局，兼差福建造船场。
联营策略防沿海，选育人才赴远洋。
近代名臣功在史，强兵御侮有思量。

邓世昌

家在番禺识外文,毅然入伍勇超群。
漂洋越海收兵舰,发炮排雷练武贲。
甲午开航迎敌寇,东沟大战急将军。
船斜弹尽犹撞击,壮烈精神恸国君。

黄遵宪

嘉应名才专外务,长期奔走熟东洋。
因知民主为先进,亦预皇权必灭亡。
虽慕自由强世界,却忧选举到家乡。
革新诗法成师范,状物铺排胜盛唐。

郑观应

择职新潮成买办,捐官六品享荣光。
几番鼎力招商局,先后忧烦太古行。
总督时期天下扰,共和岁月九州伤。
终于闭口谋归隐,心内追求是改良。

盛宣怀

犀利眼光观世界，后台有力敢相争。
军工巧转成民用，电报灵通续国营。
百业投资增股份，万家谋富获余赢。
聪明亦被聪明误，铁路终来喊杀声。

谭嗣同

时称佛学最深醇，家父官高富贵人。
革命精神融入骨，维新名义罩于身。
有心杀贼仇清国，无力回天作汉臣。
唤醒黎民颇壮烈，无须再究内中因。

刘春霖

最末状元尤宝贵，由来耀眼更荣身。
虽为太后存心点，亦是先生立意新。
才识自能成事业，书功足可换金银。
茫茫乱世怀贞德，未负声名晚节醇。

朱汝珍

本是状元遭变改,屈居榜眼奈其何。
官封一品应称好,字卖千金岂算多。
立志不餐民国饭,筑园犹傍故乡河。
家山救难倾心力,耸立铜雕映碧波。

康有为

公车上奏雄名起,百日维新启改良。
变法未成仇革命,流亡偏执续忠皇。
三权分立为精髓,一宪加衡作主张。
所换羊羔何效果? 正妻五妾盼强阳。

梁启超

连挥巨笔出雄章,塞北江南起躁狂。
变法呼声惊帝国,改良意见震城乡。
曾襄总统通官运,又捧儒家拜圣光。
左想右思非智乱,经常有理在宣扬。

巾帼女杰

女娲

翻江倒海出群魔，斩怪除凶仗女娥。
彩石补天端仄日，芦灰止水浚淤河。
造人以土身形巧，尊母持家氏族和。
神话流传经久远，感恩热烈永扬歌。

西王母

常住瑶池万景台，夫君自古不公开。
预知福祸援生育，调顺阴阳助攘灾。
曾与轩辕连破敌，时跟汉武一干杯。
传言李白其亲戚，大吃蟠桃长绝才。

嫦娥

偷药升仙似电奔，身心孤独最愁烦。
神蟾劝去千金窖，玉兔邀游百草园。
后羿或难重射日，吴刚未必再敲门。
明知寂寞犹无悔，为有飞天不死魂。

董双成

管园仙女智超群,万怪千奇逐一闻。
武帝兵锋能薄海,悟空筋斗可腾云。
偷桃放任东方朔,求药粘缠太上君。
迫使龙王开水闸,春回大地雨纷纷。

何仙姑

石笋山中拐叔邀,荷衣仙子甚娇娆。
罗浮云母提神力,道士蟠桃细玉腰。
鸡犬升天堪治病,井台循水学除妖。
花篮过海张风势,溢彩流光忽起飘。

精卫

如花少女水中游,巨浪吞身稚命休。
怨气冲天仇太帝,殇魂坠地化灵鸥。
口衔木石填沧海,声发哀音绕砾洲。
希望渺茫犹奋斗,精神悲壮励千秋。

嫘祖

西陵之女貌恭庄,来嫁轩辕喜气扬。
辅助君王安鼎业,扶持部落产油粮。
泥炉酿秫蒸清酒,蚕茧抽丝制衽裳。
贤惠织神施教化,光辉事迹永流芳。

简狄

郊游野浴泛春光,泉水叮咚有蛋香。
太帝拾来言兆喜,美妃吞下孕祯祥。
得儿名契才华杰,延脉于殷势运强。
遥远祖先遗故事,添油加醋乐洋洋。

姜嫄

履迹荒原孕似邪,可怜妃女久惊嗟。
问天暗示如虫蜇,占卦明言若草蛇。
曾置街中牛马避,再丢野外鹄凰遮。
捡回却是真龙种,诞育周朝代代夸。

妺喜

东夷丽女若花狸,迷倒君王世所知。
惯看酒池趴醉鬼,时擂军鼓吓芳姬。
扮男嗜好凭何责,撕布奇闻或可疑。
论过要寻真罪证,红颜祸水乃强词。

女艾

满面春风跨玉骢,潜来浇地显神通。
衣中自有花香味,肩上查无鹊血弓。
出入兵营凭美女,宴游宫室醉王公。
精专间谍成先例,搜获军情立大功。

妇好

政治联姻搭鹊桥,满朝文武庆通宵。
大家闺秀堪争艳,君主贤妻会撒娇。
刺绣女红颇美雅,领兵挂帅有高招。
安边获捷酬皇后,金玉肥田任选挑。

邓曼

不只温柔带体香,亦如谋士识攻防。
征前告别重提醒,战后交流有抑扬。
判断将军诚准确,预言陛下岂应当。
由来获赞名妃子,疑未全心待楚王。

孟嬴

远嫁花车入后宫,新郎忽换白头翁。
乍闻惊愕宁求死,终受温存愿折躬。
面敌守身持大节,因慈阻殉有高风。
秦师救楚兵来日,呆坐厅堂泪眼红。

芈月

捡漏成功子接岗,人生开挂似朝阳。
感情荒诞听权力,家族精明护政纲。
祈愿王廷能不败,牺牲形象又何妨。
临终陪葬曾颁旨,魏氏闻之甚恐慌。

赵威后

闻须质子始援兵，拒绝严词震众卿。
既赞良言曾善诱，还因觉悟复分明。
首先问岁民为本，置后尊君国有撑。
卓越思维谁可比，千秋以降续英声。

文姜

郑庭藐视挫伤深，异母萌兄极痛心。
虽嫁鲁君为国后，难忘齐殿梦知音。
多年挂念悲离别，一旦重逢放笑吟。
有女同车夸臭美，舜华灼灼乱弹琴。

宣姜

成亲遭骗乱纲常，又见公公夺美娘。
久忍衰翁殊命苦，忽亡孝子愈心伤。
正忧再嫁悲哀似，却幸梅婚福祉长。
更有女儿名许穆，能文能武获传芳。

东郭姜

灵堂犹自显春光,宰相惊呆爱艳香。
少妇再婚陪老汉,丽人一笑醉君王。
不愁路远须驰马,虽说楼高只隔墙。
昼夜风流招祸害,宫廷孽恋太荒唐。

哀姜

政治婚姻无后嗣,犹传庆父久偷香。
丈夫辞世谁谦让,叔子争权各逞强。
连续弑君非主犯,出逃离鲁匿遗孀。
已诛凶首还遭戮,举国同情葬丽娘。

夏姬

十指如葱肤似雪,勾魂摄魄烂桃花。
公侯眷恋能耽政,贤士倾心不顾家。
七次嫁人多祸隙,九回伤命甚阴邪。
名声败坏犹殃子,称是春秋美毒蛇。

樊姬

侍陪人主历艰辛，辅国操劳不顾身。
仔细为君挑妾女，认真诚吏荐官臣。
谏停狩猎除糜弊，引导强军裕庶民。
霸业告成谁共乐，英明妃子笑声亲。

骊姬

媾和戎女作新娘，美貌惊人惑晋王。
向有图谋窥宝座，曾施手段乱朝纲。
却无实力争权杖，不料凶徒伏殿堂。
轻率逞能输性命，心机算尽亦空忙。

虞姬

貌美如花侍霸王，随军进退累芳娘。
练裙每去包创口，妆镜曾来挡矢枪。
夜半闻歌何宛厉，君前起舞尚坚强。
忽然自刎悲声恸，垓下残兵尽断肠。

娥皇女英

同侍一夫亲姐妹,娇泥公主比姮娥。
齐承横虐争端少,共付温柔睦爱多。
忽报苍梧传噩耗,急来湘浦只悲歌。
泪倾青竹斑痕在,两朵芳魂映碧波。

息夫人

容貌如花引战争,寻求息祸泪盈盈。
要遮艳事安三国,来侍雄王困七情。
淑慧虽教诸业盛,幽思总致百悲生。
不时移步樱桃庙,每有伤心啜泣声。

妲己

芍药桃花喻丽姝,唇红齿白雪肌肤。
万般宠爱传闻有,数起凶残实证无。
周武狠心屠美女,骚人肆笔骂妖狐。
帝辛既已遭污蔑,纵是端妃亦易诬。

褒姒

千金作诱亦徒劳，姿态端严笑点高。
烽火戏侯何渺渺，君王宠美确骚骚。
犬戎披甲连侵境，申国邀仇共举刀。
内外相勾亡九鼎，并非妃子误兵曹。

南子

花容月貌喜红妆，率性风流揽政纲。
远去情郎犹眷恋，跟前仇敌总猖狂。
仲尼露怯无援助，蒯聩传谣足毁伤。
虽有戏阳怜美女，丈夫逝后急逃亡。

西施

苎萝溪上浣纱回，忽有邀求莫可推。
惑那夫差无假也，恋之范叔岂真哉。
人知君主营兵久，谁见红颜发力摧。
但觉传闻颇杂乱，唯祈仙女已逃灾。

吴娃

身材曼妙舞姿新，竟似君王梦里人。
已逐前妻据正室，难容太子属旁亲。
生缠国主央多日，死望儿男率万民。
但见血腥窝内斗，却能如愿事成真。

钟无艳

极致陋容难置信，却闻师傅不寻常。
骊山老母教仁义，鬼谷先生授秘方。
直进谏言来辅政，笑登花轿去陪王。
退谀罢乐招兵士，府库充盈国势强。

吕后

辅佐人君女丈夫，精明专断启新途。
素知孺帝怀慈善，犹使遗妃受毒屠。
求助张良能恳切，剪除韩信不含糊。
虽曾振国趋昌盛，却致娘家被族诛。

卓文君

小城家宴喜盈门，偷眼琴师几失魂。
俱有真心相吸引，一同决计要私奔。
当垆才女欣迎客，挽袖鸿儒乐洗樽。
卖酒开张人气旺，爱情获胜笑双鸳。

淳于缇萦

五朵金花未白栽，勇于救父赴乾台。
随车入禀神无畏，依律疑刑理可推。
庆幸听聆为圣主，还怜申诉乃童孩。
忽闻恶法真除去，纤弱姑娘泪满腮。

李夫人

如愿成功戴凤冠，倾城倾国久承欢。
玉簪一解尤完美，疾恙连来遇大难。
坚阻君王行探看，深忧幼齿缺平安。
要将丽影留人主，祈望家门不破残。

钩弋夫人

辇车呆坐眼无神，钩弋姑娘忽现身。
握手难伸藏瑞玉，怀胎过久异常人。
弗陵之育真周到，刘彻其谋谬绝伦。
杀母立儿何惨烈，年年拜祭泪盈巾。

陈阿娇

万千宠爱集于身，皇后成真乐众亲。
金屋藏娇何快意，长门买赋自伤神。
只因不孕留闲隙，兼以求巫触逆鳞。
休怨君王情义薄，维持帝国得传人。

卫子夫

满头秀发久传闻，得遇君王更不群。
美德服人安后殿，众亲善战率边军。
开枝散叶功劳显，因蛊生灾玉石焚。
绝世奇缘成惨剧，曾孙回念泪纷纷。

许平君

狱中姻嫁喜盈盈，历劫王孙感热诚。
一自新婚承美德，广寻故剑表深情。
欢欣皇后怀龙子，罪恶医婆煮毒羹。
狂怒报仇虽解恨，亲朋悲痛意难平。

刘细君

罪臣之女不由身，含泪和亲别四邻。
始嫁衰翁悲运数，再姻孙辈乱人伦。
哀歌一曲归思起，苦况千般噩梦频。
汉武闻知虽悯恻，唯能闵慰又添银。

冯嫽

侍从公主到乌孙，美丽聪明获奉尊。
缘结将军如火热，义交部落似春温。
弥缝分裂强藩翼，建立和盟示汉恩。
闻道归来齐喜庆，万人空巷候名媛。

班昭

丈夫早逝守清规,孀寡艰辛未诉悲。
兄长盼归哀代告,贤儿赴任乐相随。
汉书续写难挑剔,女诫行文可质疑。
典雅大家才卓越,马融诚恳拜明师。

班婕妤

貌美温情咏赋工,宫廷争斗未深通。
虽然淑德尤高尚,怎奈妖精占上风。
玉洁冰清难固宠,阴谋暗算易成疯。
一时纵得千般爱,万事无儿总落空。

赵飞燕

归风送远赋苍凉,掌上留飞似燕鸯。
踽步颤行谁窃笑,腰肢纤滑帝癫狂。
嫩肌健魄滋参药,锁爱迷魂用秘方。
美貌身材尤绝代,艳光四射舞之皇。

王昭君

送嫁香车别灞桥,行来塞外雪飘飘。
疯狂酒宴犹齐醉,幽怨琵琶只自调。
神色温和惊艳美,乡思翻滚起高潮。
若能相貌重描画,或选强颜一折腰。

解忧公主

运蹇全家成罪犯,忽登花轿去和亲。
乌孙宫室来公主,西域荒原识牧民。
长视匈奴为敌寇,翼同赤汉作芳邻。
艰难忍辱坚强女,兴国安邦美丽人。

西汉窦皇后

衔泥家燕出青塘,飞上枝头变凤凰。
水涨船高连幸运,母凭子贵致辉煌。
坚撑夫婿成英业,力助儿孙发耀芒。
偏爱梁王虽可笑,不妨史笔总褒扬。

邓绥

身高貌丽亡夫早，才德双馨守汉宫。
外戚抑情无迈患，宦官听命有忱忠。
反攻羌族毋迟缓，施惠黎民贯始终。
强国延昌端不易，苟求之议未持公。

王政君

命硬青姑运气殊，忽成皇后震京都。
心机妃子强情敌，冷漠人君劣丈夫。
拖垮汉朝无责任，提携王莽有疏愚。
当场掷印深悲愤，万里江山遂尽输。

东汉梁皇后

幼善女红还泛读，不曾妒悍德醇香。
未生皇子夫君逝，有赖阉臣戚党狂。
竭力挑人传帝位，垂帘听政守朝堂。
虽将权柄归新主，身后亲朋尽惨亡。

窦妙

皇后无儿奈命何，传承还得费张罗。
只为选帝操劳累，不晓诛阉计划多。
归狱系囚生郁疾，亡身论葬起风波。
朝臣抗辩殊忼慨，方获隆仪筑墓坡。

阴丽华

姿容出众英豪慕，烽火连天嫁杰雄。
离别三年经雪雨，重逢一夜又春风。
坚辞皇后援刘秀，多产男孩似圣通。
谦让隆情终有报，子凭母贵入东宫。

郭圣通

政治联姻亦气雄，果能对峙转强攻。
初尝新爱曾高睨，一遇前妻落下风。
势利君王心狠辣，可怜废后泪朦胧。
刘疆让位真明智，母子平安得善终。

蔡文姬

强悍匈奴掳美仙，忽闻回赎亦熬煎。
别儿伤恸愁千结，归汉情思过十年。
为救丈夫哀一拜，忆书古籍写连篇。
长诗字字含悲愤，捧读谁能不怆然。

武宣卞皇后

奕奕青楼才艺女，温柔活泼乐迎宾。
结交郡守生情爱，嗣育英男愈宠亲。
性俭有恒贤内助，怀宽不妒贵夫人。
从无外戚凶嚚事，品格端庄秀美嫔。

文昭甄皇后

袁熙妻室若仙嫔，魏旅攻城抢女神。
得志储君先下手，含羞美妇再跟人。
刘桢忘跪遭惩苦，曹植倾情入梦频。
赐死口中犹塞秽，防她地府把冤申。

武烈吴皇后

家住钱塘杰美眉，孙坚求娶表衷词。
岂甘亲子为人质，要以江东立国基。
依井救贤赢赞誉，凭仁用士获支持。
仲谋尊拜官员敬，济世安民不老姨。

吴景帝朱皇后

蜀汉烟消粤逆狂，景皇急逝愈惊惶。
为存帝业亏亲子，忍将君权授近房。
凶狠新王生歹意，无辜叔母受灾殃。
可怜矜贵温文女，悲遇豺狼国亦亡。

辛宪英

主妇多才比智卿，知人论事甚高明。
能猜钟会潜谋逆，敢议曹丕太矫情。
大将肥奴兵要败，宣王司马业当成。
详教亲弟防风险，历代文骚有好评。

张春华

忠侍夫君人泼辣,向来情感尚和融。
敢屠婢女行遮饰,不及娇娥助建功。
探病闻言生愤恨,拒餐挽爱总虚空。
幸乎儿辈颇争气,换代更朝势若虹。

绿珠

金谷园中见绿珠,善良灵活异乡姑。
抚琴总使萌男泪,歌舞常将猛士娱。
忽有奸邪生恶念,苦无庇护陷危途。
彷徨焦急高楼坠,骚客频来惜美姝。

谢道韫

林下之风咏絮才,雪天一句占文魁。
或因子女庸凡辈,幽怨夫君不伟材。
乱贼破门伤卫士,英姑拔剑护童孩。
历经灾劫诗尤美,报与芳花共绽开。

贾南风

貌丑传言语未详,母亲美丽压群芳。
低龄小妹差缘分,弱智皇儿接嫁妆。
续用张华朝政稳,妄诛太子国家殇。
八王动乱虽多故,悍后凶横亦祸殃。

褚蒜子

华贵雍容美比仙,选为妃后喜连连。
方生爱子颇欢乐,忽丧亲夫特可怜。
六遇君王皆促命,三求寡妇独监权。
垂帘听政非情愿,苦守江山数十年。

徐昭佩

半老徐娘化半妆,犹存风韵可迷郎。
初心憧憬情牵梦,背叛成仇恨绞肠。
狂饮醉身谁放任,冷嘲残疾不应当。
十年纠葛终难究,一死抛埋乱葬岗。

李凤娘

奇丽姿容惊相士，皇宫礼聘作妃娘。
孝心稀缺遭埋怨，妒意时常见暴扬。
未涉朝廷司政殿，勤来寺庙念经堂。
虽曾处事嫌剽悍，长抱忠贞侍病王。

乙弗皇后

十五年间生一打，尤知战事正艰难。
和亲换后诚无奈，皈佛为尼尚达观。
夺命诏书犹逼促，归天前路独盘桓。
唯能就死安家国，闻讯军民尽鼻酸。

萧观音

绝代仪容拥静襟，文思精巧擅弹琴。
轻车有访回心院，豪笔曾描伏虎林。
暧昧谣传猜妒起，严刑逼供厄灾临。
薄情君主偏听信，皇后奇冤比海深。

张丽华

飘飘黑发最迷人,姿彩精神胜万嫔。
内使阴功惊婕女,外操权术弄朝臣。
承恩似海添魔力,得宠如天展妙身。
祸水红颜遭确认,后庭玉树自埋尘。

潘玉奴

玉足纤纤脸颊红,君王迷恋兴冲冲。
搭园开市据前府,纵鼠惊妃闹后宫。
步步生莲谁鼓掌,时时抹汗帝弯躬。
东昏既溃甘陪死,不负曾经共发疯。

毛皇后

身姿娇健跨云骢,武艺高强使硬弓。
阵上神威扬厉气,牢中壮节贯长虹。
无宁赴死归泥土,不肯贪生就蝎虫。
耻辱裸刑何所惧,誉流邦国女英雄。

苏小小

肤白肌冰似玉雕,土豪公子不停撩。
诗词每比名骚笔,箱柜常装显贵貂。
舞胜迷人樊素口,歌如闭月小蛮腰。
断魂最是桃花眼,一遇回眸魄欲销。

魏华存

冥心坐想自吞涎,诗写黄庭有秘篇。
意念膻中充玉枕,气行离坎守丹田。
嫁于刺史犹春药,虽作人妻亦学仙。
传说积精身羽化,鹤车来迎喜飞天。

冼英

俚家圣女乃天骄,能武能文学舜尧。
戡乱抚民安百粤,谋韬审势历三朝。
心倾陈帝怀情义,兵发琼州治岛礁。
维护中原行正直,千秋赞美总如潮。

红拂女

手持红拂丽如仙，每作花瓶侍宴筵。
久盼英雄唯梦幻，忽逢高士在身边。
必须此夜成知己，博取今生结好缘。
果胜文君迎幸运，恩山爱海享天年。

千金公主

万里献身和突厥，惊闻王灭父成仁。
血流九族悲孤女，泪下千行哭众亲。
隋帝送屏谋示好，夷妃挥笔写沉沦。
家仇国恨诗如诉，马踏黄沙起战尘。

义成公主

青春曼妙去和亲，领主倾情奉女神。
曾救杨坚安众命，再迎萧后护孤身。
只尊隋帝为天子，永视唐王是罪人。
李靖剑挑无所惧，一腔热血洒胡尘。

独孤伽罗

聪明美貌识精微,挟势夫妻共奋威。
五女五男同此母,全心全爱不添妃。
上朝理政联肩出,退殿还家并驾归。
体贴温柔遵妇道,连枝比翼乐双飞。

萧皇后

萧家有女选为妃,奉侍隋炀致入微。
曾助夫君行角力,奈何帝国滥施威。
奔逃突阙凄惶去,返转长安庆幸归。
美好人生经百劫,怆然回首泪纷飞。

宣华夫人

美丽囚徒抵北方,陈朝公主作宫娘。
不跟妒后明争宠,只诱痴皇暗嗅香。
太子多情虽喜悦,弟兄沉劫总凄凉。
传言政变曾参与,正值芳龄报暴亡。

平阳公主

娘子关中树戍旌,英姿公主涌豪情。
反隋献出千担谷,援父招来七万兵。
进击长安攻锐阵,驻防苇泽守坚营。
悲伤薨后行荣葬,军乐雄浑奏壮声。

武则天

一道奇光罩李唐,人间惊见女为皇。
自非怠政来供佛,不说妖男去暖床。
只顾眼前招酷吏,终须长久用贤良。
柔情霸气身兼备,青史纷纷赞媚娘。

韦皇后

花样年华美丽妃,房州幽劫预无归。
重来秉国方心定,忽遇亡儿又泪飞。
椒室淫情遭暴露,朝廷干政欲施威。
却难证实行凶弑,事败谁堪辨是非。

杨贵妃

妖娆丰艳动人姿，醉后池中魅影移。
既促君王求健体，还招墨客写骚诗。
稍存异味常携麝，长喜奇香不孕儿。
失势玄宗难护爱，凄然命丧马嵬陂。

郭贵妃

贵胄鼎门尤美貌，世姻唐室共沉浮。
七朝承转能开慰，五帝尊崇少积愁。
不学武韦生焰势，难容郑氏出风头。
晚年频遇伤心事，一度含悲欲跳楼。

上官婉儿

关爱文坛女相公，行来无处不春风。
秤诗细致倡华丽，咏物精奇赏巧工。
一点梅妆添百魅，满笺兰韵醉千雄。
身遭险境难营救，绝世琼花抱憾终。

太平公主

有如巨树久经霜，渐踞朝廷震八方。
力鼎家兄堪护国，速除面首敢违娘。
显诛韦氏增功绩，暗算玄宗惹祸殃。
纵使安唐多贡献，弄权终究太猖狂。

安乐公主

途中出世衣裳裹，重返京师始妄为。
生活骄奢当不假，性情放荡亦何奇。
卖官谋富能无阻，弑父行凶则有疑。
政变突然人急逝，或含污水泼娥眉。

咸安公主

回纥曾经救李唐，屡求迎娶汉新娘。
奈何帝国娇公主，须侍荒原老朽王。
轮配祖孙成寡妇，再姻宰相作填房。
一从嫁后无归省，泪眼婆娑望故乡。

宁国公主

骄傲妖娆曾两嫁,依然雅美若花魁。
和亲回纥缘重结,告别京城运似来。
岂愿殉夫从陋俗,唯能劙面示悲催。
万人郊外迎归国,泪水长流不胜哀。

文成公主

登轿和亲出帝州,依依惜别泪难收。
宗王护送怜娇女,松赞恭迎建凤楼。
陋习般般须剔弃,文明种种获交流。
淑贤博学人深敬,青史传芳永不休。

金城公主

远嫁吐蕃辞父老,君亲宴别泣声多。
倾城公主人惊艳,爱国贤妃自促和。
闻与藏王情炽热,但逢唐使泪滂沱。
家书频寄传思念,总祝双方永息戈。

升平公主

杏眼圆睁斗嘴巴，烦心驸马口无遮。
粉拳既未赢蛮婿，怄气难消报老爹。
皇上宽容毋计较，亲家惭愧自纠查。
遂将忤子施鞭打，豫剧编词卖力夸。

弘化公主

聪明贤惠别家园，万里和亲吐谷浑。
接受汗王能勉强，驱除仇敌不温吞。
却亡邦国齐挥泪，又失儿男自断魂。
灵柩双双藏秘境，事如幽梦了无痕。

薛涛

获职当初在蜀都，粉笺精美校书殊。
非贪礼物谋官位，要放豪情戏酒徒。
郡守从严查助手，英男狂热恋明姝。
缠绵数月悲离别，再见无期落泪珠。

李冶

才高旷达美花枝,交结名贤好咏诗。
道观栖身元可意,皇宫召诏却堪疑。
虽言颂贼须惩罚,或是生憎被弃遗。
人老珠黄无早去,惨遭杖杀血淋漓。

鱼玄机

貌能倾国且工诗,心慕词宗被婉辞。
满腹才情迷俊士,百般仇视逐仙姬。
始栖道观交贤杰,终在青楼聚翠眉。
忽涉争风成血案,庸官重判甚凄其。

刘采春

走州过府看娇蛾,耀眼花苏缀绮罗。
响遏行云星掩月,声穿流水鲤回波。
痴男心喜闻香近,孀妇情伤下泪多。
最是动人笳鼓竟,采春主唱望夫歌。

花蕊夫人

轻盈玉体麝兰熏，雅爱芳花擅美文。
惹眼芙蓉犹似火，低头人主已如焚。
惊心妃子来追问，解甲将军置不闻。
莫怨男儿毋死战，须知误国是昏君。

刘太后

丈夫忽逝甚艰辛，听政临朝要布新。
终结天书强国脉，发行纸币益黎民。
消除朋党应称善，抚养孤儿自属仁。
御玺移交颇顺利，狸猫太子事非真。

谢太后

喜鹊呈祥更旧貌，忽成美女作皇妃。
国临末世多危难，人在深宫少是非。
强敌入侵濒灭顶，残城困守受包围。
孤儿寡妇愁无计，屈辱投降碧泪飞。

李清照

天生佳偶爱收藏，淘得精奇喜若狂。
仁岸一挥成诀别，行舟千里载悲伤。
幽词似诉声声泪，美韵如歌字字香。
传世诗文功底厚，古来才女最光芒。

李师师

风姿艳美动京华，流眄含春傲百花。
商贾情痴常厚赠，诗人心醉总狂夸。
帐中陛下亲芳泽，床底词宗捂笑牙。
战火纷纷踪影失，传闻消息乱如麻。

唐安安

娇柔红袖笑开眉，依贴君王展美姿。
才艺超群新角妓，风流惑众小狐狸。
克能交际非娼女，尤擅翻腾乃舞师。
得宠传名犹暴富，忽然消失禁人知。

述律平

喜嫁表兄同进退,好强皇后最横豪。
为除政敌提青剑,能擢贤良赠紫袍。
长子弃权人去国,悍妈断腕自挥刀。
祖孙仇怨难和解,囚禁终生独苦熬。

冯太后

连日呜咽只悼伤,殉情未果发辉光。
扫除政敌更夷俗,聚力朝廷借汉章。
宠爱美男招俊士,笃亲孙子育新王。
催驱北魏成强盛,浴火名妃似凤凰。

大梁皇后

君王情妇权臣媳,政变成功戴后冠。
忽逝丈夫愁乱局,急携儿子对艰难。
调和内斗防分裂,赢取边戎复睦安。
篡位倾朝如武曌,能明主次控宏观。

小梁皇后

梁家美女又当权,欲学姑妈敢负天。
再对宋朝行战伐,尚同辽国续勾连。
宫廷政乱能拿稳,平夏兵灾致倒悬。
盟主声称相救助,突施凶杀袭琼筵。

乌林答氏

自幼订婚情似海,入门贤惠暖春临。
劝夫献宝防猜忌,为嗣添妃杜妒心。
赴召识凶仇暴主,投湖守节别知音。
遗书悲壮含宏义,激励亲人灭恶禽。

樊梨花

千年戏曲演梨花,天上人间共斗邪。
武艺高强樊美女,恩仇纠葛薛亲家。
疆场伉俪情如酒,宿敌阴谋毒似蛇。
故事销魂传海外,连台歌剧众狂夸。

穆桂英

穆寨关山出谷莺，流传故事富奇情。
抗辽破阵驱强敌，伐夏攻城奖勇兵。
赵宋王朝临险地，杨门女将请长缨。
保家卫国多功绩，百代千秋唱美名。

梁红玉

卖谷磨枪买玉骢，沙场夫妇共豪雄。
手擂桴鼓攻蛮寇，身射流星救圣躬。
跃马江淮兵势壮，横舟荆楚战旗红。
如花美女轻脂粉，飒爽英姿挽大弓。

卫夫人

暮年从子僻乡居，正楷精专胜古初。
碧海浮霞衔坠石，仙娥弄影插芙蕖。
声称有骨追书圣，笑说无筋是墨猪。
高足羲之深感佩，常为姨母送鲜鱼。

管夫人

开朗端庄为女杰,誉如东晋卫夫人。
行书俊逸形华贵,画法精奇意崭新。
教子有方催异禀,持家以德倍相亲。
元皇欣赏乾隆赞,青史留芳可不泯。

孛儿帖

乍龄十岁恋雄郎,突遇凶徒被劫藏。
勇冠三军来猛婿,身怀六甲再新娘。
每援杰主奔前线,曾以孱兵守后方。
饱历风霜甘付出,英豪儿女忽成行。

唆鲁禾帖尼

圣善柔嘉妇德芳,拖雷妻子智谋长。
持家贤惠增声誉,处事精明避祸殃。
判断舆情颇准确,斡旋危局显坚强。
从严哺育收成效,四个儿男四帝王。

萧太后

美丽高挑俏玉莺,俊男羡慕正葱菁。
环攻四面开辽境,直击三军破宋营。
协约一章和宿敌,风情万种爱名卿。
纵然征战操劳累,难掩琼花百媚生。

孙不二

美好家庭竟拆之,大师有责且存疑。
因来道观行修炼,犹向坊间讨舍施。
散发披头成乞丐,结丹藏腹化仙姬。
时光倒转如重选,是否还从未可知。

珠帘秀

扮老饰春文武旦,来登歌榭百千姿。
胸高腰细如葱指,眼醉唇红似柳眉。
美目传情迷众视,羽裳起舞展仙仪。
一朝婚嫁惊天下,道士偷心娶艳姬。

马皇后

一双大脚步匆匆，品德贤良侍相公。
慈爱宽容谐国运，母仪远范守皇穹。
恤情常有怜民事，助主曾施救命功。
泉水清凉旁烈火，终生仁善鼓和风。

明仁孝皇后

致力辅君贤慧后，知书达礼美姿容。
和谐御殿生春意，领守危城扼犯锋。
恩结夫人怜佐吏，严求诸子哺真龙。
母仪天下盈慈爱，史册流辉立上峰。

万贵妃

年方四载为奴女，十九长佣两岁君。
一往深情生不舍，百般浩责死难分。
当时畸恋传奇事，后世流言见恶闻。
确证全无唯野史，捕风捉影属诬文。

郑贵妃

君王宠爱得欣怡，却惹风波屡诡奇。
廷击舆情曾臆测，面争国本似谣词。
先皇封后谁应许，新主吞丸众置疑。
蜚短流长多八卦，满朝臣子易偏思。

秦良玉

高壮仪容继土司，白杆兵勇护龙旗。
匪帮作逆长驱矣，丽帅扬师急堵之。
巾帼勤王携饷食，人君提笔写褒诗。
一生征伐忠明国，美女将军立伟碑。

沈宜修

貌美心灵擅藻词，待亲有道展柔姿。
和谐琴瑟夫妻乐，温暖家庭母子怡。
育女三人皆爱戏，生男八位尽能诗。
风云剧变悲伤起，连失闺妮痛不支。

叶纨纨

玉润金辉亦秀媛，温柔老姐畏烦喧。
才如谢女能歌咏，德似班姬善寓言。
花季多欢临美境，婚姻不幸入衰门。
小鸾疊耗惊心魄，抚柩伤悲痛断魂。

叶小纨

金花三朵迎春放，次发中间亦美株。
忽报小鸾人短折，又哀大姊命凋枯。
悲来秋夏摧肝气，郁起晨昏坠泪珠。
遂写亲情编梦剧，追怀往事忆双姝。

叶小鸾

修眉端鼻红唇秀，体貌高挑爽朗人。
带露海棠同玉质，经霜梅朵得精神。
诗多美句清新韵，画见丹花艳彩春。
十七芳华魂魄逝，举家痛哭泪盈巾。

陈园园

慧心兰质俏婵娟，莺韵迷魂众士癫。
唐代贵妃欣转世，明朝元帅喜逢缘。
本来破国堪生恨，却道因她要变天。
岁月悠悠人不老，千年传说是妖仙。

李香君

著名歌女识龙蛇，欲与英男共筑家。
才子别亲奔战地，贞娥溅血画桃花。
打鸡园里犹希望，愧石墩边剩叹嗟。
闻说爸妈齐厌弃，深情万丈化泥沙。

董小宛

为偿巨债失尊优，坠入红尘不胜愁。
文采风流精美食，情缘奇遇别青楼。
正妻畏怯尤依赖，夫婿关怀或过头。
丽貌固能迷冒叔，传闻顺治亦追求。

柳如是

秦淮名妓好男装，觊慕欣来半野堂。
婚礼遭嘲神奕奕，诗词被赞喜洋洋。
同情国祉心肝痛，抵触清廷恨意长。
投水风波天下震，更知此女不寻常。

卞玉京

青春明慧似仙萱，香气盈盈善蜜言。
入眼雅男曾就席，提钱财主急登门。
花前月下能亲嘴，目秀眉清可摄魂。
最恨诗神吴伟业，逢场作戏不求婚。

马湘兰

弄玉吹箫又一朝，依依拥别泪花飘。
人来人往幽兰馆，双去双回玩月桥。
负我无须惭半刻，为君直欲舞通宵。
姑苏城里狂欢夜，散后惊闻七魄销。

顾横波

兰花画术似名师，风彩眉楼万士痴。
濯洗铅华收手早，得封诰命胖腰迟。
曾投枯井全家赴，终谒新朝举世嗤。
幸有丈夫真体贴，互相挚爱不犹疑。

寇白门

夜嫁高门运不长，夫家卖妾欲消殃。
坦然分手辞豪府，委屈赎身返教坊。
红豆飘零歌似泣，黄昏强醉舞如狂。
奈何丑类无收敛，落陌春花自断肠。

三娘子

婚嫁从规已不烦，总为部落守家门。
草原奔马来龙女，荒漠修城驻凤辕。
徐渭陪尘观射箭，冯琦赴宴颂飞鹓。
美人才子曾同舞，堪慰清凉塞外魂。

朱淑真

多情才女谁家妇，雅藻清词独步云。
咏絮未尝输道韫，抚琴亦可比昭君。
春花秋月弹心曲，夏雨冬霜写怨文。
一集断肠传播广，平生故事却湮闻。

黄道婆

痴迷纺术到崖州，怀技归来已白头。
除籽弹棉抛旧械，抽纱绣帛出新绸。
织衣软滑千家爱，染色花鲜万众求。
造福人间奇女子，至今纪念永无休。

袁机

才子袁枚有恸文，怀思室妹泪纷纷。
守痴莫说新婚蠢，受害唯因旧德熏。
笑靥如花悲覆雪，年华似水痛埋坟。
亲兄泣集深情咏，凄美诗词得广闻。

赛金花

大使状元双衬托,果然妖艳赛金花。
遍游世界添风韵,历阅红尘识物华。
贵族王公斟美酒,外邦司令品香茶。
挺身救国传真事,夸奖诗文不肉麻。

孝庄文皇后

入关前夕事朦胧,奠定根基必有功。
秘到狱中赢将帅,长居幕后促王公。
两朝养孝扶英主,三世尊亲护上宫。
顺治内心虽异议,满堂官吏愿弯躬。

董鄂妃

未与相争犹得宠,唯能加倍显仁慈。
不单陛下良知己,亦是亲尊淑孝姬。
付出热情兼负累,换来冷遇续谦卑。
遽然早逝悲天命,哀痛君王独久思。

秋瑾

欲诛鲁迅自非真,时代思潮集一身。
缺爱丈夫难遂意,重男社会不由人。
独奔日本筹谋决,群聚苏杭起义频。
矢志别亲防坐累,鉴湖女侠勇兼仁。

慈禧

寿庆花销有几何?若非女主或更多。
剪除教匪开洋务,掌玩拳妖惹外魔。
收复新疆当致贺,未赢日本已谈和。
迫行立宪铺通道,概论无疑属智婆。

孟姜女

千载相传痛哭声,滔滔泪水获同情。
或由骚士加工出,亦是民间演绎成。
遥役虽然为苦事,长城却可御凶兵。
人人固悯哀夫女,犹盼平安厌战争。

花木兰

抽丁卫国赴关河,代父从军勇执戈。
将领寻思招作婿,士兵友爱拥为哥。
十年征伐青春老,一夜还乡热泪多。
忽告真情君诧愕,要加官职奖娇娥。

貂蝉

来踪去处两朦胧,中见奇花灿烂红。
董卓无疑真好色,温侯起意要争风。
应知丽貌如犀剑,可视肥腰作朽桐。
或许不须唆吕布,交由美女亦成功。

笑说秦罗敷

清甜美貌弄桑枝,应答庸官甚调皮。
休笑乡村青涩女,亦知京国紫骝骑。
口才犀利怀幽梦,心智聪明出妙思。
穷未娶妻须绕路,谨防遇后变花痴。

再读刘兰芝

简洁周详事不奇,深情哀怨动人诗。

当年掩卷曾三叹,今日翻书再复思。

刚烈夫妻求死急,可卑兄母覆仁迟。

两家悲剧根何在,或是长时未孕儿。

步非烟

年少青春起冶思,疯男怨妇恨逢迟。

瓯声悦耳牵心曲,笺墨传情灼骨诗。

烈焰红唇尝浅醉,爱河欲浪陷深痴。

任由毒打甘身死,悲剧惊闻又悯之。

道佛医艺

赤松子

火烧雷击不伤身，入地升天跨凤麟。
曾与轩辕谈势运，已同玄女结姻亲。
张良羡慕如云鹤，刘向查明乃雨神。
上古圣师餐水玉，昆仑石室住仙人。

彭祖

深井犹存证古贤，千秋传说似神仙。
通经补火强阳脉，引髓还丹守气田。
烹饪至精尤配药，睡眠充足擅吞涎。
用心探索房中术，耆寿悠悠八百年。

老子

骑跨青牛早起身，望西而去踏轻尘。
迎头关令求经术，拽手佣工讨欠薪。
说好写书留一宿，声明还账要三春。
祖师道学千般妙，却似江湖赖债人。

庄周

漆园小吏傲王公，世事深谙万理通。
哲学锻成文学美，修身犹致老身穷。
杀鹅留树元为智，梦蝶敲盆岂是疯。
虽共李聃传道教，汪洋恣肆有谁同。

黔娄

洞穴栖身邻百兽，夫妻互励乐岩耕。
坚辞鲁国封官职，婉拒齐王赠谷粳。
宁愿清贫除逸欲，毋容俗念扰幽情。
殓衣盖首难遮足，却使曾参发责声。

惠施

忧虑联防或太迟，促催合纵急驱驰。
受欺弱国原堪守，力阻强秦勉可期。
庄子还来开远智，魏王借此获真知。
濠梁之辩颇风趣，古树旁边卧大师。

张道陵

决意修仙抛县印,专心踏访大环游。
三年炼出灵丸药,万户随来瑞鹤楼。
龙虎山中称教祖,川渝峡上斗魔头。
真身羽化升空事,屡有奇闻播九州。

葛洪

上将鸿儒化学家,罗浮抚景觅丹砂。
愿辞县令抛尘俗,要入仙途探物华。
鼓冶终能熬汞粉,论医最早治天花。
长生不老人人想,道祖偏方满药车。

司马承祯

仙宗十友聚云端,论道谈诗振政坛。
未藉宠恩夸术数,有凭智慧释疑难。
明皇询问生津法,武曌含尝益寿丸。
李白时来邀酒宴,玉霄峰上共衔欢。

元结

道家进士亦知兵,抗逆存安十五城。
乐府长吟闻雅韵,杂文渊论发雄声。
诗心高远人称好,格律粗疏众看轻。
韩柳从来深敬重,助威复古借贤名。

铁拐李

铁拐铮铮脸面乌,胡须杂乱戴红珠。
书生传说多仙术,瘸子原来有健躯。
形象卑微能唤雨,热心慈善乐悬壶。
葫芦斗海堪穿浪,旋转飞升越险途。

吕洞宾

夫妻同炼洞相连,撞破仙关可驾天。
力逐水龙通腑脉,牢拴阳虎固丹田。
欢情饮酒无严禁,秘诀藏诗有暗传。
渡海唯须挥宝剑,划开波浪不需船。

张果老

忽闻驴背笑嘻嘻，老汉原来爱倒骑。
进谒玄宗曾诈病，拜辞武后速逃离。
分丹诊脉人齐赞，观舞听歌众尽痴。
跨海有凭蹄力足，凌空踏浪任奔驰。

韩湘子

携箫公子若顽童，懒读诗书喜异功。
韩愈侄儿时告乞，吕岩徒弟总装疯。
忽抓空气花开蕊，悠晃茶壶酒满盅。
踏海劲吹魔鬼曲，齐鸣鼓角驾狂风。

蓝采和

后脚穿靴前足跣，行于闹市扮疯癫。
一身蓝袄肩中烂，几串青钱地上牵。
往日无冤原是女，今朝有术已成仙。
飞舟浮海悠闲渡，不惧风高浪涌天。

汉钟离

头圆额广貌堂堂，点石成金法力强。
勇猛军官曾败绩，资深道士得纯阳。
挥刀斩蟒传名远，携酒求仙历劫长。
过海唯凭蕉扇舞，御风而越赛飞凰。

曹国舅

国戚皇亲属上贤，居官悉力解民悬。
家财散尽抛权贵，仁义存留学道禅。
三教精通端不俗，万方游历始为仙。
一摇笏板堪飘海，敢使龙王送酒钱。

陈抟

名落孙山愧大儒，赧颜隐去结丹炉。
身于酣睡犹修气，志在通微有示图。
忌以仙符标道教，常因易学震江湖。
君王敬重时颁赐，百岁依然似健夫。

种放

醉侯辟谷隐云溪，三诏方行入禁闱。
屡骋屡辞颇恣肆，时贤时鄙甚跷蹊。
君王信任无忧虑，御史声称有问题。
待到饮酖烧稿本，庸官闻讯把头低。

寇谦之

习炼多年领悟迟，高人教后忽周知。
暗通望族联儒士，喜入朝廷作国师。
皇上授权除陋妄，道场度箓弄神奇。
修仙曾隐嵩山里，辟谷成功腹不饥。

于吉

过县经州来道士，画符打醮挟龟著。
开言有说财能测，切脉尤称病会医。
却似与君争信望，被疑乱世播颓思。
吴王欲斩难施救，国母求情白费词。

左慈

名闻三国可飞驰，使鬼驱神见大师。
万里取鱼惊众客，一壶斟酒醉千骑。
太平要术归于吉，遁甲天书属左慈。
曹操欲擒人倏忽，东藏西显笑嗤嗤。

袁天罡

星象精通似大仙，奇闻逸事久流传。
断言短命岑文本，预见惊人武则天。
雅鉴吉凶堪入圣，典司政务亦称贤。
既当县令兼修道，推背图能测万年。

张继先

少年道长入皇宫，笑虎夸龙悦圣躬。
陛下欲寻灵怪力，天师如具鬼神功。
总愁事败难逃死，突告人亡乃病终。
有报潜身巴蜀地，罗浮几度见仙公。

道佛医艺

659

王重阳

道家法祖显神聪,亘久熏修理贯通。
造洞只因心欠静,弘禅或虑势犹穷。
云游指授能兴教,寡欲沉潜可聚功。
创立全真开化境,士民从信拜仙公。

丘处机

劝元止杀谒央宫,道学趋时势若虹。
尽管佛仙名义异,犹倡诸教本根同。
优崇文化新形象,乐咏诗词具雅风。
谋治汗王颇器重,金庸笔下大英雄。

马钰

人过中年遇大师,开山弟子有雄资。
称能迅速通神邃,却见长期带病疲。
父老宗崇诚热火,娇妻入教憾分离。
武功不及贤徒好,仍具威名掌帅旗。

王处一

炼形九载获真阳，徒弟人多铁脚郎。
不以矫情言普度，惟凭实力赏孤芳。
曾供财帛修庭观，亦撰诗书咏道场。
独足跂临千丈壁，群豪折服大名扬。

谭处端

求医入道事离奇，病愈传闻且信之。
遭打齿牙唯自咽，所书墨宝乐分施。
练心随境无难度，除欲应时有大知。
学问早年存厚博，堪弘教义固根基。

郝大通

家富聪明会卜巫，重阳吸纳作门徒。
持修不语经年月，得道传声振海隅。
易理精通臻化境，秘图善画证仙途。
推崇心性全真意，法力高深握智珠。

刘处玄

孝顺传名异雅青，重阳门下习无停。
寻花问柳修心性，讨饭求钱补外形。
文化自雄诠老子，气功夸诩注黄庭。
后来徒弟真渊博，汇学编书似巨溟。

张三丰

唯有修仙乃所求，抛妻别子学无休。
精通太极拳千变，参透阴阳寿万秋。
莫说街边如乞丐，须知教内是龙头。
堪随李耳穿三界，乐与青牛作永游。

李提摩太

急救饥民赴晋城，拼将尸骨葬坟茔。
调停教案追凶戾，倡导文明履善行。
世界潮流冲丑陋，耶稣形象渐光荣。
维新变法皆参与，最恐灾荒再发生。

利玛窦

为入海关尝百苦，乔装印度老僧徒。
带来圣画天文学，持有医书地理图。
手法多端亲政要，行藏渐露驻京都。
成功传教人尊重，逝后恩荣得墓区。

汤若望

重洋万里别家乡，游访中原谒帝王。
速习华言修炮厂，遍传圣理说天堂。
带来科学兴新术，推广文明促远航。
艰苦交流多贡献，千年纪念有名扬。

安世高

放弃继承崇佛法，远来传教甚恭虔。
译经无算呈佳作，行善多年结胜缘。
满脸生须遭谑笑，一言不合惹凶拳。
纯良王子街头逝，闻讯僧民尽怆然。

道佛医艺

佛图澄

弘佛来华已晚年,禅功深厚振诸贤。
招徕徒众人超万,兴建伽蓝数近千。
以水洗肠医怪病,闻铃断事似真仙。
阻拦杀戮常规劝,终使凶王肯纠偏。

鸠摩罗什

向擅语言通梵汉,名扬华夏友王侯。
精微著作传三界,宏大慈悲播九州。
懿哲门徒夸智慧,痴迷男女献香油。
凡间佛国皆崇敬,译学文功第一流。

达摩

一苇渡江身百岁,遇逢萧衍被敷愆。
九年面壁尘嚣寂,三偈明心妙道圆。
播种生花于北国,开枝散叶在南天。
佛慈无敌还遭毒,梵事当初不易传。

慧可

断臂求师或可疑，座谈沉默自情知。
未愁手下无徒弟，只望门中有主持。
觅得贤良承杖钵，便如禽鸟脱笼篱。
传经开讲随心意，四处云游愈不羁。

僧璨

中风问疾拜神光，听命为僧建道场。
称避殃灾居野谷，乐弘慈善走村乡。
精挑稚子传衣钵，特写经诗播佛香。
勤向平民宣梵义，禅宗由此渐彰扬。

道信

儿童依皈坐长禅，肋未沾床数十年。
早继袈裟开梵悟，始修寺院接西天。
捍城却敌经威武，守道辞君义凛然。
智慧惊人谁转世，自同佛祖有深缘。

弘忍

少年皈佛获钳锤，承钵登坛善指麾。
寺庙规模超往昔，律条严戒训当时。
忽抛北秀言行诡，欣赏南能故事奇。
已付袈裟心畅快，周游天下不身疲。

慧能

舂米挑柴作下厨，亦于墙壁答空无。
一篇示偈惊全庙，半夜传经走远途。
潜入深山逃杀害，重来寺院说浮图。
倡扬顿悟曹溪旺，佛在心中喜信徒。

神秀

举止从容觉性殊，善由形象启迷愚。
忽闻饱读奇和尚，未敌文盲一伙夫。
顿悟自堪明梵谛，渐修岂必误禅途。
南能虽已承衣钵，北秀名高德不孤。

神会

六祖高徒善辩僧,滑台大会得完胜。
山东方丈言无力,菏泽头陀论有凭。
信众渐行疏北秀,禅门开始敬南能。
挺身筹饷收神效,巨万军需助战征。

陈玄奘

破格为僧立志坚,苦行万里赴西天。
其争义理能全胜,所译经书已彻编。
法相宗门曾盛旺,瑜伽师地获流传。
两朝皇帝催还俗,不肯封官断佛缘。

齐己

幼入禅门勤念诵,身存鼓突谓诗囊。
一支卯杖游千界,万句辞章咏八方。
庙主挽留传释氏,书生邀去解儒藏。
风骚梵士吟哦美,格调清和耀佛光。

贯休

书画繁忙又赋词，多才和尚步施施。
诡奇绘像堪弘佛，冒险违君不改诗。
荆地情危遭撇弃，蜀王礼敬乐扶持。
分茅食邑三千户，乱世来尊大国师。

皎然

云游四海尽佳兴，妙喜峰前守梵灯。
欣遇机缘交茗祖，乐于吟咏亦诗僧。
悟参佛谛教村妇，念罢心经读杜陵。
骚客朝臣常到访，深山古寺聚车乘。

鉴真

六番漂渡始收篷，轰动东瀛礼极崇。
盲目犹能申梵戒，诊医恰似显神通。
唐招提寺三宫伟，日本尼僧五蕴空。
书法棋琴遭热捧，流传千载兴无穷。

寒山·拾得

和合双僧释法精,寒山寺现佛前生。
谤欺辱笑轻尤贱,让避容由耐以迎。
歌偈自然无俗气,诗吟风趣有清声。
万民挚爱开心果,到处流传梵士名。

南岳怀让

误邀和尚入贫居,诱使孩童读梵书。
三位大师尝指点,一名徒弟可吹嘘。
怒雷掩耳家风在,见佛明心众相虚。
长伴青灯成释祖,群僧接踵谒精庐。

智顗

智者大师经困顿,豁然开悟旺天台。
百官笃信祈灾去,万众痴迷盼福来。
口吐莲花堪礼佛,手敲梵贝易谋财。
未如六祖流传广,营建伽蓝却占魁。

马祖

牛行虎视舌头长，怀让关心有异常。
盘坐栓门求佛觉，砖磨为镜悟空忙。
勘徒以月评三杰，度众登坛播万祥。
犹与青原相映照，禅风旺盛久传扬。

百丈怀海

一日未劳毋得食，连床横卧示公平。
祖师兴教多斋钵，方丈栖僧建暖棚。
自种口粮驱饿鬼，各耘心地灭妖精。
禅门由此传长远，务实清规久盛行。

青原行思

家人往事渺难知，出世江西倘有祠。
曹洞坛前成首座，青原山上立分支。
性情沉默心通佛，智慧醇深志向慈。
门下花开三大叶，千秋兴旺到今时。

永嘉玄觉禅师

梵法精通得大知,证前顾虑野狐狸。
勉来问祖呈威力,自信除魔有秉持。
急急交锋留一宿,悠悠印觉解诸疑。
曹溪别后谁长盛,不见当年搋杖师。

裴旻

造极功夫传李白,边疆作战建英勋。
督师练甲常忧国,献艺登场一报君。
掷剑飞天惊万众,弯弓射虎振三军。
启开画圣新思路,灿烂人生少逸闻。

陆羽

口拙男婴丑弃儿,自行占卦得名宜。
时逢美女闻香气,每遇诗僧出酒资。
乐与状元同考察,谨为皇帝一烝炊。
茶仙茶圣茶师祖,三卷茶经举世知。

伯牙

躁动灵魂要破禁,高山流水合披襟。
应无特意调商羽,忽有旁言解瑟琴。
曾预一生唯独对,未期顷刻遇知音。
恍如玉美如冰洁,纯净真情直贴心。

商容

吹篪扬名统乐工,尽心管事未居功。
纣王赏曲来军垒,妲己听歌在璧宫。
进谏国君多智叟,围观兵阵老顽童。
新朝授爵曾坚拒,却挂旌旗不脸红。

师旷

盲目天生犹可信,自行刺眼或为非。
却闻听觉增奇奥,堪辨声音入细微。
岂止抚琴操舞乐,亦能辅政谏权威。
宫徵一曲酬宾客,流水潺潺鸟不飞。

师涓

善抚弦琴能写谱,创新词曲技超群。
情怀春夏撩晨雾,思邈秋冬奏晚云。
濮水聆歌编异调,晋庭献艺斥奇闻。
初心不改迷音乐,天籁听来似酒醺。

师延

黄帝乐工多故事,精通音律最神奇。
控弦可引龙来舞,吹笛能催凤展姿。
清角激扬惊鬼魅,宫商优雅醉仙姬。
逝身濮水留遗迹,千代悠悠祀祖师。

师襄

磬乐大师招孔子,教琴马虎显慵情。
未能熟练连称可,只得粗通便说行。
不意高徒怀浩志,须如天帝放宏声。
果然学会雄浑曲,似见文王气势横。

李延年

早在倡门有杰才,精通音乐善欢陪。
新词初唱忧烦去,旧调重弹喜悦来。
社稷颂歌如海壮,民间丽舞似花开。
倾城倾国迷人妹,不到时机不出台。

李龟年

乐师宛转且雄浑,搅动宫廷似戏园。
君主吹箫陪演奏,贵妃伴舞起翩翩。
江南流落常怀旧,悲曲讴歌每断魂。
诗圣诗仙恭敬甚,王维之咏唱番番。

扁鹊

济世悬壶术妙精,周游海内受欢迎。
入齐论病观深浅,来虢施医证死生。
一脉知情成典范,多科能治似神明。
杏林称祖留高誉,百代犹传圣手名。

淳于意

身辞仓吏未求田，转作郎中仿杰贤。
半路出家颇费力，全程记录却新鲜。
乡亲传说能医病，官府拘囚要罚钱。
诊籍笔书虽甚好，不予抵罪减笞鞭。

华佗

驰名华夏术精高，破腹开胸敢捉刀。
闻有清创麻沸散，断无消毒灭菌膏。
关公刮骨唯传说，周泰痊伤要犒劳。
绝代神医悲殒命，民间衔恨骂奸曹。

张仲景

歧黄之技达高深，金匮伤寒细论斟。
六脉循经为治则，八纲辩证范医林。
明标汤剂传当下，厘定丸方用至今。
科学虽然仍欠缺，思维其实不昏沉。

孙思邈

神圣情怀学术深,从医疗疾爱根心。
剂方广集熬膏药,辩治分明使灸针。
天有本原呈万象,人唯生命胜千金。
承先启后龟松寿,大树巍然秀杏林。

刘完素

一代名医疗术工,艰难救命有其功。
千秋杀戮生瘟毒,百世悬壶究热风。
泻以阴凉微巧法,增加正气大融通。
倘如抗疫情危急,用药偏寒可认同。

张元素

寒派名师卧病床,健脾高手献良方。
含羞自困阴凉剂,亲切援煎益气汤。
药可归经呈物象,味存厚薄说周详。
力推补土新观念,频出医贤广发扬。

张从正

泻法三招颇峻烈，身躯健壮或成功。
主张扶正先除病，信奉真虚始补中。
情理相符如妙术，实行易误似歪风。
虎狼之剂医林忌，患者担忧拒猛攻。

李东垣

庸医失手亡家母，引发雄心作大夫。
未向河间交学费，径来易水做门徒。
高推温胃增阳气，谨避寒肠塞穴俞。
由此流行新疗法，要从脾土健身躯。

朱震亨

家住丹溪朱一帖，半仙传说众人夸。
闻凭几剂能生效，甚或三时即去邪。
阳气有余阴液缺，甘滋为主血源加。
此番理论惊医界，亦放光辉映太华。

张景岳

喜爱补温传盛誉,常凭熟地抗寒凉。
调身力去阴邪水,健体谋求暖正阳。
用药精专毋峻法,著书繁博载良方。
名扬四海人追捧,益寿延年有擅长。

张芝

生在名门甚富余,为人勤勉未荒疏。
独迷练字成天写,自创穿行一笔书。
饮涧悬猴能措手,拔茅带土可连茹。
专精草圣风姿在,后学追攀总不如。

张僧繇

勤奋终生挥彩笔,往还佛寺绘千姿。
点睛亮眼龙飞起,凹凸浮花众入痴。
貌显丰腴成没骨,景存留白可驰思。
张家画样堪参照,后世尊崇百代师。

王羲之

坦腹东床奇计出，果然书圣获娇娥。
传闻添字疯沽扇，笑说抄经喜换鹅。
萧衍推崇深赞赏，唐宗雅爱广搜罗。
兰亭美帖悲陪葬，真迹全无惋惜多。

王献之

父子相辉号二王，既承家法又升扬。
前妻姿丽含仙韵，新妇仪威乃国香。
桃叶渡中归美妾，秦淮河畔立才郎。
此身书圣兼情圣，高迈无羁落笔狂。

智永

先辈扬名谓圣王，仍孙立志再增光。
传承祖法持僧戒，苦练书功在佛堂。
退笔冢深沉积累，铁门槛烂笑穷忙。
非凡妙品加能品，行草尤称最擅长。

钟繇

临危护驾急逃奔，回镇关中速扎根。
绥抚群雄安厄境，添加人口补荒村。
马供官渡撑曹操，军守汾河斩郭援。
书法大师精墨宝，遗传楷隶乃魁元。

钟绍京

书功精美大名传，既仗才华亦附缘。
政变建勋成显要，恣行受责失枢权。
贬迁巴蜀连投地，熬到开元再见天。
抱愧玄宗怜老迈，施恩嘉赏复从前。

顾恺之

独怀三绝易标新，艺苑驰名大志伸。
漫说他人能肉骨，俱知圣手最传神。
夸扬风物描仙女，赞美山河写杰臣。
曹植宓妃曾入画，当时论价已殊珍。

谢赫

擅描人物世间情，归纳尖端启画评。

六法真经称独识，千年绘事遂分明。

巧思入骨能飞笔，提振开颜善点睛。

布置构图毋或缺，传移模写逐天成。

陆探微

未仕画师无史载，朦胧事迹甚难猜。

风姿得骨堪为杰，劲力如刀可纵才。

一笔成功称密体，百灵入绘尽珍瑰。

包前孕后谁能比，张顾同辉共作魁。

曹不兴

肖像精工称上品，绘龙生动欲飞升。

常摹马匹山中虎，善画人身境外僧。

白绢雄浑描梵佛，墨斑巧妙点苍蝇。

纵无真迹存于世，影响深长有继承。

张彦远

钟鸣鼎食藏书富，墨妙丰饶久染熏。
仕路平常无显迹，绘图究极有雄文。
千秋名画从深说，历代精神获广闻。
启示后人张笔力，其功昭耀自超群。

阎立本

画像精工兼实用，帝王从自显雄躯。
为还佛子尊严相，回报仙翁混乱图。
最喜凝眸挑杰士，深烦呼喝似家奴。
辉煌步辇留神品，吟咏非凡属雅儒。

颜真卿

宦海升沉步履难，师从草圣获标杆。
颜筋柳骨雄浑字，抗逆安民智勇官。
不顾凶危传旨意，宁抛性命挽狂澜。
朗声骂贼扬忠义，正楷端庄最耐看。

欧阳询

死里逃生竟两回，依然不顾已衰颓。
一支奇笔辛勤练，八种良方体验来。
正楷自能称巨擘，编书人说具高才。
世间最爱谁家字，历代临欧总占魁。

柳公权

柳骨颜筋耀九州，开初供职却闲悠。
纵然受赏应伸志，犹憾卑微未出头。
官擢尚书如梦想，人求墨宝似川流。
年超八十仍据位，谏吏憎他不退休。

赵孟頫

书画扬名似笔仙，哭穷宗匠不差钱。
宋廷血脉潜低谷，元帝威权上极天。
未敢言忠行壮举，唯能折节保安全。
贤妻良母人勤谨，终使传芳向万年。

孙过庭

耽迟食禄小官员,幸可挥毫写杰篇。
汉晋雄风能继轨,二王妙法得留传。
千言书谱关神韵,一卷抄经结佛缘。
类比钟繇无不当,遗翰旷代乃同仙。

张旭

酒精墨汁贯其终,县尉挥毫醉练功。
曾见孙娘扬利剑,又闻奔马挟飙风。
真书规则潜心地,狂草神姿逸太空。
笔走龙蛇犹啸叫,甩头蘸写直如疯。

怀素

传承长史亦书癫,泼墨援毫不误禅。
求道顷来交茗祖,慕名前往拜诗仙。
醉僧蕴积如深海,狂草辉煌达顶巅。
劲瘦藏锋生万变,龙腾凤舞欲通天。

吴道子

初通书法小男生，又学丹青出杰名。
擅绘佛僧慈善国，精描仙仕赋闲城。
金桥图物三人作，巴蜀山川一日成。
吴带当风称画圣，建勋艺苑永流英。

韩滉

干练名臣善智谋，共戡动乱解君忧。
供应京辅军民悦，镇抚东南叛逆愁。
向擅理财增谷帛，犹工绘事画耕牛。
一图五丑何其美，神品从来赞不休。

任仁发

高官出手亦神工，智慧箴言入画中。
二马瘦肥传意异，五王醒醉快心同。
主修水利功劳大，闲绘精图笔力雄。
历代美评身价贵，起槌论亿正当红。

张择端

史传身世事朦胧,巨画惊为鬼斧功。
两岸一桥观市旺,九流三教现民风。
河中船舶忙摇桨,店内宾朋正揭盅。
恍惚悠然回宋代,温馨街景闹哄哄。

王蒙

满门绘杰哺良材,名起功成福自来。
竟在老年谋政务,未防白发得牢灾。
画风暗现前贤法,毫墨交辉极品才。
笔力扛山人共赞,承先启后一雄魁。

黄公望

不凭登仕建功勋,亦未倾情写妙文。
入教练虚求合道,隐居静坐乐离群。
一从绘事成痴爱,屡有雄图致广闻。
画出富春江上景,光芒四射耸青云。

吴镇

博通三教远嚣尘,拒绝文骚避吏臣。
渔父画风元老辣,溪山景色宋敦淳。
摆摊测字堪沽酒,祈请挥毫不换银。
廿载便知谁好卖,梅花和尚价惊人。

倪瓒

超常洁癖几如癫,能把痰踪觅一天。
学道参禅书法古,亡妻丧子感情煎。
遗留画是惊人笔,结集诗为傲世篇。
折带皴成新绘术,后贤喜仿久深研。

王冕

家徒四壁放牛娃,自学求知未有涯。
佛像如朋堪伴读,胭脂绘骨以承花。
身归山麓栽梅竹,诗咏人间讽蝎蛇。
画幅尺量为卖价,狷狂巨匠亦奇葩。

龚开

亲历元蒙亡赵宋，隐于闽浙画风殊。
家乡偶像梁红玉，幕府良朋陆秀夫。
水浒人仍原品貌，中山鬼是变形图。
所描骏马多柴骨，英气含藏似的卢。

米芾

行草高超称顶级，终生勤练出奇篇。
扮呆索砚如趋奉，因癖嫌衣似发癫。
善集古人成自我，巧堆米点讶群贤。
烧香拜石痴迷甚，暗恋朝云最可怜。

董其昌

中外扬名墨宝香，民抄董宦大灾殃。
苏杭避难时良久，礼部当权日不长。
擅画工诗多面手，能官可隐富才郎。
欣然坐拥如魔笔，戏海神龙发伟光。

唐伯虎

苏州才子早扬声，横祸飞来震不轻。
贵府装疯逃迫害，蓬门卖画善经营。
文坛自有风骚笔，尘世终无薄幸名。
一坞桃花红万树，吟诗沽字度余生。

陈继儒

愤烧儒服停求仕，乞得千花建陆祠。
既在泉林挥彩笔，犹于官宴咏歌诗。
飞来飞去人讥笑，能画能书自鼓吹。
博学多才无失节，终南捷径任猜疑。

郑板桥

扬州八怪大名扬，难得糊涂有佛香。
两任县官愁俸禄，一支巧笔赚钱粮。
诗书画杰称三绝，竹石兰奇卖四方。
幽默尖酸虽发笑，公开润例不商量。

道佛医艺

八大山人

忽报朝廷一夜无，满腔悲愤隐江湖。
学仙求佛藏希望，改姓埋名躲戮诛。
勾勒虫鱼山水异，绘描头爪眼珠殊。
缅怀故国情流淌，大笔收来入画图。

郎世宁

教士犹能作画师，清廷延聘甚长期。
艺依欧美形精彩，景揉中西意得宜。
绘写皇妃成秘密，勾描骏马显雄姿。
终生未返居华夏，苦乐如何上帝知。

贾思勰

退休太守赴村乡，养殖耕耘探究忙。
稻麦油粮无缺漏，马牛禽畜尽周详。
栽培种植传通法，酿造加工汇验方。
灿烂巨书多效用，齐民要术放光芒。

附录

·广东市县风情咏

广州

木棉红艳遍歌笙,马水车龙笛少鸣。
都市核心宏母舰,交通枢纽美花城。
西关大屋千年韵,沙面洋行万国情。
食在广州天下赞,一盅两件品茶羹。

深圳

建城飞速比神仙,傲视寰球达顶巅。
观念果然生效率,时间端的亦金钱。
宇楼似箭凌云上,房价如梭近日边。
有仗邓公挥八极,开荒牛牯勇无前。

珠海

改革春风进僻乡,村姑忽换女神妆。
共怀逸兴观航展,自忌贪婪望赌场。
海岸连绵收美景,天空晴朗享清凉。
宜居城市评优等,易引游资暗炒房。

汕头

缺地人多赋性刚,千年耀眼粤东方。
乡亲有事齐团结,家室无儿最紧张。
桑浦清晖文化厚,龙滩逸韵智商强。
海滨邹鲁超闽省,茶水功夫第一香。

惠州

深圳省城相接壤,东江横贯水悠悠。
葛翁炼药遗仙诀,苏氏吟诗振惠州。
石化投资添盛业,西湖鼓楫泛轻舟。
早成全国文明市,宾客如云碧海游。

汕尾

天庭仙界畏雷公,地上曾惊海陆丰。
潮汕语言原接近,客家文化可相通。
莲峰庙宇崇慈佛,星火红场敬雇工。
县镇资源颇富足,无穷魅力振群雄。

揭阳

潮汕中心原古邑,华侨祖籍感情连。
五金基地营销旺,万玉都城技术专。
跳水冠军孙淑伟,象棋皇帝许银川。
双峰寺庙游人闹,米骨擂茶处处煎。

潮州

敬崇韩愈兴文化,历代登科数百人。
工匠长于金漆术,商家擅赚雪花银。
耳中句句疑番鬼,席上餐餐遇食神。
越海漂洋多巨富,盖因学佬善求新。

清远

秦汉历归南越郡,羊城今作后花园。
陡山峡谷多风景,湍水坡田富矿源。
清远漂流堪啸笑,连州探洞最惊魂。
每逢节假须行早,自驾如潮莫躁烦。

韶关

五江流过通南北,名在神州向不低。
远古猿人存马坝,长年佛祖旺曹溪。
重工基础全升级,商业规模正看齐。
风度大楼留记忆,芙蓉山景万民迷。

梅州

世界客都连四海,华侨千万拜祠堂。
宋湘名咏扬骚国,叶帅雄才镇战场。
诗画梅江文化杰,灵光古刹善缘长。
丛茶金柚兼娘酒,淳朴民风似故乡。

河源

三水绕城环嫩绿,恐龙蛋石万千枚。
东江豆腐先开胃,娘酒河虾又上台。
京九列车鸣笛过,客家狮子踏歌来。
更因触目群山秀,四处欢游不肯回。

茂名

休说闻名石化城，稻田果岭绿盈盈。
丰饶物产宽临海，便利交通直入京。
虎跳杜红传悦乐，龙须献瑞祝康平。
驱车以访何惊喜，忽遇回乡叶玉卿。

肇庆

百水交叉拥大河，天时地利又人和。
七星岩侧雕罗汉，千米诗廊刻雅歌。
文庆鲤鱼须品味，端溪石砚久观摩。
畅游美景犹烦恼，粽薏成车买太多。

云浮

石材王国匠工忙，最大硫都少外扬。
六祖故居香烛旺，陈璘陂坝水渠长。
果园盛产砂糖桔，厨具精营不锈钢。
南乳花生原创地，狮山岩洞有龙藏。

湛江

畅怀拥抱水茫茫，沙白天蓝大海洋。
纵使欢迎贤寇准，未如敬奉圣雷王。
波涛万里归深港，货物千船向远方。
一到长廊观壮景，谁人肠绪不高亢。

江门

众水汇流嘉景显，侨乡五邑大名闻。
恩平粉合梁朝伟，古井鹅撑李克勤。
智士在家谋实业，精英出国建奇勋。
天涯归省排长队，内外同心志破云。

阳江

濒海渔都兴旅游，砂仁蛇酒旺供求。
味浓豆豉香唇齿，刃利厨刀切骨头。
漆器迷人夸国宝，风筝惊隼探天楼。
画坛圣手关山月，杰作繁多耀九州。

佛山

华南福地耀明珠,千载繁荣比上都。
剪纸陶瓷商业旺,龙舟粤剧艺功殊。
民生富足超前代,街道宽通接五区。
借问名流谁易识,飞鸿一脚震江湖。

东莞

制造中心供世界,城乡连片起金山。
地皮低价开先路,观念提前避险弯。
密集加工成过去,高尖技术勇登攀。
村民小组升财主,建厂沽楼尽破颜。

中山

生机勃勃迎宾客,亮丽风光不一般。
欣赏坦州咸水曲,流连小榄菊花山。
鲩鱼肉脆齐分享,杏饼香酥众破悭。
想起逸仙瞻展馆,顿时热血涌心关。

惠东县

傍水依山称宝地,海龟产卵总如期。

巽寮逐浪沙摩脚,梁化寻梅雾湿眉。

东阁鲜蚝为主馔,白花芒果压旁枝。

吕钦棋路殊难破,回演家乡万众痴。

龙门县

地居沿海亦山乡,故道花溪览胜忙。

畲族放歌崇黑狗,农民作画贴朱墙。

温泉吐玉迎新客,甘桔甜牙敬老娘。

驴友相邀还再去,情心难忘好风光。

博罗县

拥有巍峨道祖山,东江环绕转龙弯。

葛洪采药云崖里,李白吟诗涧水间。

致富快车村镇驶,文明城市国家颁。

旅游旺盛人千万,乐向罗浮顶上攀。

陆河县

客家新县最年轻,装饰房居善竞争。
百里青梅花树海,千层岩块石材城。
谢非老屋留芳迹,上拔前贤有杰名。
柿饼芋丝茶养胃,共光风景足娱情。

陆丰县

亦是明珠光闪耀,物华天宝拥良田。
俚情活泼凌山险,民气豪雄踏海渊。
浪漫欢来皮影戏,销愁奋划旱龙船。
金厢沙白观音旺,玄武经常似过年。

海丰县

明代曾称番薯县,于今论食爱豪餐。
亦能待客猪肠粉,却不丢人菜脯干。
仕禄潜船装热核,思聪音乐历辛酸。
昂头笑看新天地,厚富资财道路宽。

饶平县

亦是岭南优胜地,向称瀛海古蓬莱。
网箱养殖居前列,黏土烧瓷欲首魁。
道韵围楼修巨屋,琴峰书院育高才。
行来大所寻城堡,白鹭天堂万鸟回。

南澳县

粤东屏障如航母,浪打风吹响鼓鼙。
千种游鱼长可捕,百箱藏宝永成迷。
引其香港船行北,监那高雄舰向西。
最喜沙滩烧烤乐,欢歌曼舞到鸡啼。

兴宁

自古居民善贾商,走州过府进村乡。
宝山峰顶观狮石,合水湾中钓鲤鲂。
刘氏总祠听往事,渡田长峡觅风光。
砖泥番豆香奇绝,誉共童鸡炒酒姜。

五华县

主农大县田珍贵,文化知名进士乡。
人口暴增曾着急,畜禽扩养总繁忙。
可来石马观风景,或舞春牛闹月光。
抗日当年多勇烈,军官近百殁疆场。

丰顺县

地热温高能发电,亦多侨眷乘归航。
尚书万杰明朝授,总理英拉泰国当。
耀眼火龙尤沸闹,骑车赛道可疯狂。
减肥应忌游丰顺,美食通街不胜防。

蕉岭县

宛似漓江幽美境,勤劳友善出群英。
丘逢甲守台湾岛,谢晋元锤日本兵。
长者寿高居古镇,考生才俊录神京。
旅游若问何方乐,逸士长潭任意行。

大埔县

杰士风流竞建勋,翰林省长出将军。
田家炳伟名星斗,李显龙贤继国君。
双髻山中排树伞,三河坝上逐鱼群。
艺能尚有花瓷美,百态千姿绘彩云。

平远

丹霞地貌宏盆景,仰望南台卧佛眠。
橙果饱尝攀绝壁,茶花已赏泡温泉。
蒜头炖肉人齐享,龙骨翻车水自旋。
闻说河山多秀丽,顿时游兴拨心弦。

普宁

鼎沸喧嚣不紊纷,车如流水客如云。
药材批发居先列,纺织供销获冠军。
方姓大门藏虎气,陈家环壁饰龙纹。
昆岗松韵犹惊艳,灵汇泉声永乐闻。

惠来县

不忧超级飓风来,灯塔高擎引远桅。
出入渔舟依次发,纷繁荔蕾趁时开。
隆江猪脚招人爱,雷岭鱼须触海回。
看罢浩洋掀巨浪,再登古寺赏朱梅。

紫金县

山多地少自勤耕,沿路游观可放情。
便腹僧人爬石径,童颜道士踱砖坪。
八刀汤水颇鲜美,一品蝉茶甚爽清。
不必另行搜手信,辣香椒酱受欢迎。

和平县

明代守仁亲建县,九连山下客家村。
围楼探访千庄异,热水漂流一路温。
场上舞龙时拜月,店中煎粿晚关门。
小城自有风情美,夜夜笙歌闹乐园。

揭西县

最美乡村有古仪,粗坑旧屋见精思。
仰瞻悬瀑潭边醉,直去漂河水上驰。
李氏宗祠观祭典,三山祖庙说传奇。
身心若累求营宿,大北公园把帐支。

龙川县

霍山扬誉比罗浮,富矿岩泉第一流。
大气佗城秦代建,精奇仙塔宋朝留。
九龙众壑飞鸿雁,七目群峰见野牛。
枫树坝高鱼跃浪,烟波浩渺碧悠悠。

东源县

面积广东居第二,客家胜境展精华。
镜花缘内抄经典,苏氏围中有古耙。
五指毛桃蒸肉骨,霸王米粉炒瓤瓜。
开心最是轻舟坐,万绿湖宽塔影斜。

连平县

宜业宜居汇百嘉,远离污染大赢家。
省褒生态夸春色,国赞文明奖锦花。
地下水刀雕石笋,田间蔬菜接棚瓜。
村民虽喜甜桃熟,客似云来总塞车。

翁源县

翁江延宛米粮乡,万顷兰花斗艳芳。
邵谒轻摇扛鼎笔,陈璘奋举抗倭枪。
三华李果清甜爽,马牯塘莲粉嫩香。
莫道无工难致富,青山绿水即银行。

新丰县

田少林丰多峻岭,大山深处有人烟。
樱花谷作休闲地,燕子岩成探险川。
豆腐补桥传故事,桂丹联袂写新篇。
一登峰顶阿婆髻,楼小天低月亮圆。

仁化县

山多林密彩云飞，环拥丹霞世界稀。
阳石何能羞美女，阴花或可窘端妃。
灵溪古寺岗边去，博士新园水上归。
特有草原休说小，满坡碧绿马牛肥。

南雄

珠玑巷里店相连，古道梅关忆旧贤。
待客或来炖竹笋，养家还得种黄烟。
坪田杏苑千秋茂，篛过书香百代传。
美景交辉游数日，总逢姓节似新年。

乐昌县

广东北出经由地，四省相交务细分。
抗日战神怀薛岳，仕清名士有昭芹。
金鸡岭上观奇石，古佛岩中刻梵文。
香芋装盘蒸扣肉，再听花鼓甚松筋。

始兴县

全州最大小平原，绿树无边富水源。
铁杖将军曾作贼，九龄宰相有承恩。
人家过去居围屋，动物于今入护园。
南岭明珠长灿烂，粮多果茂喜盈门。

乳源瑶族自治县

碧翠公园如宝库，绵长峡谷甚妖娆。
名齐临济云门寺，人闯西洋必背瑶。
树木参天兴水电，兽禽暗地啃根苗。
果蔬繁富犹原种，美味佳肴秘法调。

阳山县

往昔最穷熬岁月，鸢飞鱼跃亦酸辛。
摩崖石刻人间少，古寺碑林世上珍。
反季菜瓜赢地瘦，招牌豆腐仗泉纯。
应将消息传韩愈，喜告阳山已脱贫。

连山自治县

峰峦连络雾萦萦，三省相邻古县城。
壮族赛锣烧炮仗，瑶民竞舞放歌声。
鹿鸣关上祈文运，皇后山头寄逸情。
本碌却应亲动手，淘金有望获收成。

连南瑶族自治县

千年瑶寨古风存，简朴和淳美丽村。
击鼓雄浑观比武，对歌逸趣看求婚。
梯田层叠连山顶，篝火飘摇映石门。
好客主人端馔食，糍粑米酒满缸盆。

连州

湖南接壤粤边隅，腊味飘香旺供需。
官贬荒州刘禹锡，坟埋宝地孟宾于。
乍惊洞穴长河水，又看峦岗古墓区。
处处乡山风景美，旅游兴盛有前途。

英德

本省县区为最大,无人不晓宝晶宫。
悠闲徒步观光景,惊险漂流过暗窿。
万顷红茶掀绿浪,三江碧水起清风。
著名英石多姿彩,油菜花开蛱蝶疯。

佛冈县

佛耀山冈得县名,曾经欣喜属羊城。
园中水果飘香味,塘畔鬚鹅起叫声。
农稼从来称郁茂,旅游早已在流行。
高岗豆腐成佳节,笑泼男宾吓女生。

阳西县

山林湖海力经营,牡蛎肥鲜塑粒城。
蜜味黄皮登网络,甜香彩薯满门坪。
娘嫲灯庙争头炮,渔女花船嫁后生。
咸矿温泉尤特别,泡完顿觉一身轻。

阳春

朗清风景如阳朔，物产繁多足裕民。
宦吏传奇高力士，乡村神话冼夫人。
凌霄岩洞蝙回翼，伏旧溪流鲤跃鳞。
马水桔柑岗美鸭，畅游处处可尝新。

信宜

筠松冼母陈朝爵，三杰扬名共塑神。
家有水烟堪敬客，景凭山野足迷人。
鲜花甜果谁邻玉，香雪银妃各献珍。
岗稔熟时皆免票，任由采摘乐游宾。

新兴县

惠能亦有故园情，圆寂生身共此城。
天露漂流还拜佛，水台张望又挑橙。
品螺细选防腥气，屠狗精烹出盛名。
蛋臭温泉堪接受，泡来神爽续欢行。

罗定

守护南天原重镇,于今气势亦堪夸。
蔡廷锴是冲锋将,黄俊英称表演家。
岩洞奇形招赏看,田园方块好犁耙。
塘茶肉桂传名远,开库观音宝万车。

鹤山

毛毯全球居第一,天蓝水足有肥田。
绅民自建关公庙,道祖遗留蟹眼泉。
都说泽邦王老吉,皆知梁赞咏春拳。
百强县市情豪迈,景象峥嵘梦正圆。

开平

名闻四海碉楼伟,地富人勤耀百花。
粤剧大师红线女,艺园领袖邝新华。
金山火蒜能温胃,联胜杨桃最爽牙。
赤坎逛街欣购物,再尝野鳖煮冬瓜。

台山

侨乡人杰家山美,又见碉楼气概雄。
经济上游先拓展,民生丰裕远贫穷。
但寻旷野开心地,尤旺温泉快活宫。
亦爱排球添热闹,刘星棋艺发真功。

恩平

善制精良麦克风,特殊产品得称雄。
被征田地难言错,死守森林当立功。
转接陶瓷谋致富,招徕游客已兴隆。
饥来濑粉加烧饼,簕菜炖鸡放小葱。

郁南县

接壤广西毋后发,风光如画令人迷。
黄皮糖桔谁能比,芒果边鱼可并提。
庞寨荔枝迎贵客,都城蜜枣慰娇妻。
张公庙上烧香烛,再到天池捉锦鸡。

广宁县

最大竹林超十里,酸甜苦辣显篁枝。
景区消遣双休日,省会来回一小时。
古水河湾连树海,翠湖桥畔砌花池。
钟情武术成风气,遍及城乡众似痴。

怀集县

六十年前返广东,佛山情愫有谁同。
四周峻岭森林密,一片平原稻谷丰。
欲探桃源经秘洞,能观燕阵掠低空。
旺人旺畜佳风水,家给民安福运通。

高州

俚风广韵相交织,器识襟情见古醇。
民国卧龙杨永泰,坊间圣母冼夫人。
田园水果长供货,街道楹联早报春。
文化名城家底厚,依凭大海已驱贫。

化州

果园面积超耕地,气候温和杂族群。
陈鉴见称机智士,冼英长是圣神君。
橘红止咳常人晓,糖水清肝远客闻。
虽说语言难尽懂,殷繁风景足欢欣。

封开县

白话起源前广府,状元最小莫宣卿。
八山一水珍稀地,独石奇桥古老城。
境似桂林多胜景,言如秦汉有原声。
千层峰上泥盘纪,岩貌惊人褶叠生。

四会

江水四来称四会,财源茂盛早居先。
冼东妹慧精柔道,温碧霞甜杰艺员。
起步桔柑资格老,铺开工业誉名前。
旅游借势谋新局,富裕当家自赛仙。

德庆县

西江横贯通航远，民族颇多杂语言。
孔子庙中存圣迹，盘龙峡上建花园。
云吞入味须三碗，篙粉悬杆乃独门。
莫道边陲难发达，穿梭两广易翻番。

廉江

海浅岭低人务实，追求高远得赢多。
接开精品家私厂，旺产名牌电饭锅。
鹤地游湖新景象，双溪拖练美山河。
大洋更有金银岛，扩港添船似着魔。

吴川

人多地狭思维活，曾与温州并驾驱。
建筑装修称帝国，羽绒家纺统江湖。
丽山樵唱穿晨雾，极浦渔归耀夜珠。
承揽包工频缔约，农民转产获丰腴。

徐闻县

大海绕环殊幸运，富饶物产水天青。
南珠璀璨堪镶玉，石狗灵精尚戴铃。
崇敬文豪汤显祖，追思进士邓宗龄。
开心又到三墩岛，万鸟归巢振彩翎。

雷州

两边临海御波涛，广袤园田接泽皋。
果菜山堆车去载，鱼虾辏队网来捞。
安良古有陈文玉，行善今闻李圣豪。
树矮礁浮鸥鹭舞，一方乐土似肥膏。

遂溪县

纵贯运河滋两岸，地平海阔筑金窝。
土糖龙眼黄皮果，鱼露沙虫紫壳螺。
港口水深来巨舶，渔船网密揽长波。
宋朝名士谁曾到，寇准东坡事迹多。

·次韵古诗

次韵杜甫秋兴

之一

欣喜停车入茂林,一人一犬品萧森。
山岗但见清溪水,道侧常遮巨树阴。
市里喧嚣颇厌倦,村中寂静又惊心。
忽然女友来微信,难再前行问古砧。

之二

逆旅劳身对日斜,缘何不肯别京华。
只因存款交房贷,岂畏拎包上海槎。
大志当为升主管,闲情自可点清笳。
满城外卖皆尝遍,最爱猪肠炒蒜花。

之三

山旁河畔沐斜晖,涌动思维究显微。
前任已然移别恋,今生岂再盼双飞。
满腔热血毋轻洒,万丈雄心莫阙违。
既不天才须奋发,精神一溃会痴肥。

之四

大小公司似弈棋，贵人赏识自无悲。

口才练就悬河状，心计端如亮剑时。

但遇新丁须乐助，若逢知己任神驰。

非婚生子潮流起，及早成功有意思。

之五

老家遥远在深山，幻想成功指顾间。

财富倘如春夜梦，感情纠结鬼门关。

已经低配愁心碎，还望高升放笑颜。

但觉跳槽能转运，为投简历又加班。

之六

近游远足几回头，触目风光异暮秋。

万里山河能赏景，满台酒菜不言愁。

晴空数队追云鹤，江畔成群戏水鸥。

轻我总裁曾道歉，释怀我要下扬州。

之七

漫游处处显隆功，热火朝天似日中。
但见秀才担主角，亦由工匠御长风。
纵然业绩芝麻小，犹秉恒心宝石红。
不愿躺平须发力，断无美女爱衰翁。

之八

相交有日历逶迤，软语绵绵欲破陂。
同用新杯餐泡面，又迎老树发春枝。
全程穆穆情尤炽，前路茫茫志不移。
莫笑一时衣太旧，奔驰车钥裤头垂。

次韵明朝高启梅花诗

之一

迎风招展立琼台,深获欢心广种栽。
冬雪折磨难屈服,春辉惭愧总迟来。
枝横似铁当秋雨,叶落如泥覆夏苔。
骚士频繁生逸事,年年争咏等花开。

之二

洁魄精魂韵比仙,桥边山麓结亲缘。
潜于月夜承珠露,迎接朝晖带绛烟。
欣喜开花初冻后,悄然孕籽晚春前。
早抛桃李先妆扮,独具英姿傲雪天。

之三

玉树琼枝满岭头,登高一览景全收。
冷香处处萦幽径,皓魄时时诱荡舟。
篱外村娥皆带笑,花中宾客尽忘愁。
芳菲十里人车旺,最合消闲自驾游。

之四

一望春园遍屐痕,游人如织趁晴温。
林间吹笛临新圃,膝下横琴到古村。
微雪晚霞能动魄,薄寒细雨可销魂。
狂欢或是迷花海,不见青山不见门。

之五

素瓣湖心砌雪宫,游宾绕岛一船通。
欲寻纸帐当如愿,想摄珍禽不落空。
枝结冰棱垂岸畔,香随霜月到舟中。
茫茫大地铺天白,偶有红花耀灌丛。

之六

俯仰横斜远俗尘,孤高癯瘦类奇人。
内心灼热常追梦,外表疏离懒探春。
晓日淡云新蕾绽,清溪佳月异香频。
百般炒作多姿态,倔傲精神最是真。

之七

牵缠攀扯惯相依，五彩嫣然互映辉。
绿萼风前青霭合，红株雨后赤霞飞。
罗岗香雪于今盛，邓慰名花自古稀。
若问缘何多快乐，一枝折取带春归。

之八

藐视冰封内蕴阳，竹丛旁侧近松乡。
岁寒三友身衔志，国色千姿骨透香。
和靖娶来栽院落，陆游放咏在丘荒。
画师王冕多模特，百亩红云接白霜。

之九

其香其貌世皆知，神采飞扬丽玉枝。
入画于厅增美感，移栽在院伴幽思。
方迎冰雪花鲜日，又到春风果坠时。
屡有骚痴惆怅起，依依不舍要题诗。

次韵清朝张问陶梅花诗

之一

白株似雪赤如霞,绿水青山道路赊。
疏影缭缭人独立,暗香阵阵月横斜。
平民本自无天宝,冷蕊居然有物华。
绰约风姿时耀眼,贺年争艳出名花。

之二

但见跟前茂衍生,依山傍水享幽清。
如逢画手装欢笑,若遇园丁诉苦情。
自有基因真傲雪,哪来主意要求名。
文人墨客无聊甚,咏赞千年不止声。

之三

详观能早亦能迟,南北东西有故知。
雅色迷人留眷恋,奇香扑鼻引相思。
始逢雪后花开蕊,直到春深果满枝。
经历风霜须更惜,选红爱白得其宜。

之四

度假游园喜满村,馨香涌动举芳樽。
劲枝傲雪攀前壁,贵客停车置后门。
少女倾情观破朵,英男摆拍要留痕。
近旁桃李常窥看,也盼开花一报恩。

之五

问谁眷念结情缘,莫逆之交数十年。
多见轻浮来俗客,少衔贞洁侍花仙。
玉麟痴画长怀恋,和靖称妻最爱怜。
吟咏诗歌千百册,动人佳作会流传。

之六

花事由来看雪踪,不须挂念一重重。
霜风方始留心记,冰冷终能快意逢。
边际已无鸣白鹤,邻居尚有偃青松。
横斜疏影前头见,闻得清香渐次浓。

之七

雨雪飞飘冷雾团,琴声回荡是谁弹。
如逢冰冻开颜易,若已春深见面难。
饱满精神迎寂寞,顽强筋骨御严寒。
花前泥路何须惧,信有闲人涉足看。

之八

驿外谁栽傲骨枝,任由击赏自无私。
暗香浮动蜂能觉,疏影微斜蝶不知。
主席乐观夸舞雪,陆游怜悯苦吟诗。
名花又得高人赞,岂似优昙美一时。

次韵王士禛秋柳诗

秋柳一

金风送爽甚销魂,静坐其谁乱拂门。
挂在楹前驱鬼魅,插于篓背带霜痕。
园中条软飘长发,河畔灯昏立小村。
最爱此时吹玉笛,一腔感动要同论。

秋柳二

枝条少叶历风霜,躯干排排傍水塘。
鱼病尚能当药草,人行难免拂车箱。
相牵搭建清凉国,广种经由夏禹王。
莫道一时身褪绿,逢春又可诱街坊。

秋柳三

新春退后续鲜衣,未忌多情惹是非。
东北田间禾叶壮,西南山上鹿踪稀。
吸睛车驾悄然过,失意闲鸥踉跄飞。
拥抱风流须趁早,天寒身冷易心违。

秋柳四

池前屋后手牵连，飞絮曾经起玉烟。
岁月淹留谁管控，人间欣赏共延绵。
本应老病销灵秀，犹见精神返少年。
夕照青山心境静，春风一到绿无边。

附原玉：杜甫秋兴八首

其一

玉露凋伤枫树林，巫山巫峡气萧森。
江间波浪兼天涌，塞上风云接地阴。
丛菊两开他日泪，孤舟一系故园心。
寒衣处处催刀尺，白帝城高急暮砧。

其二

夔府孤城落日斜，每依北斗望京华。
听猿实下三声泪，奉使虚随八月槎。
画省香炉违伏枕，山楼粉堞隐悲笳。
请看石上藤萝月，已映洲前芦荻花。

其三

千家山郭静朝晖,一日江楼坐翠微。
信宿渔人还泛泛,清秋燕子故飞飞。
匡衡抗疏功名薄,刘向传经心事违。
同学少年多不贱,五陵衣马自轻肥。

其四

闻道长安似弈棋,百年世事不胜悲。
王侯第宅皆新主,文武衣冠异昔时。
直北关山金鼓振,征西车马羽书驰。
鱼龙寂寞秋江冷,故国平居有所思。

其五

蓬莱宫阙对南山,承露金茎霄汉间。
西望瑶池降王母,东来紫气满函关。
云移雉尾开宫扇,日绕龙鳞识圣颜。
一卧沧江惊岁晚,几回青琐点朝班。

其六

瞿塘峡口曲江头,万里风烟接素秋。
花萼夹城通御气,芙蓉小苑入边愁。
珠帘绣柱围黄鹄,锦缆牙樯起白鸥。
回首可怜歌舞地,秦中自古帝王州。

其七

昆明池水汉时功，武帝旌旗在眼中。
织女机丝虚夜月，石鲸鳞甲动秋风。
波漂菰米沉云黑，露冷莲房坠粉红。
关塞极天惟鸟道，江湖满地一渔翁。

其八

昆吾御宿自逶迤，紫阁峰阴入渼陂。
香稻啄馀鹦鹉粒，碧梧栖老凤凰枝。
佳人拾翠春相问，仙侣同舟晚更移。
彩笔昔曾干气象，白头吟望苦低垂。

附原玉：高启梅花诗九首

其一

琼姿只合在瑶台，谁向江南处处栽？
雪满山中高士卧，月明林下美人来。
寒依疏影萧萧竹，春掩残香漠漠苔。
自去何郎无好咏，东风愁寂几回开。

其二

缟袂相逢半是仙，平生水竹有深缘。
将疏尚密微经雨，似暗还明远在烟。
薄暝山家松树下，嫩寒江店杏花前。
秦人若解当时种，不引渔郎入洞天。

其三

翠羽惊飞别树头，冷香狼藉倩谁收。
骑驴客醉风吹帽，放鹤人归雪满舟。
淡月微云皆似梦，空山流水独成愁。
几看孤影低徊处，只道花神夜出游。

其四

淡淡霜华湿粉痕，谁施绡帐护香温。
诗随十里寻春路，愁在三更挂月村。
飞去只忧云作伴，销来肯信玉为魂。
一尊欲访罗浮客，落叶空山正掩门。

其五

云雾为屏雪作宫，尘埃无路可能通。
春风未动枝先觉，夜月初来树欲空。
翠袖佳人依竹下，白衣宰相在山中。
寂寥此地君休怨，回首名园尽棘丛。

其六

梦断扬州阁掩尘，幽期犹自属诗人。
立残孤影长过夜，看到余芳不是春。
云暖空山裁玉遍，月寒深浦泣珠频。
掀篷图里当时见，错爱横斜却未真。

其七

独开无那只依依,肯为愁多减玉辉?
帘外钟来初月上,灯前角断忽霜飞。
行人水驿春全早,啼鸟山塘晚半稀。
愧我素衣今已化,相逢远自洛阳归。

其八

最爱寒多最得阳,仙游长在白云乡。
春愁寂寞天应老,夜色朦胧月亦香。
楚客不吟江路寂,吴王已醉苑台荒。
枝头谁见花惊处? 袅袅微风簌簌霜。

其九

断魂只有月明知,无限春愁在一枝。
不共人言唯独笑,忽疑君到正相思。
歌残别院烧灯夜,妆罢深宫览镜时。
旧梦已随流水远,山窗聊复伴题诗。

附原玉:张问陶梅花诗八首

其一

一林随意卧烟霞,为汝名高酒易赊。
自誓冬心甘冷落,漫怜疏影太横斜。
得天气足春无用,出世情多鬓未华。
老死空山人不见,也应强似洛阳花。

其二

野鹤闲云寄此生，暗香真到十分清。
转怜桃李无颜色，独抱冰霜有性情。
赠我诗难应束手，笑他人俗也知名。
开迟才觉春风暖，先听流莺第一声。

其三

开时能早亦能迟，南北东西有故知。
美貌不由留眷恋，浓情必致起相思。
若非雪后花遮叶，便是春深果累枝。
经历风霜皆所喜，选红贪白总随宜。

其四

梦绕寒山月下村，一枝相对夜开樽。
繁华味短宜中酒，攀折人多好闭门。
风信严时清有骨，尘缘空后淡无痕。
从来不识司香尉，只仗东皇雨露恩。

其五

铜瓶纸帐老因缘，乱我乡愁又几年。
莫笑神情如静女，须知风骨是飞仙。
生来逸气应无敌，悟到真空信可怜。
世外清名原第一，不修花史亦流传。

其六

回首山林感旧踪，雪花吹影一重重。
记从驿使春前折，又向瑶台月下逢。
对客岂无能舞鹤，赏心还是后凋松。
天人装束天然好，便买胭脂画不浓。

其七

香雪蒙蒙月影团，抱琴深夜向谁弹。
闲中立品无人觉，淡处逢时自古难。
到死还能留气韵，有情何忍笑酸寒。
天生不合寻常格，莫与春花一例看。

其八

腊尾春头放几枝，风霜雨露总无私。
美人遗世应如此，明月前身未可知。
照影别开清净相，传神难得性灵诗。
万花何苦争先后，独自能香亦有时。

附原玉：王士禛秋柳诗

其一

秋来何处最消魂，残照西风白下门。
他日差池春燕影，祗今憔悴晚烟痕。
愁生陌上黄骢曲，梦远江南乌夜村。
莫听临风三弄笛，玉关哀怨总难论。

其二

娟娟凉露欲为霜，万缕千条拂玉塘。
浦里青荷中妇镜，江干黄竹女儿箱。
空怜板渚隋堤水，不见琅琊大道王。
若过洛阳风景地，含情重问永丰坊。

其三

东风作絮糁春衣，太息萧条景物非。
扶荔宫中花事尽，灵和殿里昔人稀。
相逢南雁皆愁侣，好语西乌莫夜飞。
往日风流问枚叔，梁园回首素心违。

其四

桃根桃叶镇相怜，眺尽平芜欲化烟。
秋色向人犹旖旎，春闺曾与致缠绵。
新愁帝子悲今日，旧事公孙忆往年。
记否青门珠络鼓，松枝相映夕阳边。

饱蘸韵律笔　庄谐皆成诗

—— 《咏史七律二千首》浅议

◎ 邓三君

　　手捧如此厚重的《咏史七律二千首》皇皇巨著，陡然生出历史的厚重感来。这是我市退休干部陈国初先生赋闲在家，潜心攻读，专心致志"玩"出来的文化成果。说其"专心致志"，是因为大凡想干成一件事，没有决心和毅力是不可能的。所谓"玩"，乃因他不带功利的钻研。至于钻研出来的成果给他个人产生什么利益，又给他带来什么名誉和荣誉，那是耕耘的结果，是水到渠成的自然。中国有句俗语，"只问耕耘不问收获，但行好事莫问前程"，退休后毫无衣食之忧的陈国初先生似乎更有这种执着。做事专心，极致而为，忘却了做这件事可能或者必须带来的所谓好处。有这样的心态，反而会得到意想不到的大收获。

　　拜读《咏史七律二千首》，我想从四个方面谈谈自己浅陋的看法。

纵贯各朝代　囊括中华名流

　　在《咏史七律二千首》诗里，上至盘古，下至清末，贯穿漫长的历史时空。在浩若繁星的中国历史人物中，经过了严谨细密的考量，诗人遴选了 2000 位代表人物作为题咏对象。这些人物基本囊括了中国历史上帝王、后妃、政治、军事、学术、儒释道和能工巧匠及书画医道的所有突出人物。为了便于历史人物的归纳，诗人将诗章分成了"远古""春秋战

作者系中国少数民族作家，惠州市作家协会原副主席，曾任多家报刊的总编辑（主编）等职，退休后为独立文化人。

国""秦汉""三国""两晋南北朝""隋唐""宋夏辽金""元朝""明朝""清朝"等 10 个部分来呈现,使读者对历史人物所处的时代背景一目了然,亦便于查找和检阅。读者若将这些历史名人按时代顺序一一读懂,并深入了解这些历史人物的相关事件,就会感叹中国悠久的历史是多么浩瀚与壮观。这些诗歌,组成了华夏文明极其漫长的历史画卷,令人叹为观止。

诗人为了突出女性和道佛医艺方面的人物,还另辟了"巾帼女杰"和"道佛医艺苑"两个篇章。这是本书的另一个亮点,就像绘画中的高光部分,夺人眼目。本书附录部分还增加了两个内容,一是"广东市县风情咏",再是诗人唱和的"次韵古诗",为本书增添了新趣。漫步在历史的古道中,歇下脚来观赏几幅今天的市县风貌,和唱几段名人的诗句,那又是一种怎样的情趣与雅致呢?

静观华夏史　评说独树一帜

写人物,有如给人画像。而画好一幅肖像是极其不易的。人虽都有鼻子都有眼,都有耳朵都有嘴,却各不相同。人与人之所以不同,不仅在于外形的区别,更在于一个人在成长过程中所形成的气质和在人类社会活动中所发挥的作用不同。在我来看,用七律文字的诗意表达,比画笔下的成像要难得多。一是要通晓中国文字;二是要精通韵律和平仄;三是要熟悉中国历史以及在各个历史背景下产生的历史人物。诗人陈国初先生用同一格律诗,描写了中国 2000 多位历史人物,并且表现出了他们各自不同的特点特征和在历史上的贡献与作用,或伟大渺小,或忠臣奸佞,或辉煌颓废,或成功失败,或经验教训,等等,历史人物的风貌与成就,得失与宠辱,尽显方寸之中,实为不易。

在此特别值得一提的是,在这 2000 多首诗歌里,诗人并没有人云亦云,而是通过对大量史实的判断,表达了自己的史学观。例如诗人对诸葛亮的北伐失败就给予了批判。他这样写道:"渡水南征虽有智,出川北伐却无功。未能功止君行险,犹具英名万古崇"(见《诸葛亮》)。诗人既肯定了诸葛亮的历史功绩,又指出了他的失策。类似的例子还有不少,如对廉颇、蔺相如、袁崇焕等的评价,诗人以独到的见解,对历史人物进行了公正客观、不偏不倚的评价,可谓独树一帜。

深谙韵律诗　对仗工整精彩

从书名就可看出,这是一部以韵律诗中的七律为体裁所呈现的艺术成果。七律是有严格要求的一种律诗形式。一是篇幅固定;二是押韵严格;三是讲究平仄;四是要求对仗。除了偶句要押韵外,颔联和颈联还必须对仗。一般想学律诗的人最为头痛的是,除了押韵和对仗外,用字还得讲究平仄。可见,学七律不易,写好七律诗更不易。而陈国初先生却能用娴熟的七律艺术手法,给我们演绎了2000多首历史人物的诗章,可见其在韵律学、文字学和史学上的功力非同一般。

在这些诗中,不乏对仗工整精彩的句子。如"虽被徐娘轻独眼,犹将侯景斩千刀"(《萧绎》)。助词"虽被"对副词"犹将",人物名词"徐娘"对"侯景",动词"轻"对"斩",形容名词"独眼"对"千刀";又如"长沙炮杀萧朝贵,巴蜀围歼石达开"(《骆秉章》),地名"长沙"对"巴蜀",动词"炮杀"对"围歼",人名"萧朝贵"对"石达开";再如"丘逢甲守台湾岛,谢晋元锤日本兵"(《蕉岭县》),人名"丘逢甲"对"谢晋元",动词"守"对"锤",名词"台湾岛"对"日本兵"。这些句子丝丝密缝,环环相扣,可谓绝对。这不仅要求诗人娴熟地掌握律诗的韵律平仄技巧,还要懂得历史人物和历史事件的渊博知识,否则就不可能俯拾即得,得心应手。品读这样的佳句,真让人生出贾岛"两句三年得,一吟双泪流"的感慨!

善用俗俚语　成诗生动有趣

纵观全书,诗人手法大多还是以评述历史人物为主,因此,这部书更具有评述的特点,这也为本书奠定了凸显的基本特色,因了这,我认为这部书是别开生面的历史人物诗意评传。

诗人以诗画像,给我们展现了一个个生动活泼、真实可信、栩栩如生的历史人物。在诗歌创作中,诗人善于运用俚语俗语以及野史,增强诗歌语言和文化的趣味元素,使严肃的评史诗歌显得或生动或有趣,或幽默或诙谐,大大刺激了读者的阅读味蕾,激发了读者的阅读兴趣。如在写陈阿娇时,就引出了"金屋藏娇"的典故,使得诗歌更具文化意蕴。

俗语俚语入诗,亦给诗歌增强了烟火气息,让读者耳目一新,倍感亲切。如"苦读樵夫志未低,时来不再落汤鸡"(《朱买臣》)中的"落汤鸡","亦能待客猪肠粉,却不丢人菜脯干"(《海丰县》)中的"猪肠粉""菜脯干",看似随意,却又对仗工整,恰到好处。再是野史入诗,尽显诙谐幽默。如"所换羊睾何效果?正妻五妾盼强阳"(《康有为》),说的就是鼎鼎大名的康有为,为了满足性欲,换羊睾丸的事情。读后,令人捧腹。一位饱学经书的大师,居然如此愚昧,最后竟断送了自己的老命,真是贻笑大方,令人不齿。在诗集中,这样的例子举不胜举,读者诸公可自读自赏。

陈国初先生以七律诗歌艺术体裁塑造中国历史人物,歌咏数千历史名流,是弘扬正能量的具体表现,是促进文化繁荣的一项重大文化工程。他醉心文史世界,笔耕不辍,坚持创作,终于形成了今天《咏史七律二千首》的宏大巨制成果。这部书的诞生,是宣传中国传统文化的全新载体,是宣传中国文化,推广中国文化的一大贡献。我相信,随着时间的久远,这部诗集在中国诗坛中一定会享有她该有的地位和荣耀,焕发出越来越耀眼的光彩。

以上是我拜读《咏史七律二千首》的一点感受。受到学识所限,对于这部学养深厚的浩浩巨制,我以学习的态度,谨谈以上浅见,一鳞半爪,亦不深透,权且为抛砖引玉之作吧。

2023 年 6 月 6 日于闻之居

评论

《咏史七律二千首》 勘误表

1.删除段落：

自序 第9页 顺数第二段 "而我现在....至 再写一千首"

自序 第11页 顺数第三段 "而据诗词索引....至 也毫不困难"

2.正文勘误：

序号	所在位置	误	正
1	《远古》21页 第一首	亲承泰伯予传国	亲承泰伯欣传国
2	《三国》233页 第二首	玄德征召为禁卫	玄德征招为禁卫
3	《两晋南北朝》269页 第二首	进据关陇建前秦	进攻关陇建前秦
4	《两晋南北朝》280页 第一首	御防敌寇据严阵	御防敌寇凭严阵
5	《巾帼女杰》600页 第一首	斩怪除凶仗女娥	斩怪除凶仗圣娥
6	《附录·次韵古诗》727页 第三首	失意闲鸥踉跳飞	失意闲鸥蹦跳飞